KB041055

# 미스터 2

# THE MISTER by E L James

E L 제임스 지음
황소연 옮김

# The
# MISTER

## 미스터 2

The Royal Borough of Kensington and Chelsea

# CHELSEA EMBANKMENT, SW

시공사

# 16

잠이 완전히 물러가기 전 그녀가 나를 채웠다. 그녀의 몸, 그 따스한 체온이 내 몸속으로 스며들었다. 눈을 떴을 때 부연 아침 햇살과 사랑스런 알레시아가 나를 맞이했다. 그녀는 곤히 잠들어 있었다. 고사리처럼 내게 몸을 착 감고. 손은 내 배에 머리는 내 가슴에 얹고. 내 팔은 그녀의 어깨를 내 것인 양 단단히 감고 있었다. 그녀는 나체였다. 미소가 절로 나오고 몸이 꿈틀 일어섰다.

하루가 이렇게 다를 수도 있구나.

잠시 그녀의 온기와 머리카락의 향기를 즐겼다. 그녀가 꿈틀거리며 뭐라 알아들을 수 없는 말을 웅얼거렸다. 그녀의 눈꺼풀이 움찔거리다 열렸다.

"잘 잤어, 예쁜 아가씨?" 내가 속삭였다. "모닝콜 해줄게." 나는 그녀를 천천히 똑바로 눕혔다. 그녀가 두어 번 눈을 깜빡일 때 그녀의 코끝에 키스하고 귀 뒤 맥박이 뛰는 곳에 코를 비볐다. 그녀가 활짝 웃으며 두 팔을 내 목에 감았고 그동안 내 손은 그녀의 젖가슴으로 내려갔다.

༄

햇살이 좋은 날이다. 공기는 바삭하고 차가웠다. 나는 〈노 디지티〉가 쾅쾅 울려 퍼지는 차를 몰고 패드스토를 향해 A39 고속도로를 달렸다. 일요 예배는 물론 제쳤다. 교구 교회에는 나를 아는 사람들이 우글거렸다. 거기는 알레시아에게 내가 누구고 무얼 하는 사람인지 말한 뒤에 가야 할 것이다… 그녀를 흘끔 보니 그녀의 발꿈치가 음악에 맞춰 까딱거렸다. 그녀가 사타구니를 깨우는 미소를 내게 날렸다.

후, 정말 매력적인 여자야.

그녀의 미소가 재규어 내부를 환히 밝혔다. 내 마음까지도.

나는 오늘 아침이 생각나 그녀에게 짓궂은 미소를 지었다. 어젯밤 일도 기억났다. 그녀가 출렁이는 머리카락을 귀뒤로 넘겼다. 순진한 홍조가 그녀의 뺨을 점령했다. 오늘 아침 일을 생각하는 모양이다. 그랬으면 좋겠다. 그녀의 모습이 눈앞에 떠올랐다. 내 침대에서 황홀경에 취해 머리를 젖히고 사정하던. 벌어진 입에서 터져 나오던 신음 소리. 침대 가장자리까지 퍼져 있던 머리카락. 내 몸의 피가 남쪽으

6

로 쏠렸다. 좋았어. 그녀도 분명 즐기고 있었다. 아주 많이. 나는 앉은 자리에서 움직거리다가 손을 뻗어 그녀의 무릎을 꼭 쥐었다.

"괜찮지?" 내가 물었다.

그녀가 고개를 끄덕였다. 진갈색 눈동자가 반짝거렸다.

"나도야." 나는 그녀의 손을 내 입술로 가져와서 고마움을 담아 그녀의 손바닥에 입을 맞추었다.

기분이 좋았다. 그냥 좋은 정도가 아니라 끝내주게 좋았다. 그 어느 때보다 행복했다… 더없이… 키트가 죽은 이후로 이렇게 행복한 적이 없을 만큼. 아니. 키트가 죽기 전에도 이런 적은 없었다. 이것은 순전히 알레시아와 같이 있기 때문이다.

그녀에게 중독된 것이다.

하지만 내 감정에 갇혀 있어선 안 된다. 그러고 싶지 않았다. 신선하지만 생소하고 조금은 불안정한 기분이다. 이런 느낌은 처음이다. 흥분도 됐다. 내가 여자와 쇼핑을 하러 가다니. 기대감에 가슴이 부풀었다. 이런 적이 있었던가?

하지만 알레시아와 적잖은 실랑이를 해야 할 것이다. 그녀는 자존심이 셌다. 알바니아 사람의 특성일지도 모른다. 아침 먹을 때 그녀는 새 옷을 사주겠다는 내 제안을 단호히 거절했다. 지금은 청바지와 회색으로 변해가는 얇은 상의, 물이 새는 부츠, 내 여동생의 오래된 재킷 차림으로 내 옆에 앉아 있다. 하지만 그녀는 이 싸움에서 이길 수 없을 것이다.

나는 부두 옆 널찍한 주차장에 차를 세웠다. 그녀는 호기심이 동해 앞 유리창 너머 주변을 내다보았다.

"한번 둘러볼래?" 나는 물었고 우리는 차에서 내렸다.

그림엽서에서 볼 법한 풍경이 펼쳐졌다. 콘월의 회색 돌들로 지어진 고풍스러운 집들과 오두막들이 작은 항구를 따라 줄지어 이어졌고 일요일이라 고깃배 몇 척이 한가로이 정박해 있었다.

"경치 좋네요." 알레시아가 외투 속으로 몸을 옹송그렸다. 나는 그녀의 어깨를 감싸 내게 끌어당겼다.

"나가서 따뜻한 옷 몇 벌 사자." 나는 웃으며 제안했지만 그녀는 즉시 내 품에서 벗어났다.

"맥심, 난 새 옷을 살 형편이 못 돼요."

"내가 선물할게."

"선물?" 그녀가 얼굴을 찌푸렸다.

"알레시아, 넌 아무것도 없잖아. 내가 간단히 해결할 수 있어. 그렇게 하자. 난 그러고 싶어."

"그건 옳지 않아요."

"누가 그래?"

그녀가 손가락으로 입술을 톡톡 두드렸다. 생각하지 못했던 말다툼에 휘말린 것처럼. "내가요." 그녀가 마침내 대답했다.

나는 한숨을 쉬었다. "열심히 일한 너에게 주는 선물이야."

"당신과 열심히 섹스한 것에 대한 선물이겠죠."

"뭐? 아니야!" 나는 웃음이 터졌다. 뜨끔하기도 하고 재밌기도 했다. 나는 우리 말을 듣는 사람이 없는지 부둣가를 재빨리 훑어보았다. "옷을 사주겠다는 제안은 너랑 섹스하기 전에 이미 했었어, 알레시아. 너를 좀 봐. 추워서 떨고 있잖아. 부츠는 물이 새고. 아파트 복도에 찍힌 젖은 발자국 다 봤어."

그녀가 말을 하려고 입을 열었다.

나는 손을 들어 그녀의 입을 막았다. "제발." 나는 더 밀어붙였다. "내가 하고 싶어서 그래."

그녀는 못마땅해서 입술을 꾹 다물었다. 나는 다른 전술을 폈다. "어쨌든 난 네 옷을 사러 갈 거야. 네가 같이 가든 안 가든. 그러니까 나랑 같이 가서 원하는 걸 고르든지, 전부 내게 맡기든지 해."

그녀가 가슴에 팔짱을 꼈다.

와아. 알레시아 데마치, 고집이 보통 센 게 아니다.

"부탁이야. 나를 위해서 해줘." 나는 손을 내밀며 그녀에게 간청했다. 그녀는 나를 노려보았고 나는 회심의 미소를 날렸다. 그녀가 한숨을 쉬더니—항복하고—손을 내 손에 얹었다.

됐어.


미스터 맥심이 옳았다. 그녀는 옷이 필요했다. 하지만 그의 너그러운 제안을 마다할 수밖에 없었다. 그는 이미 그녀에게 너무 많은 것을 베풀었다. 그녀는 그와 나란히 부둣가를 걸었다. 머릿속에 메아리치는 분개한 어머니의 목소리는 떨쳐냈다.

그 남자는 네 남편이 아니잖니. 네 남편이 아니야.

그녀는 머리를 흔들었다.

그만!

여기 있지도 않은 어머니 때문에 죄책감을 느낄 생각은 없었다. 그녀는 지금 영국에 있다. 자유롭게. 영국 여자처럼. 그녀의 할머니처럼. 또한 미스터 맥심의 말처럼 휴가 중이었다. 게다가 이것이 그에게 즐거운 일이라면… 그로 인해 그런 쾌락을 누린 뒤에 어떻게 거절을 할 수 있겠나? 그녀는 아침의 일이 기억나 얼굴을 붉혔다. 그의… 그가 그걸 뭐라 불렀더라?

모닝콜.

알레시아는 터지는 웃음을 눌렀다. 그렇게 잠을 깨는 건 언제든 환영이었다.

게다가 그는 오늘도 그녀에게 아침을 차려주었다.

덕분에 호사를 누리고 있다.

실로 오랜만에 누리는 호사였다.

이런 적이 있던가?

그들은 함께 패드스토 중심가를 향해 걸어갔다. 그녀는 그를 슬쩍 올려다보았다. 가슴이 두근거렸다. 그가 그녀를 내려다보았다. 눈에 생기가 돌았고 잘생긴 얼굴에 큼직한 미소가 피어났다. 오늘 그는 장난꾸러기처럼 보였다. 얼굴에 돋아난 짧은 수염 때문이었다. 그녀는 혀에 닿는 그 수염의 감촉이 정말 좋았다. 그녀의 피부에 닿는 그것의 감촉이 미치게 좋았다.

알레시아!

이제 보니 그녀 안에 음탕한 요부가 숨어 있었다. 미스터 맥심이 괴물을 깨운 것이다. 그녀는 혼자 웃음을 터뜨렸다.

이럴 줄 누가 상상이나 했을까?

그녀의 생각이 우울한 쪽으로 방향을 틀었다. 런던으로 돌아가게 되면, 휴가가 끝나면 어떡해야 하지? 그녀는 한 손을 그의 이두박근에 감고 다른 손으로는 그의 손을 꼭 쥐었다. 그 생각은 하고 싶지 않았다. 지금은. 오늘은.

우리는 휴가 중이야.

그녀는 그 말을 주문처럼 외우며 그와 함께 걸어갔다.

우리는 휴가 중이야.

Ky është pushim (우리는 휴가 중이야).

패드스토는 트리비딕보다 컸지만 다닥다닥 붙은 오래된 가옥들과 비좁은 길은 비슷했다. 그림 같은 작은 마을이었다. 추운 날씨인데도 쨍쨍한 햇빛을 즐기러 나온 사람들, 관광객과 주민들로 온 동네가 북적였다. 아이스크림을 먹는 아이들, 맥심과 그녀처럼 손을 잡은 젊은이들. 행복하게 팔짱을 낀 나이든 사람들. 알레시아는 거리에서 이처럼 자유롭게 애정을 표현하는 그들을 보고 놀라지 않을 수 없었다. 쿠커스와는 달랐다.

나는 여자 옷을 파는 가게를 발견하고 안으로 들어갔다. 이 지역 소매점이었다. 가게 한가운데 서서 진열된 것들을 바라보니 다 괜찮아 보였지만 솔직히 조금 난감했다. 알레시아가 삿갓조개처럼 내 팔에 매달려 있는데 어디서부터 시작해야 할지 알 수 없었다. 그녀가 도와주겠지, 어쩌면 신이 나서 나설 거라는 막연한 생각으로 왔는데 그녀는 상품에 아무 관심이 없는 것 같았다.

젊은 점원이 우리에게 다가왔다. 여자 점원이 상냥한 태도와 옆집 여자처럼 환히 웃는 얼굴로 금발의 말총머리를 달랑거리며 물었다. "찾는 거라도 있으세요?"

"내… 음… 여자 친구가 입을 게 필요해요. 전부 다. 소지품을 런던에 두고 왔거든요. 여기서 1주일 머물 겁니다."

여자 친구? 그래. 말 되네.

알레시아가 놀라서 나를 올려다보았다.

"그렇군요. 뭐가 필요하세요?" 점원이 상냥한 눈빛으로 알레시아를 쳐다보며 물었다.

알레시아가 어깨를 으쓱거렸다.

"청바지부터 골라보죠." 내가 끼어들었다.

"사이즈는요?"

"모르겠어요." 알레시아가 대답했다.

점원은 당황한 표정을 짓다가 물러서서 알레시아를 훑어보고는 상냥하게 말했다. "여기 사람이 아니군요, 그렇죠?"

"아니에요." 알레시아가 얼굴을 붉혔다.

"몸집이 작으시네요, 영국 사이즈로 8이나 10 정도예요." 점원은 기대에 찬 얼굴로 우리가 확인해주기를 기다렸다.

"피팅룸으로 들어가실까요? 맞는 청바지를 찾아드릴 테니까 그것부터 입어보세요."

"그러죠." 알레시아는 내게 알 수 없는 표정을 짓고 나서 점원을 따라 피팅룸으로 들어갔다.

점원이 알레시아에게 하는 말소리가 들렸다. "내 이름은 새러예요." 나는 안도의 한숨을 쉬고 나서 새러가 선반에서 청바지 두 벌을 꺼내는 걸 보았다.

"짙은색이랑 밝은색, 검은색도 한 벌씩 주시죠." 내가 제안했다. 점원은 말총머리를 명랑하게 흔들며 내게 미소를 짓고는 청바지를 몇 벌 더 꺼냈다.

나는 가게 안을 돌아다니면서 알레시아에게 어울릴 만한 옷을 찾아 선반을 뒤졌다. 전에도 여자들과 쇼핑을 한 적은 있었지만 그때는 여자들이 자기가 원하는 걸 정확히 알고 있었다. 그래서 오늘도 돈이나 내고 어차피 묵살당할 의견이나 몇 마디 보태러 따라온 것이다. 내가 아는 여자들은 모두 자기 스타일에 자부심이 있었는데. 알레시아는 캐럴라인과 같이 쇼핑을 보내야 할 판이다.

뭐?

그럼 런던으로 돌아가야 하잖아?

아냐. 그건 좋은 생각이 아니야.

아직은 안 돼.

나는 인상을 썼다. 나 지금 뭐 하는 거냐?

뭐긴, 가정부랑 섹스하는 중이지.

오르가슴을 느끼며 자지러지는 그녀의 신음이 귓전에 맴돌았다. 그 기억에 내 물건이 단단해졌다.

머저리.

물론. 나는 그녀와 섹스하는 중이었고 또 하고 싶었다.

그것이 여기 있는 이유다.

나는 그녀가 좋았다. 정말 좋았다. 그녀를 그간의 온갖 시련으로부터 구해주고 싶었다… 나는 가진 것이 많았고 그녀는 아무것도 없었다.

코웃음이 났다. 부의 재분배가 이런 건가. 그렇군. 내게 이런 이타적이고 사회주의적인 성향이 있었나. 어머니가 알면 기겁을 할 것이다. 그 생각을 하니 슬며시 웃음이 났다.

나는 마음에 드는 원피스를 두 벌 골랐다. 하나는 검은색이었고 다른 하나는 에메랄드빛이 돌았다. 나는 그것을 점원에게 건넸다.

알레시아가 마음에 들어할까?

나는 피팅룸 밖 안락의자에 앉아 초조한 마음을 다스렸다.

알레시아가 초록색 원피스를 입고 나타났다.

와우.

순간 정신이 조금 아득해졌다.

원피스를 입은 그녀는 처음이었다.

머리카락이 폭포수처럼 가슴 위로 흘러내려 출렁거렸고 부드러운 옷감이 달라붙듯 가슴을 감쌌다.

착 붙었다.

젖가슴. 납작한 배. 엉덩이. 원피스는 무릎에서 끝났고 그 아래로는 맨발이었다. 끝내주게 예뻤다. 조금 나이가 들어 보이긴 했지만 더 여성스럽고 세련돼 보였다.

"너무 파인 거 아니에요?" 알레시아가 목선을 당기며 물었다.

"아니." 나는 허스키한 목소리가 나와 목을 가다듬었다. "아니, 괜찮은데."

"마음에 들어요?"

"응. 응. 아주 마음에 들어. 사랑스러워 보여."

그녀는 내게 수줍은 미소를 지었다. 나는 손가락을 치켜들고 돌아보라고 손짓했다. 그녀가 휙 돌고 나서 깔깔 웃었다.

옷감이 그녀의 엉덩이에도 착 붙어 있었다.

말해 뭐해. 그녀는 근사했다.

"이걸로 하자." 내가 말하자 그녀는 피팅룸으로 다시 들어갔다.

45분 뒤 알레시아에게 새 옷들이 생겼다. 청바지 셋, 다양한 색상의 긴팔 상의 여러 개, 치마 둘, 민무늬 셔츠 둘, 카디건 둘, 원피스 둘, 스웨터 둘, 외투 하나, 여러 개의 양말과 스타킹, 속옷.

"모두 해서 1,355파운드입니다." 새러가 맥심에게 환히 웃었다.

"뭐라고요!" 알레시아가 소리쳤다.

맥심은 신용카드를 건네고 나서 알레시아를 품 안으로 끌어들인 뒤 그녀에게 길고 격렬하게 키스했다. 그가 놓아주었을 때 그녀는 숨을 헐떡이면서 민망해하며 바닥을 내려다보았다. 새러를 쳐다보지 못했다. 알레시아의 고향에서는 공개된 장소에서 손을 잡는 것도 지나친 행동으로 여겼다. 키스는 말할 것도 없다. 어림도 없다. 공개된 장소에서는 금지였다.

"헤이." 맥심이 그녀의 턱 밑에 손을 대고 그녀의 얼굴을 치켜들었다.

"돈을 너무 많이 쓰네요." 그녀가 중얼거렸다.

"너한텐 괜찮아. 제발. 나한테 화내지 마."


그녀의 시선이 내 얼굴에 머물렀지만 그녀가 무슨 생각을 하는지 알 수 없다.

"고마워요." 그녀가 마침내 말했다.

"천만에." 나는 안심이 되어 말했다. "이제 예쁜 신발을 사러 가볼까."

알레시아의 얼굴이 여름날처럼 밝아졌다.

그래… 여자 마음을 얻는 데는 역시 신발이 최고지.


근처 신발 가게에서 그녀는 둥근 모양의 검은색 앵클부츠를 골랐다.

"한 켤레 가지고는 안 될걸." 내가 말했다.

"이거면 돼요."

"여기, 이거 괜찮네." 나는 발레 슈즈처럼 굽이 납작한 단화를 들어 올렸다. '날 눕혀줘' 하는 하이힐도 있기를 바랐지만 그 가게에는 실용적인 신발뿐이었다.

알레시아는 주저했다.

"난 이거 마음에 들어." 내 의견이 그녀의 결정에 영향을 미치기를 바라며 말했다.

"좋아요. 당신이 마음에 든다면. 예쁘네요."

나는 환히 웃었다. "이것도 괜찮은데." 나는 무릎 위까지 올라오는 길이에 하이힐 굽이 달린 갈색 가죽 부츠를 들어 올렸다.

"맥심." 알레시아가 반대했다.

"사자."

그녀가 망설이는 미소를 지었다. "알았어요."


"신던 부츠는 재활용하라고 여기 맡기고 가자." 같이 계산

대 앞에 서 있을 때 맥심이 말했다. 알레시아는 신고 있는 새 부츠를 내려다보다가 낡은 신발을 쳐다보았다. 고향에서 가져온 옷과 신발 중 남은 것은 이것뿐이었다.

"이건 가지고 있을래요."

"왜?"

"알바니아에서 가져온 거니까."

"아." 그는 놀란 표정을 지었다. "그럼 밑창만 갈면 되겠다."

"밑창? 그게 뭔데요?"

"수선하는 거야. 신발 바닥을 교체하는 거지. 알겠지?"

"알아요. 알아들었어요." 그녀가 기뻐하며 말했다. "밑창 수선."

그녀는 맥심이 다시 신용카드를 건네는 것을 보았다.

그에게 진 신세를 어떻게 갚지?

언젠가는 돈을 많이 벌어 그의 돈을 갚을 수 있을 것이다. 그동안 그를 위해 할 수 있는 일을 생각해내야 했다. "잊지 말아요, 이제 요리는 내가 해요." 그녀가 말했다.

이 방법밖엔 없어.

"오늘?" 맥심이 그녀의 쇼핑백들을 집으며 물었다.

"네. 당신에게 요리해주고 싶어요. 고마움의 표시로. 오늘 밤."

"그래. 이 쇼핑백들을 차 안에 가져다두고 점심 먹고 나서 식재료 사러 가자."

그들은 쇼핑백들을 차의 작은 트렁크에 넣고 나서 손을 잡고 식당으로 걸어갔다. 알레시아는 맥심의 후한 친절에 부담을 갖지 않기로 했다. 그녀의 나라에서는 선물을 거절하는 것은 무례한 행동이었지만, 만약 아버지가 이걸 알았다면 그녀를 뭐라고 불렀을지 뻔했다. 아마도 그녀를 죽였거나 심장마비로 쓰러졌을 것이다. 둘 다거나. 그녀는 이미 아버지의 명예를 실추시켰고, 그것을 상징하는 멍이 최근까지 그녀의 몸에 남아 있었다. 아버지가 조금 더 개방적이고 덜 폭력적인 사람이었다면 얼마나 좋았을까.

아빠.

그녀의 기분은 급격히 추락했다.


우리는 릭 스타인의 카페에서 점심을 먹었다. 알레시아는 말이 없었다. 음식을 주문할 때부터 조금 기운이 없어 보였다. 내가 그녀의 옷과 신발에 돈을 너무 많이 써서 그런 걸까. 여종업원이 주문을 받고 물러갔을 때 나는 그녀를 달래려고 알레시아의 손을 꼭 쥐었다. "알레시아, 돈 걱정은 하지 마. 그냥 옷일 뿐이야. 알았지?" 그녀는 희미하게 미소를 짓더니 탄산수를 한 모금 마셨다.

"뭐가 잘못된 거야?"

그녀가 고개를 저었다.

"말해봐."

그녀는 다시 고개를 젓고 나서 창밖을 내다보러 고개를

돌렸다.

뭔가 틀어졌다.

젠장. 내가 화나게 만들었나?

"알레시아?"

그녀가 고개를 내 쪽으로 돌렸다. 심란해 보였다.

망할.

"왜 그래?"

그녀가 나를 쳐다보았다. 괴로움으로 흐려진 짙은 눈망울이 단도처럼 내 가슴을 후벼 팠다.

"말해봐."

"휴가 중이라고 생각하려 했지만 잘 안 돼요." 그녀가 가만히 말했다. "당신은 이런 것들을 다 사주는데 나는 이 돈을 갚을 방법이 없잖아요. 그리고 런던으로 돌아갔을 때 내게 무슨 일이 벌어질지도 모르겠어요. 아버지 생각도 나고. 아버지가 내게 뭐라고 하실지." 그녀가 말을 멈추고 침을 삼켰다. "당신에게도. 우리가 한 일을 아신다면. 아버지가 나를 뭐라고 부를지 안 봐도 뻔해요. 그리고 지쳤어요. 두려움에 떨면서 지내는 데 지쳤어요." 그녀의 목소리는 속삭임에 가까웠고 눈가에는 눈물이 반짝였다. 그녀는 나를 똑바로 보았다. "그냥 그런 생각이 들어요."

나는 그녀를 마주 보았다. 말문이 막히고 기운이 빠졌다. 그녀가 안쓰러웠다.

"생각할 게 많구나." 나는 중얼거렸다.

여종업원이 우리 음식을 가져와 쾌활하게 캘리포니안 치킨 샌드위치를 내 앞에 놓고 알레시아 앞에는 단호박 수프를 놓았다. "더 필요한 거 없으세요?" 그녀가 물었다.

"네. 괜찮아요. 고마워요." 나는 말하고 그녀를 보냈다.

알레시아가 숟가락을 집어 들고 수프를 젓는 동안 나는 무슨 말을 해야 할지 몰라 고민했다. 그녀가 겨우 들리는 목소리로 말했다. "난 당신이 해결해야 할 고민거리가 아니에요, 맥심."

"난 그런 말 한 적 없어."

"그렇게 말 한 적은 없죠."

"무슨 소리인지 알아들었어, 알레시아. 우리 사이에 무슨 일이 일어나든 내가 바라는 건 네 안전이야."

그녀가 내게 슬픈 미소를 지었다. "감사하게 생각하고 있어요. 고마워요."

그녀의 대답에 나는 화가 치밀었다. 그녀에게 감사한다는 말을 바란 적은 없다. 그녀는 내 애인이 되는 것에 고루한 관념을 가지고 있는 것 같았다. 그리고 그녀의 아버지가 어떤 반응을 보이든 그게 무슨 상관인지. 지금은 2019년이다. 1819년이 아니라.

이 여자는 무얼 원하는 걸까?

망할. 나는 또 무얼 원하는 걸까?

나는 그녀가 숟가락을 입술로 가져가는 것을 보았다. 그녀의 얼굴은 창백하고 슬퍼 보였다.

그래도 뭘 먹으니 다행이었다.

나는 무얼 바라는 걸까? 그녀한테서?

그녀의 아름다운 육체는 이미 손에 넣었다.

그런데 그것만으로는 부족했다.

그 생각이 나를 강타했다. 망치로 미간을 정통으로 얻어 맞은 것처럼.

그녀의 마음이 갖고 싶었다.

망할.

# 17

이건 사랑이다. 혼란. 무모함. 짜증… 희열. 이것이 내 솔직한 심정이다. 나는 정신 나간 놈처럼, 미친 듯이, 바보처럼 내 앞에 앉아 있는 여자를 사랑하고 있다.

내 청소부를. 알레시아 데마치를.

이 감정은 내 집 복도에 빗자루를 움켜쥐고 서 있는 그녀를 처음 본 순간부터 지금까지 멈춘 적이 없다. 그때 내가 얼마나 당황했었는지… 얼마나 화가 났었는지 잘 기억하고 있다… 사방의 벽이 좁혀드는 것 같아서, 내 감정의 깊이를 알수가 없어서 그대로 도망칠 수밖에 없었다. 내 감정으로부터 도망친 것이다. 당시에는 그저 그녀에게 강한 매력을 느끼는 줄로만 알았다. 하지만 아니었다. 내가 갈망한 것은 그녀의 육체만이 아니었다. 이런 감정은 처음이다. 다른 여자들과는 다른 방식으로 그녀에게 끌리고 있다. 나는 그녀를 사랑한다. 그래서 그녀가 브렌트퍼드로 달아났을 때 그녀를 쫓아간 것이다. 그래서 그녀를 여기로 데려온 것이다. 그녀를 지켜주고 싶다. 그녀를 행복하게 만들어주고 싶다. 그녀와 같이 있고 싶다.

망할.

깨달았다.

그녀는 내가 어떤 사람이고 뭘 하는 사람인지 전혀 모른다. 나 역시 그녀에 대해 아는 것이 거의 없다. 그녀가 나를 어떻게 생각하는지도. 하지만 그녀는 지금 내 옆에 있고, 그것은 분명 큰 의미가 있다. 그녀는 나를 좋아하는 것 같다. 하지만 그녀에게 다른 선택권이 있을까? 나는 그녀의 유일한 선택지다. 그녀는 두려움에 사로잡혀 있었고 달리 도망칠 곳이 없었다. 나는 그것을 잘 알고 있었고 그녀와 거리를 두려고 나름 노력했지만 실패했다. 그녀가 어느새 내 마음에 자리 잡고 있었기 때문에.

나는 내 청소부를 사랑하고 있다.

정말이지, 개꼴이 난 상황이다.

그녀는 마침내 내게 마음을 열기 시작했지만 내가 애를 썼음에도 여전히 두려움을 떨치지 못한다. 내 노력이 부족한 탓이다. 나는 식욕이 싹 달아났다.

"미안해요. 분위기를 죽이고 싶진 않았는데." 그녀의 말에 나는 생각에서 벗어났다.

"분위기를 죽여?"

그녀가 얼굴을 찌푸렸다. "내 표현이 틀렸나요?"

"'분위기를 깬다'가 맞을 거야."

그녀가 억지로 미소를 끌어냈다.

"분위기 안 깼어." 나는 그녀를 안심시켰다. "잘 해결될 거야, 알레시아. 두고 보면 알아."

그녀는 고개를 끄덕였지만 확신은 없는 듯했다. "배 안 고파요?"

나는 내 치킨 샌드위치를 내려다보았다. 배 속에서 꼬르륵 소리가 났다. 그녀가 깔깔 웃었다. 세상에서 가장 아름다운 소리였다.

"조금 낫네." 즐거워하는 그녀의 모습에 기분이 좋아졌다. 그녀가 유머 감각을 되찾아서 안심이었다. 나는 내 점심으로 관심을 돌렸다.


알레시아는 기분이 풀어졌다. 그에게 속마음을 이야기한 것은 처음인데 그가 화난 것 같지는 않았다. 그녀를 언뜻 쳐다보는 그의 눈빛은 따뜻했고 표정도 다정했다.

'잘 해결될 거야, 알레시아. 두고 보면 알아.'

그녀는 단호박 수프를 내려다보았다. 식욕이 돌아왔다. 여기로 오기까지 줄줄이 벌어진 일들을 생각하니 놀라웠다. 쿠커스에서 어머니에게 떠밀려 얼어붙은 뒷길에 서 있는 미니버스에 올라탔을 때 그녀는 앞날이 전혀 다른 양상으로 바뀌게 될 것을 직감했다. 영국에서 새로운 삶을 살 기대에 부풀었는데 그렇게 고단하고 위험한 여정이 기다리고 있을 줄이야. 아이러니한 것은 그녀가 애초에 위험으로부터 도망을 치려 그 여정에 올랐다는 점이다.

그리고 그 여정은 그녀를 그에게 데려다주었다.

미스터 맥심에게로.

잘생긴 얼굴과 잦은 웃음, 찬란한 미소를 지닌 그에게로. 그녀는 식사 중인 그를 바라보았다. 그는 식사 예절도 흠잡을 데 없었다. 깔끔하고 단정한 데다 입을 꼭 다물고 씹었다. 식사 예절에 까다로웠던 그녀의 할머니도 만족했을 것이다.

그의 초록빛 눈이 그녀를 바라보며 반짝거렸다. 더없이 특이한 색깔이었다.

드린 강의 물빛. 그녀의 고향을 닮은 빛깔.

온종일이라도 그를 바라보고 싶었다.

그가 그녀에게 다정한 미소를 던졌다. "괜찮아?" 그가 물었다.

알레시아는 고개를 끄덕였다. 그녀를 향한 따스한 미소가 너무나 좋았다. 그녀를 원할 때면 뜨거워지는 눈빛도… 그녀는 얼굴을 붉히고 수프를 내려다보았다. 생각지도 못했는데 사랑에 빠지고 말았다.

사랑은 바보나 하는 거야. 어머니는 그렇게 말하곤 했었다.

그래, 바보일지도 모르지만 그를 사랑했다. 그에게 사랑한다고 말한 적도 있었다. 물론 그녀의 모국어를 모르는 그는 그 말을 알아듣지 못했지만.

"헤이." 그가 말했다.

그녀가 고개를 들었다. 그는 점심을 다 먹은 뒤였다.

"수프 어때?"

"맛있어요."

"다 먹어. 집에 데려다줄게."

"알았어요." 집이라고 생각하니 기분이 좋았다. 그와 같이 가정을 꾸리고 싶었다. 영원히. 하지만 가능한 일이 아니라는 걸 알고 있었다.

그래, 여자라면 꿈을 꾸기 마련이지.


트리비딕 영지로 돌아가는 차 안은 올 때에 비해 조용했다. 맥심은 생각에 잠겨 오디오를 통해 흘러나오는 신비한 음악에 가만히 귀를 기울였다. 그들은 패드스토를 빠져나오는 길에 테스코라는 슈퍼마켓에 들러 식재료를 샀다. 알레시아는 타베 코시를 만들 생각이었다. 아버지가 좋아하는 요리였는데 맥심도 좋아하기를 바랐다. 그녀는 지나가는 시골 풍경을 내다보았다. 아직 겨울옷을 입고 있었지만 풍경은 그녀의 고향을 떠올리게 했다. 하지만 여기 나무들은 짧게 가지치기가 된 데다 험한 콘월의 바람에 고부라진 모양이다.

그녀는 마그다와 마이클이 브렌트퍼드에서 어떻게 지내는지 궁금했다. 오늘은 일요일이니 마이클은 학교 숙제를 하거나 온라인 게임을 하고 있을 테고, 마그다는 요리를 하지 않으면 스카이프로 약혼자 로건과 이야기를 나누거나 캐나다에 가져갈 짐을 꾸리고 있을 것이다. 부디 그들이 무사하기를. 그녀는 맥심을 쳐다보았다. 그는 생각에 골똘히 빠져 있는 듯했다. 그의 친구와 계속 연락을 했다면 그는 마그다와 마이클의 안부를 알고 있을 것이다. 나중에 그의 전화기를 빌려 집의 소식을 들어볼 생각이었다.

아니, 브렌트퍼드는 그녀의 집이 아니다.

지금으로서는 어디가 다음 집이 될지 알 수 없다.

그녀는 기운을 내기로 하고 그 생각은 떨쳐냈다. 그리고 오디오에서 흘러나오는 비범한 소리에 다시 귀를 기울였다. 색깔들이 서로 충돌했다. 보라색, 빨간색, 터키옥색… 한 번도 들어본 적 없는 음악이었다.

"이 음악은 뭐예요?"

"〈컨택트〉의 사운드트랙."

"〈컨택트〉?"

"영화."

"아."

"본 적 있어?"

"아뇨."

"대단해. 끝내주는 영화지. 시간과 언어, 그리고 의사소통의 어려움에 관한 이야기야. 집에서 같이 보자. 음악은 마음에 들어?"

"네. 좀 묘해요. 감성적이고. 그리고 다채로워요."

그의 미소가 짧게 나타났다가 사라졌다. 순식간에. 그는 아까부터 생각에 잠겨 있었다. 혹시 먼저 나눈 대화를 곱씹는 건 아닐까. 알아야 했다. "혹시 나한테 화났어요?"

"아니. 당연히 아니지! 내가 너한테 왜 화가 나?"

그녀가 어깨를 으쓱거렸다. "모르겠어요. 당신이 너무 말이 없어서."

"네가 생각할 거리들을 많이 던져주긴 했어."

"미안해요."

"사과할 필요 없어. 넌 아무 잘못도 안 했으니까. 만약에…" 그가 말끝을 흐렸다.

"당신도 잘못한 거 없어요."

"네 생각이 그렇다면 다행이고." 그가 슬쩍 진지한 미소를 지어 그녀의 의구심을 씻어주었다.

"안 먹는 음식 있어요?" 그녀는 장을 보기 전에 미리 알아둘 걸 그랬다고 생각하면서 물었다.

"아니. 난 거의 뭐든 잘 먹어. 기숙학교를 다녔거든." 그것으로 자신의 음식 취향이 모두 설명된다는 투였다. 하지만 알레시아가 기숙학교에 대해 아는 것은 할머니가 좋아했던 에니드 블라이튼의 연작 소설 《맬러리 타워스》뿐이었다.

"거기 다닐 때 좋았어요?"

"1학년 때는 싫었어. 퇴학당했거든. 2학년 땐 좋았어. 좋은 학교였거든. 거기서 좋은 친구들을 많이 사귀었지. 너도 만난 적 있어."

"아, 맞다." 알레시아는 속옷 바람의 두 남자가 기억나 얼굴을 붉혔다.

그들은 더 편한 화제로 이야기를 나누었고 집에 도착할 때쯤 그녀는 더 활기차 있었다.


우리는 쇼핑백들을 집 안으로 옮겼다. 알레시아가 식료품을 꺼내 정리하는 동안 나는 그녀의 옷들을 위층으로 가져가서 빈 침실에 놓아두었다가 마음이 바뀌어 내 침실 안 옷방으로 옮겼다. 그녀와 한방을 쓰고 싶었다.

너무 앞서가는 건가.

망할.

나는 자청해서 일을 복잡하게 만들고 있다. 그녀에게 어떻게 행동해야 할지 도무지 모르겠다.

나는 침대에 걸터앉아 두 손으로 머리를 감쌌다. 여기 오기 전 내가 작전을 짰던가?

아니.

아랫도리의 명령을 따랐을 뿐이다. 그런데 지금은… 이제는 제발 머리로 생각하고 가슴을 따라야 한다. 아까 운전하는 동안 어떻게 해야 할지 여러 가지로 고민이 많았다. 그녀에게 사랑한다고 말해야 할까? 말하지 말아야 할까? 그녀는 나에 대한 감정을 비친 적이 없지만 원래 잘 내색하는 성격이 아니다.

그녀가 나랑 같이 여기 있잖아.

그것 자체가 큰 의미가 있는 게 아닐까?

그녀는 친구와 함께 지낼 수도 있었다. 하지만 그랬다면 그 양아치들이 돌아와 그녀를 찾을 위험을 감수해야 했을 것이다. 피가 싸늘하게 얼어붙는 것 같다. 만약 그랬다면 그 자들이 그녀에게 무슨 짓을 했을까 생각하니 진저리가 났다. 안 돼. 나는 그녀의 유일한 대안이었다. 그녀는 가진 것이 없다. 달리 어디로 도망을 칠 수 있었겠나?

그녀는 아무것도 없이 영국에 도착했지만 살아남았다. 영리한 여자이긴 하지만 어떤 대가를 치러야 했을까? 그 생각이 나를 무겁게 짓눌렀다. 여기 도착하고 나서 마그다를 찾아가기까지 어떤 일을 겪었을까?

식당에서 본 그녀의 눈에는 고통이 어려 있었다. 그것이… 내 마음을 후벼 팠다.

'두려움에 떨면서 지내는 데 지쳤어요.'

그녀는 이렇게 느낀지 얼마나 됐을까. 여기 도착한 이후 쭉? 나는 그녀가 영국에 온 지 얼마나 됐는지도 모른다. 그녀에 대해 모르는 게 너무 많다.

하지만 그녀가 행복하기를 바란다.

생각을 해. 어떻게 할지.

무엇보다 그녀가 합법적으로 여기에 체류할 수 있어야 할 텐데 그 방법을 모르겠다. 내 변호사는 방법을 알지도 모르겠다. 내가 불법 체류자를 숨기고 있다는 말을 하면 라자가 어떤 얼굴을 할지 상상이 된다.

그녀의 할머니는 영국인이었다. 그것이 도움이 될지도.

망할. 모르겠다.

그것 말고 내가 할 수 있는 게 있을까?

그녀와 결혼할 수도 있지.

뭐?

결혼?

그 터무니없는 생각에 와락 웃음이 터졌다.

안 될 것도 없잖아?

어머니가 기절초풍을 하겠군. 그 이유 하나만으로도 청혼할 가치가 있을 것이다. 문득 얼마 전 펍에서 톰이 한 말이 기억났다. '너도 이제 백작이 됐으니 후계자와 후보자를 만들 때가 됐어.'

나는 알레시아를 백작 부인으로 만들어줄 수 있다.

가슴이 뛰기 시작했다. 과감한 조치가 아닐 수 없다.

조금 갑작스런 결정도 되겠지.

나는 그녀가 내게 마음이 있는지 아닌지도 모른다.

그녀에게 물어보면 되잖아.

난감하다. 같은 자리를 계속 맴돌고 있다. 결론은 그녀에 대해 더 많은 것을 알아내야 한다는 것이다. 내 아내가 되어 달라고 어떻게 말을 꺼내야 할까? 알바니아가 지도상에 어디 위치하는지는 알지만 내가 아는 건 딱 거기까지다. 그래도 확실히 해두는 게 좋겠다.

나는 주머니에서 휴대폰을 꺼내 구글을 열었다.

날이 저물었고 배터리가 바닥났음을 알리는 휴대폰 경고
음이 울리기 시작했다. 나는 침대를 가로질러 누운 채 알바
니아에 관한 것들을 닥치는 대로 읽었다. 일부는 현대적이
고 일부는 예스러우며 격동의 역사가 있는 매력적인 나라였
다. 나는 알레시아의 고향을 찾아냈다. 북동쪽 산맥 사이에
자리한 마을로 수도에서 자동차로 몇 시간 거리에 있다. 읽
어본 바에 의하면 그곳의 생활 양식은 전통적인 색채가 강
한 것 같았다.

그렇다면 많은 것들이 이해가 된다.

알레시아는 아래층에서 요리를 하고 있다. 무슨 요리를
하는지 몰라도 좋은 냄새가 났다. 나는 일어나 기지개를 켠
뒤 그녀를 보러 아래층으로 내려갔다.

그녀는 흰 상의와 청바지 차림으로 등을 돌린 채 스토브
앞에 서서 프라이팬 안의 뭔가를 섞고 있었다. 먹음직한 냄
새에 군침이 돌았다.

"안녕." 나는 그녀에게 인사하고 식탁 앞 스툴에 앉았다.

"안녕." 그녀가 내게 슬쩍 미소를 지었다. 그녀는 땋은 머
리를 하고 있었다. 나는 식탁 밑 충전기에 휴대폰을 꽂고 나
서 소노스를 켰다.

"듣고 싶은 음악 있어?"

"당신이 골라봐요."

나는 잔잔한 곡 모음을 골라 재생 버튼을 눌렀다.

머리 위 스피커에서 별안간 RY X(호주 출신의 싱어송라이터-옮긴이)가 폭발하는 바람에 둘 다 펄쩍 뛰었다. 나는 볼륨을 줄였다. "미안. 무슨 요리해?"

"알면 깜짝 놀랄걸요." 그녀가 어깨 너머로 요염한 시선을 던지며 말했다.

"기대되는데. 냄새 좋다. 내가 도울 거 없나?"

"아뇨. 이건 내가 감사의 뜻으로 대접하는 거예요. 마시는 거 좋아요?"

나는 웃음을 터뜨렸다. "물론. 마시는 거 좋아하지. 내가 영어 표현 바로잡아주는 거 신경 안 쓰여?"

"아뇨. 배우고 싶어요."

"이럴 땐 '뭐 마실래요?'라고 해."

"그렇구나." 그녀가 내게 다시 미소를 지었다.

"내 대답은 '좋아, 마실게. 고마워'야."

그녀가 프라이팬을 옆으로 치우고 식탁 위 마개가 열린 레드 와인을 들어 유리잔에 따라주었다.

"알바니아에 대해 읽고 왔어."

그녀의 눈이 내 눈과 마주쳤고 얼굴은 새벽빛처럼 밝아졌다. "내 고향." 그녀가 중얼거렸다.

"쿠커스에서 어떻게 살았는지 더 이야기해줘."

저녁을 준비하는 데 신경을 써야 했지만 그녀는 아버지 어머니와 살았던 집에 대해 말하기 시작했다. 고향 집은 전

나무에 둘러싸인 거대한 호수 옆에 있었다… 그녀가 말을 하는 동안 나는 식탁 뒤에서 움직이는 그녀를 감탄하며 바라보았다. 그녀는 오랫동안 부엌에서 요리한 것처럼 대단히 자연스럽고 우아했다. 육두구를 갈 때도 그랬고 오븐의 조리 시간을 조절할 때도 그랬다. 전문가처럼 움직였다. 그리고 요리를 하면서 내 와인 잔을 채우고 설거지를 하고 쿠커스에서 다람쥐 쳇바퀴 돌 듯 살았던 이야기도 해주었다.

"그럼 운전은 안 하겠네?"

"안 해요." 그녀는 상을 차리면서 대답했다.

"어머니는 운전하시나?"

"하지만 자주는 안 하세요." 그녀는 내가 실망한 기색을 보더니 미소를 지었다. "대부분의 알바니아인은 1990년대 중반까지 운전하지 않았어요. 공산주의가 망하기 전까지는. 그전엔 자동차가 없었거든요."

"와우. 그건 몰랐네."

"한번 배워보고 싶어요."

"운전? 내가 가르쳐줄게."

그녀는 깜짝 놀랐다. "그 빠른 당신 차로요? 어림없어요!" 그러고는 내가 점심 먹으러 달에 가자고 제안한 것처럼 깔깔 웃어댔다.

"내가 가르쳐줄게." 여기는 땅이 넓어서 공용 고속도로로 나갈 필요가 없었다. 안전할 것이다. 키트의 자동차를 모는 그녀의 모습이 그려졌다. 모건이 좋겠다. 딱 좋군. 백작 부인에겐 그게 제격이지.

백작 부인?

"이거 다 익으려면 15분 정도 걸리겠어요." 그녀는 손가락으로 입술을 톡톡 두드렸다. 뭔가를 궁리하는 중이다.

"뭐 하고 싶어?"

알레시아가 아랫입술을 깨물었다.

"뭔데 그래?"

"마그다랑 통화하고 싶어요."

왜 아니겠나. 마그다는 그녀의 유일무이한 친구인데. 왜 그 생각을 못 했지?

"그래. 여기서 해." 나는 충전기에서 휴대폰을 빼서 마그다의 전화번호를 찾았다. 그리고 통화 연결 중인 휴대폰을 알레시아에게 건넸고, 그녀는 내게 고마움이 담긴 미소를 지었다.

"마그다… 네, 저예요." 알레시아가 앉으려고 소파로 가는 동안 나는 엿듣지 않을 수 없었다. 마그다는 알레시아가 무사하다는 것을 듣고 안심한 것 같다. "아뇨. 좋아요." 알레시아는 반짝이는 눈으로 나를 흘끔거렸다. "엄청 좋아요." 그녀가 활짝 웃으며 말했을 때 나도 히죽 웃음이 터졌다.

엄청 좋다는 말은 언제든 환영이야.

마그다가 무슨 말을 했는지 알레시아가 웃음을 터뜨렸고 내 가슴은 벅차올랐다. 그녀의 웃음소리는 정말 듣기 좋았다. 자주 저렇게 웃지 않는 게 아쉬울 정도로.

나는 그녀가 통화하는 동안 쳐다보지 않으려 했지만 도저히 안 볼 수가 없었다. 그녀는 무의식적으로 땋은 머리에서 삐져나온 머리카락을 손가락에 돌돌 감으면서 마그다에게 바다와 어제 즉흥적으로 바다에 뛰어든 이야기를 했다.

"아뇨. 여기 아름다워요. 집 생각이 나요." 그녀는 다시 눈을 들어 나를 쳐다보았고 나는 그녀의 홀리는 듯한 시선에 정신을 빼앗겼다.

집이라.

내가 여기를 그녀의 집으로 만들어준다면…

입안이 바짝 말랐다.

야! 혼자 너무 앞서가잖아!

나는 고개를 돌려 마법 같은 알레시아의 시선에서 풀려났다. 멋대로 흘러가는 생각 때문에 곤혹스러워 와인을 한 모금 마셨다. 나의 이런 반응은 대단히 생소하고 지나쳤다.

"마이클은 어때요? 로건은요?" 그녀가 물었다. 그러고는 궁금한 게 많았는지 짐 싸기며 캐나다, 결혼에 대한 활발한 대화에 금세 빠져들었다.

알레시아가 다시 웃음을 터뜨렸다. 그녀의 목소리가 더 부드럽고… 더 귀엽게 변했다. 마이클과 통화하는 중이었다. 그녀의 말투에서 마이클을 유독 아끼는 티가 났다. 질투해선 안 되는데—마이클은 아직 어린애다—그래도 질투가 났다. 이 생소하고 달갑지 않은 감정을 어떻게 받아들여야 할지 모르겠다.

"착하게 굴어야지, 마이클… 보고 싶다… 안녕."

그녀는 다시 나를 흘끔 보았다. "알았어요. 그럴게요… 잘 있어요, 마그다." 그녀는 전화를 끊고 휴대폰을 돌려주러 내게 다가왔다. 행복해 보였다. 그녀가 통화를 해서 나도 기뻤다.

"통화 잘 했어?"

"네. 고마워요."

"마그다는?"

"짐 싸는 중이래요. 영국을 떠나는 게 행복하면서도 슬픈 가봐요. 옆에 경호원이 있어서 안심이 된대요."

"잘됐네. 새 삶을 앞두고 신나겠네."

"맞아요. 약혼자가 좋은 남자예요."

"무슨 일을 한대?"

"컴퓨터와 관련된 일인가봐요."

"휴대폰을 하나 사줄게. 그럼 원할 때 마그다와 통화할 수 있을 거야."

그녀가 놀란 표정을 지었다. "아뇨. 아뇨. 그건 너무 과해요. 그러지 말아요."

나는 눈썹을 추켜올렸다. 내가 하겠다면 하는 거지.

그녀도 못마땅해서 눈썹을 추켜올렸지만, 핑 하는 오븐 소리가 나를 살렸다.

"저녁밥 다 됐다."

알레시아는 식탁 위 만들어둔 샐러드 옆에 냄비를 놓았다. 요거트 껍질이 바삭한 황금색 돔처럼 부풀어 올랐다고 좋아했다. 맥심은 감탄했다. "맛있어 보인다." 그가 말하자 알레시아는 과찬이라고 말했다.

그녀는 그에게 한 그릇 덜어준 다음 자리에 앉았다. "양고기랑 쌀, 요거트, 그리고 몇 가지 비법… 음… 재료가 들어갔어요. 우린 이걸 타베 코시라고 불러요."

"여기서는 요거트를 굽지 않아. 시리얼에 타 먹지."

그녀가 웃었다.

그는 한 입 먹고 나서 눈을 감고 그 맛을 음미했다. "으으음." 그가 눈을 뜨고 고개를 열렬히 끄덕거리다가 꿀꺽 삼켰다. "맛있다. 요리 좀 한다더니 거짓말이 아니었네!"

알레시아는 그의 따뜻한 시선에 얼굴을 붉혔다.

"언제든 요리 또 해줘."

"그럴게요." 그녀는 기꺼이 그러고 싶었다.


우리는 이야기하고 마시고 먹었다. 나는 그녀에게 와인을 따라주고 질문을 던졌다. 물어볼 것이 많았다. 그녀의 어린 시절. 학교 생활. 친구들. 가족. 알바니아에 대해 읽은 글들이 나를 자극했다. 알레시아와 마주 앉아 있는 것도 나를 자극했다. 그녀는 생기가 넘쳤다. 감정이 풍부한 초롱초롱한 눈으로 이야기를 했다. 두 손을 써서 설명하는 모습에서 활력이 흘렀다.

매혹적인 여자였다.

때때로 그녀의 손가락이 흘러나온 머리카락을 잡아 귀 뒤로 넘겼다.

저 손가락이 내게 닿았으면.

나는 그녀의 땋은 머리카락을 풀어헤쳐 손가락으로 그 부드럽고 매끄러운 머리카락을 쓸고 싶었다. 아무런 근심 없이 수다를 떠는 그녀를 보니 흐뭇했다. 와인 때문인지 그녀의 뺨이 발그레했다.

나는 풍미 좋은 이탈리아산 바롤로를 한 모금 마셨다. 역시나 그것이 마법을 부렸다.

나는 배가 불러 접시를 옆으로 치우고 그녀의 유리잔을 채웠다. "알바니아의 일상은 어떤지 말해봐."

"내 일상요?"

"응."

"딱히 이야기할 것도 없어요. 일하는 날엔 아버지가 나를 학교에 데려다줬어요. 집에 있을 땐 어머니를 도왔구요. 빨래하고 청소하고. 내가 당신을 위해 하는 일과 비슷해요." 에스프레소 빛깔의 눈동자가 살짝 위를 보았다. 그녀의 알지 않느냐는 표정이 내 정체를 폭로했다. 미치도록 섹시했다. "그게 다예요."

"조금 단조롭네." 똑똑한 알레시아에게는 너무 지루한 일상이다. 그리고 조금 외로웠을 것이다.

"그렇긴 하죠." 그녀가 웃었다.

"글을 읽어보니까 알바니아 북부 지방은 상당히 보수적이던데."

"보수적이죠." 그녀는 얼굴을 찌푸리고 재빨리 와인을 한 모금 마셨다. "전통적인 측면이 강하다는 얘기죠?"

"응."

"내가 자란 곳은 전통이 강해요." 그녀는 식탁에서 그릇들을 치우려고 일어섰다. "그래도 알바니아는 변하고 있어요. 티라너에서는…"

"티라나 말이지?"

"네. 거긴 현대 도시예요. 별로 전통적이거나 보수적이지 않아요." 그녀는 접시들을 개수대에 넣었다.

"가본 적 있어?"

"아뇨."

"가보고 싶지 않아?"

그녀는 다시 자리에 앉더니 고개를 옆으로 기울이고 집게 손가락으로 입술을 쓸었다. 기대하는 표정이 그녀의 얼굴을 스쳤다. "네. 언젠가는."

"여행한 적은 없어?"

"아뇨. 책으로만." 그녀의 미소에 방이 다 환해졌다. "대신 책으로 전 세계를 여행했죠. 미국은 텔레비전을 보면서 가 봤어요."

"미국 방송 말이지?"

"네. 넷플릭스. HBO."

"알바니아에서?"

내가 놀라자 그녀가 씩 웃었다. "그럼요. 우리도 텔레비전 있다구요!"

"고향 이야기로 돌아가서, 스릴을 느끼고 싶을 땐 뭐 했어?"

"스릴?"

"재미. 알잖아. 재미."

그녀는 조금 의아해 보였다. "책을 읽었죠. 텔레비전을 보고. 피아노 연습하고. 가끔은 엄마랑 라디오 듣고. BBC 월드뉴스."

"외출은 안 하고?"

"안 해요."

"한 번도?"

"가끔. 여름 저녁에는 마을을 돌아다니곤 해요. 하지만 항상 가족이랑 함께 가요. 가끔은 피아노도 치고."

"연주회는? 사람들을 위해서 연주 안 했어?"

"했어요. 학교랑 결혼식장에서."

"부모님이 자랑스러워하셨겠네."

순간 그녀의 낯빛이 어두워졌다. "네. 그러셨어요. 지금도 그렇고요." 그녀는 말을 정정했다. 목소리가 흔들리고 작아지더니 가녀리고 슬픈 빛을 띠었다. "아버지는 관심받는 걸 좋아하는 분이세요." 그녀는 태도가 달라지면서 움츠러들었다.

젠장. "부모님이 보고 싶겠네."

"어머니는. 어머니는 보고 싶어요." 그녀는 조용히 대답하고 와인을 한 모금 더 마셨다.

아버지는 아니고? 나는 더 캐묻지 않았다. 그녀의 태도가 달라져 있었다. 화제를 바꿔야 했지만 그녀가 어머니를 많이 그리워한다면 고향으로 돌아가고 싶어 할 가능성이 있었다. 예전에 그녀가 한 말이 기억났다.

'우린 여기 일하러 오는 줄 알았어요. 더 나은 삶을 찾아서 온 거죠. 어떤 여자들에게 쿠커스는 살기 힘든 곳이에요… 우린 속았어요.'

그녀는 돌아가고 싶은 게 아닐까. 집으로. 나는 그녀의 대답이 두려웠지만 물었다. "집으로 돌아가고 싶어?"

"돌아가요?"

"집으로."

그녀의 눈이 두려움으로 커졌다. "아뇨. 그럴 순 없어요. 그럴 순 없어요." 그녀가 숨죽여 빠르게 중얼거렸다. 나는 목덜미 털이 곤두섰다.

"왜?"

그녀는 입을 다물었지만 나는 알고 싶어 캐물었다. "혹시 여권이 없어서 그래?"

"아뇨."

"그럼 왜? 거기가 그렇게 나빴어?"

그녀는 눈을 질끈 감더니 수치스럽다는 듯 이맛살을 찌푸렸다. "아뇨." 그녀가 속삭였다. "왜냐하면… 나 정혼했거든요."

# 18

나는 명치를 걷어차인 듯 가슴이 쪼그라들었다.

정혼했다고?

이건 또 무슨 중세 시대에나 쓸 법한 말이지?

그녀는 나를 올려다보았다. 커다랗게 뜬 눈에 고통이 어른거렸다. 아드레날린이 내 몸을 질주했다. 전투욕이 상승했다. "정혼했다고?" 그것이 무슨 뜻인지 잘 알면서 중얼거렸다.

다른 놈과 결혼을 약속했구나.

그녀는 다시 고개를 끄덕였다. "네." 그녀의 목소리가 간신히 들렸다.

경쟁자가 나타났다. 젠장.

"나한테… 언제쯤 말할 생각이었지?"

그녀가 고통스러운 듯 눈을 질끈 감았다.

"알레시아, 나를 봐."

그녀가 손을 들어 입으로 가져갔다. 울음이 터지려는 걸 막으려는 걸까? 모르겠다. 그녀가 침을 삼키더니 눈을 들어 내 눈을 마주했다. 절망감이 역력한 표정이다. 분노가 사그라들며 나를 혼돈의 소용돌이로 내던졌다.

"지금 말하잖아요." 그녀가 말했다.

그녀에게 결혼할 상대가 있다.

고통이 솟구쳐 내 몸을 뒤흔들고 후려쳤다. 나는 곤두박질쳤다.

이건 뭐지?

온 세상이 뒤집혔다. 그녀와 함께하자는… 그녀와 결혼하자는… 내 생각들도. 내 막연한 계획들도.

다 틀렸다.

"그 남자 사랑해?"

그녀는 몸을 뒤로 빼더니 충격을 받아 입을 딱 벌렸다. "아뇨!" 그녀가 숨을 몰아쉬며 격렬히 부인했다. "그 남자와 결혼하고 싶지 않아요. 그래서 알바니아를 떠난 거예요."

"그자한테서 도망쳤다는 거야?"

"네. 1월에 결혼할 예정이었어요. 내 생일이 지난 뒤에."

그녀의 생일?

나는 그녀를 물끄러미 바라보았다. 사방의 벽이 좁혀 들어와 나를 압박하는 느낌이었다. 숨 쉴 공간이 필요했다. 그녀를 처음 보았을 때처럼. 의구심과 혼란의 소용돌이에 휘말려 숨이 막혔다. 생각을 해야 했다. 나는 일어서서 머리카락을 쓸어 넘기며 생각을 정리하려고 손을 찬찬히 들어 올렸다. 알레시아가 움찔하며 옆으로 움직였다. 그리고 몸을 웅크리더니 기다리듯 두 손으로 머리를 감쌌다.

뭐지?

"망할. 알레시아! 설마 내가 널 때릴까봐 그래?" 나는 그녀의 반응에 충격을 받고 뒤로 물러섰다. 알레시아 데마치의 퍼즐 조각이 하나 더 맞춰졌다. 이것이 그녀가 항상 내 손이 닿지 않는 곳에 서 있었던 이유였다. 그 개자식을 죽여버리고 싶었다. "그 자식이 널 때렸어? 그런 거야?"

그녀는 무릎을 내려다보았다. 수치스러운 것 같았다.

아니면 난데없이 나타나 내 여자의 소유권을 주장하는 그 개뼈다귀에게 부질없는 미련이 남았든가.

기분 한번 더럽네.

나는 주먹을 쥐었다. 살인 충동이 일었다. 그녀는 꼼짝하지 않았다. 고개를 푹 숙이고. 가슴에 팔짱을 끼고.

야, 진정해. 진정하라고.

나는 한숨을 내쉬고 양손을 옆구리에 얹었다. "미안해."

그녀가 고개를 들었다. 솔직하고 진지한 표정이었다. "당신은 잘못한 게 없어요."

그녀는 이러한 상황에서도 나를 달래려 했다.

우리는 몇 걸음 떨어져 있었지만 그 공간이 너무나 멀게 느껴졌다. 나는 지친 얼굴로 나를 바라보는 그녀에게 다가

가 그녀 곁에 조심스럽게 쪼그려 앉았다. "미안해. 겁줄 생
각은 없었어. 세상 어딘가에 너의… 구혼자가 있고, 너의 애
정을 두고 다툴 경쟁자가 생겼다는 데 충격을 받았을 뿐이
야."

그녀는 빠르게 눈을 깜빡거렸다. 뺨에 분홍빛이 살짝 돌
면서 얼굴이 풀어졌다.

"경쟁자는 없어요."

나는 숨이 탁 막혔다. 훈훈한 온기가 가슴속에 번지면서
마지막 남은 아드레날린까지 싹 몰아냈다. 그녀가 내게 한
말 중 가장 달콤한 말이었다.

희망이 생겼다.

"그 남자, 네가 선택한 남자가 아닌 거야?"

"아니에요. 아버지가 선택한 남자예요."

나는 그녀의 손을 잡아 내 입술로 가져와서 손가락 관절
에 부드럽게 입을 맞췄다.

"돌아갈 순 없어요." 그녀가 말했다. "아버지의 명예를 더
럽혔거든요. 만약 돌아가면 강제로 결혼해야 해요."

"너의… 정혼자 말이야. 아는 남자야?"

"네."

"그를 사랑하지 않아?"

"네." 그 짧지만 격렬한 대답이 내 모든 의문을 풀어주었
다. 늙은 남자일까. 매력이 없는 남자거나. 둘 다일지도.

아니면 놈이 그녀를 때렸을지도 모른다.

망할.

나는 일어서서 그녀를 내 품으로 끌어당겼고 그녀는 순순히 두 손을 내 가슴에 대며 안겼다. 나는 그녀의 몸이 내 몸에 밀착되도록 꽉 끌어안았다. 그녀를 위로하려는 것인지 나 자신을 위로하려는 것인지 알 수 없었다. 그녀가 다른 누군가, 그녀를 학대하는 누군가와 함께 있다는 생각만 해도 소름이 돋았다. 나는 그녀의 향기로운 머리카락에 얼굴을 묻고 그녀가 나와 함께 있다는 사실에 감사했다. "미안해, 그런 개 같은 일을 겪게 해서."

그녀는 나를 올려다보며 집게손가락으로 내 입술을 쓰다듬었다. "그건 나쁜 말이에요."

"그렇긴 한데 나쁜 상황엔 나쁜 말이 제격이지. 그래도 넌 이제 안전해. 너한텐 내가 있으니까." 나는 고개를 숙여 내 입술로 그녀의 입술을 쓸었다. 마른 장작에 불꽃이 일듯 내 몸이 살아났고 숨이 가빠졌다. 그녀는 눈을 감고 고개를 뒤로 젖혀 내게 입술을 내주었다. 어찌 거부할 수 있을까. 뒤에서 RY X가 허스키한 가성으로 사랑에 빠진 이의 노래를 불렀다. 감성적이고 열정적인 노래가 지금 분위기에 어울렸다.

"우리 춤추자." 내가 낮게 잠긴 목소리로 말했다. 나는 놀란 알레시아를 단단히 끌어안고 함께 흔들기 시작했다. 내 가슴에 얹힌 그녀의 손이 내 셔츠 위로 움직이며 나를 느꼈다. 나를 만졌다. 나를 달래주었다. 그녀는 손가락을 내 위쪽 팔에 감고 나와 함께 움직였다.

천천히.

우리는 감미로운 노래의 느리고 유혹적인 리듬에 맞춰 이
리저리 몸을 움직였다. 그녀의 손이 내 팔을 타고 어깨로 올
라와 머리카락 속을 파고들었다. 그녀가 내 가슴에 코를 비
볐다.

"처음이에요, 이런 춤은."

내 손이 그녀의 몸 아래로 내려가 등뼈 끝에 도달해 그녀
를 내게 바짝 끌어당겼다. "나도 처음이야, 너랑 이런 춤은."

나는 다른 손으로 그녀의 땋아 내린 머리채를 살짝 당겨
그녀의 입술을 내 입술로 가져와 그녀에게 키스했다. 길게.
천천히. 그녀를 맛보았다. 내가 혀로 그녀의 달콤한 입을 다
시 찾는 동안 우리는 함께 흔들거렸다. 나는 그녀의 머리카
락을 묶은 고무줄을 풀어버렸다. 그녀가 머리를 흔들자 머
리카락이 그녀의 등 뒤로 출렁이며 흘러내렸다. 나는 그녀
의 얼굴을 감싸 쥐고 다시 키스했다. 더 갖고 싶었다. 그녀를
다시 내 것으로 만들어야 했다. 그녀는 내 곁에 있었다. 저
세상 어딘가 그 따분한 마을에 사는 짐승 같은 놈의 곁이 아
니라.

"침대로 가자." 내가 낮은 목소리로 말했다.

"설거지 해야 해요."

뭐?

"설거지는 무슨, 알 게 뭐야."

그녀가 미간을 찌푸렸다. "하지만…"

"안 돼, 하지 마. 그냥 둬."

그 순간 그 생각이 불쑥 떠올랐다. 만약 내가 그녀와 결혼한다면… 그녀는 다시는 설거지를 하지 않아도 되겠지.

"나랑 사랑을 나누자, 알레시아."

그녀가 숨을 들이켜고는 입꼬리를 끌어 올려 수줍은 미소로 나를 초대했다.


우리는 함께 움직였다. 나는 두 손으로 그녀의 머리를 감싸 쥐고 천천히 그녀의 맛을 구석구석 음미했다. 내 밑에 있는 그녀는 말랑하고 강인하고 아름다웠다. 나는 그녀에게 키스했다. 그녀의 입에 내 마음과 영혼을 쏟아부었다. 한 번도 경험하지 못한 느낌이었다. 손길 하나하나가 나를 그녀에게 더 가까이 데려갔다. 그녀의 두 다리는 내 몸을 감았고 두 손은 내 등을 쓸었다. 그녀의 손톱이 내 피부에 그녀의 열정을 새겼다. 나는 고개를 들어 그녀의 몽롱한 얼굴을 살폈다. 활짝 열린 에스프레소 빛깔의 동공에 끈적이는 관능이 흘러넘쳤다. 그녀를 보고 싶었다. 그녀의 모든 걸. 나는 움직임을 멈추고 내 이마를 그녀의 이마에 댔다.

"널 봐야겠어." 나는 천천히 포옹을 풀고 우리의 몸을 굴려 그녀를 내 위로 올렸다. 그녀는 어떻게 해야 할지 몰라 그저 숨을 몰아쉬었다. 나는 팔로 그녀의 엉덩이를 받치면서 그녀가 두 다리를 내 양옆으로 벌리게 하고 그녀를 위쪽으로 끌어 올렸다. 내가 일어나 앉자 그녀는 내 위에 올라타고 두 팔을 내 어깨에 얹은 자세가 되었다. 나는 그녀의 얼굴을 움켜쥐고 키스하다가 젖가슴을 애무하려고 한 손을 내렸다. 엄지손가락과 다른 손가락이 젖꼭지를 만지는 동안 입술은 그녀의 입에서 턱선을 따라 간 뒤 목 아래로 내려갔다. 그녀가 고개를 젖히고 순수한 쾌감에 젖은 허스키한 신음을 토해냈다. 일어선 내 물건이 욱신거리며 반응했다.

좋아.

"이렇게 해보자." 나는 그녀의 향긋한 어깨에 대고 중얼거렸다. 그리고 팔을 그녀의 허리에 감고 그녀를 들어 올린 뒤 눈을 그녀의 눈에 맞춘 채 천천히 그녀를 내 물건 위에 앉혔다.

이거야.

그녀는 팽팽하고 촉촉했다. 그리고 강렬했다.

그녀는 입을 벌린 채 헐떡거렸고 눈은 욕망으로 활짝 열려 있었다. "아." 그녀가 숨을 토해낼 때 내 입술이 그녀의 입술을 점령했다. 내 손가락이 그녀의 머리카락을 파고든 순간 나는 다시 그녀의 입술을 소유했다.

그녀가 헐떡거리며 내 어깨를 움켜쥐었을 때 나는 상체를 뗐다.

"괜찮아?"

그녀가 머리를 미친 듯이 젓더니 숨을 몰아쉬며 대답했다. "괜찮아요." 긍정의 뜻을 나타내려다가 알바니아식으로 고개를 저은 것이다. 나는 그녀의 두 손을 잡고 몸을 뒤로 젖혀 침대에 누운 뒤 내 위에 앉은 여자를, 내가 사랑하는 여자를 바라보았다.

머리카락이 섹시하게 그녀의 어깨와 가슴 위로 흘러내렸다. 그녀가 앞으로 몸을 숙여 두 손을 내 가슴에 댔다.

그래. 나를 만져.

그녀는 손바닥을 내게 붙이고 손가락을 움직였다. 나를 어루만졌다. 그녀의 손가락이 내 가슴 털 속을 파고들고 젖꼭지를 건드리자 내 젖꼭지가 쾌락으로 전율했다.

"후." 나는 헐떡였다.

그녀가 아랫입술을 깨물며 음탕한 승리의 미소를 억눌렀다.

"그래, 그렇게. 자기야, 네 손길을 사랑해."

너를 사랑해.

그녀가 고개를 숙여 내게 키스했다. "당신 만지는 거 좋아요." 그녀가 다정하고 수줍게 말했다. 내 물건이 다시 꿈틀거렸다.

"날 가져." 내가 말했다.

그녀는 그 말을 이해하지 못하고 머뭇거렸다. 나는 내 골반을 추켜들어 그녀에게 힌트를 주었다. 알레시아가 자지러졌다. 쾌락에 젖어 내지른 크고 허스키한 그 신음에 나는 하마터면 그대로 절정에 올라 떨어질 뻔했다. 그녀는 두 손바닥을 내 가슴에 대고 균형을 유지하려 했다. 나는 그녀의 골반을 움켜쥐었다. "움직여. 이렇게." 나는 이를 악물고 말한 뒤 그녀를 들어 올렸다가 내렸다. 그녀는 놀랐지만 두 손으로 내 팔을 짚은 채 몸을 일으켰다가 내려앉았다.

"그렇게." 나는 눈을 감고 그녀의 관능과 촉감을 즐겼다.

"아." 그녀가 신음했다.

젠장.

오래 끌어야 하는데.

그녀가 움직였다. 처음에는 느리고 머뭇거렸다. 하지만 점차 자신감이 붙으면서 리듬을 찾아갔다. 내가 눈을 떴을 때 그녀가 다시 일어났고 나는 골반을 움직여 그녀를 맞이했다. 그녀의 비명이 내 몸의 본능과 모든 감각을 깨웠다.

미치게 좋아. 나는 그녀의 골반을 움켜잡고 그녀를 더 빨리 더 빨리 움직였다. 그녀가 헐떡였다. 얕고 짧은 숨을 몰아쉬며 내 팔을 움켜쥐었다. 내가 매번 찌를 때마다 그녀의 머리가 옆으로 이리저리 늘어졌다.

그녀의 머리가 뒤로 젖혀졌다. 그녀는 완벽한 여신의 모습으로 신을 부르고 나서 내 팔을 힘껏 움켜쥐고 울부짖으며 내 위에서 절정에 올랐다.

그것이 나를 절정으로 밀어 올렸다. 나는 울부짖으며 그녀를 끌어안고 사정하고 사정하고 사정했다.


알레시아는 사랑을 나눈 뒤 만족감에 싸여 누워 있었다. 맥심은 머리를 그녀의 배에 얹고 팔로는 그녀를 감쌌고, 그녀는 손가락으로 그의 머리카락을 만지작거렸다. 어머니는 섹스가 이렇게 즐거울 수 있다는 걸 한 번도 암시한 적 없었

다. 아빠와 관계하는 것이 즐겁지 않아서 그랬을까. 그것이
엄마와 아빠의 관계일지도 모른다. 그녀는 부모의 성생활에
대해 생각하고 싶지 않았지만 생각이 그쪽으로 흘러갔다.
할머니 버지나가 떠올랐다. 할머니는 사랑해서 결혼했고 조
부모님은 행복한 삶을 살았다. 두 분의 금슬은 더 나이가 들
었을 때도 여전해서 알레시아는 두 분이 서로를 바라보는
표정을 보고 얼굴을 붉힌 적도 많았다. 알레시아가 따르고
싶은 것은 할머니의 결혼생활이었다. 부모님의 결혼생활이
아니라. 부모님은 서로에 대한 애정을 절대 표현하지 않았
다.

맥심은 사람들 앞에서 스스럼없이 그녀의 손을 잡고 그녀
에게 키스를 했다. 남자와 저녁 식탁에 앉아 제대로 이야기
를 나눈 적이 있었던가? 그녀가 자란 곳에서는 남자가 여자
와 오랫동안 이야기를 나눌 경우 나약함의 징표로 간주하기
도 한다. 그녀는 침대 옆 탁자 위 어둠 속에서 빛나는 작은
용을 바라보았다. 그녀가 어둠을 무서워하는 것을 알고 그
가 사 온 것이었다. 그는 그녀를 보호하려고 여기로 데려왔
다. 그녀를 위해 요리도 했다. 옷을 사주고 그녀와 사랑을 나
누었다…

눈물이 차올라 눈시울이 뜨거워졌다. 가슴은 불확실성과
갈망으로 가득했고 형언할 수 없는 감정으로 목이 멨다. 그
를 사랑하고 있었다. 그녀는 그에 대한 감정으로 가슴이 벅
차올라 그의 머리카락을 움켜쥐었다. 정혼했다고 말했을 때

도 그는 화를 내지 않았다. 그녀가 다른 이에게 마음을 주었나 해서 걱정했을 뿐이었다.

아뇨. 내 마음은 당신 거예요. 맥심.

그녀가 오해하는 바람에 놀라던 그의 모습이 기억났다. 그녀는 그가 때리는 줄 알고 자기도 모르게 본능적으로 손을 뺨 쪽으로 올렸었다. 그녀의 아버지는 말보다는 행동이 앞서는 남자였다…

그녀는 맥심의 어깨를 쓰다듬다가 문신의 윤곽선을 더듬었다. 그에 대해 더 알고 싶었다. 그에게 궁금한 걸 물어봐야 할까. 그는 자신의 직업에 대해 말을 아끼고 얼버무리곤 했다. 직업이 많아서 그럴까? 그녀는 고개를 저었다. 그에게 그런 걸 묻는 건 주제넘는 짓이다. 어머니가 내 입장이었다면 무슨 말을 했을까? 당분간은 콘월에서 이 작은 유대감을 누리게 될 것이다.

맥심이 그녀의 배에 코를 비비고 키스하는 바람에 알레시아는 불편한 고향 생각에서 벗어났다. 그가 눈을 들어 그녀를 보았다. 작은 용의 불빛에 그의 눈이 찬란한 에메랄드처럼 빛났다. "내 옆에 있어." 그가 말했다.

그녀는 그의 이마에 흘러내린 머리카락을 쓰다듬고는 인상을 썼다. "옆에 있어요."

"그래." 그가 다시 그녀에게 키스했다. 하지만 이번엔 그의 입은 아래로… 아래로 내려갔다.

나는 블라인드 틈을 파고드는 이른 아침 햇살에 눈을 떴다. 내 몸이 알레시아를 꽁꽁 감싸고 있었다. 머리는 그녀의 가슴에 얹고 팔로는 그녀의 허리를 감고서. 그녀의 따스한 체온과 달달한 체취가 내 감각을 침범하자 내 몸이 일어서서 그녀를 맞이했다. 나는 그녀의 목에 코를 다정히 비비며 목 아래에 나른한 키스를 퍼부었다.

그녀가 눈을 움찔거리다 뜨고는 잠에서 깨어났다.

"좋은 아침, 공주님." 내가 속삭였다.

그녀가 미소를 지었다. 졸리지만 만족스러운 얼굴이었다. "좋은 아침… 맥심." 다정한 목소리였다. 내 이름을 말하는 그녀의 말투에서 사랑이 느껴졌다. 아니면 그걸 바라는 내 마음이 상상력을 발휘한 걸까?

그거였어. 나는 그녀의 사랑을 원했다.

온전한 사랑을.

이제는 그것을 인정할 수밖에 없었다.

하지만 그녀에게도 인정할 수 있을까?

우리 앞에 활짝 펼쳐진 오늘 하루가 자유로운 시간을 약속했다. 그리고 내 옆에는 그녀가 있었다. "오늘은 종일 침대에 있자." 잠에서 금방 깬 목소리가 허스키했다.

그녀의 손가락이 내 턱을 쓸었다. "피곤해요?"

내가 씩 웃었다. "아니…"

"아하." 그녀가 나를 따라 미소를 지었다.

그의 혀. 그의 입. 그의 몸짓. 알레시아는 감각의 소용돌이에 빠져들었다. 그녀의 두 손이 벼랑에 매달리듯 그의 손목을 단단히 움켜쥐었다. 절정이 가까웠다. 턱밑에 도달했다. 그의 유능한 혀가 그녀를 치대고 또 치댔다. 손가락 하나가 천천히 그녀의 안으로 들어가자 그녀는 정상에서 아래로 떨어졌다. 오르가슴이 그녀를 산산조각 내자 그녀는 비명을 내질렀다.

맥심은 그녀의 배에, 젖가슴에 키스하면서 그녀의 몸 위로 올라갔다.

"천상의 소리였어." 그가 속삭이고는 콘돔을 끼고 천천히 그녀의 안으로 들어갔다.


욕실에서 나왔을 때 그녀가 누웠던 자리는 비어 있었다.

어라.

실망감이 들었다. 더 하고 싶었는데. 알레시아를 아무리 가져도 질리지 않을 것 같았다.

방 안으로 스며드는 희뿌연 햇빛으로 보아 오전이 절반쯤 지난 시각 같았다. 비가 내리고 있었다. 블라인드를 올렸을 때 그녀의 기척이 들려 나는 침대 안으로 다시 기어들었다. 그릇이 딸각거리는 소리와 함께 그녀가 침실로 들어왔다. 그녀는 파자마 상의 차림으로 쟁반에 아침 식사를 가져왔다. "다시 한 번 좋은 아침." 그녀가 환히 웃는 얼굴로 말했다. 머리카락이 어깨 위에서 출렁거렸다.

"음, 안녕, 커피네!" 커피 향기에 군침이 돌았다. 제대로 맛을 낸 커피만 한 게 또 있을까. 나는 일어나 앉았고 그녀가 내 무릎에 쟁반을 놓았다. 달걀. 커피. 토스트. "진수성찬이네."

"아까 당신이 침대에 있자고 해서." 그녀가 내 옆으로 올라와 버터를 바른 토스트를 한 조각 가져갔다.

"자, 이거." 나는 포크로 스크램블드에그를 퍼서 그녀에게 내밀었다. 그녀가 입을 벌렸고 나는 그녀에게 그것을 먹였다.

"으으음…" 그녀가 눈을 감고 맛을 음미했다.

내 물건이 그 모습에 고개를 들었다.

진정해. 우선 먹고.

달걀이 정말 맛있었다. 양젖 치즈를 넣은 것 같았다.

"접시에 천상의 맛이 담겼어, 알레시아!"

그녀의 뺨이 분홍빛이 되었다. 그녀가 커피를 한 모금 마셨다.

"아까 음악이 아쉬웠어요."

"피아노 치고 싶었어?"

"아뇨… 듣고 싶었다구요."

"아. 휴대폰이 있어야 해. 여기." 나는 손을 뻗어 내 아이폰을 집었다.

잊지 말고 그녀에게 휴대폰을 사줘야겠어.

"이게 비번이야." 나는 비밀번호를 눌러 잠긴 휴대폰을 풀

었다. "난 이 앱을 써. 소노스. 이것만 있으면 집 안 어디에서
든 음악을 들을 수 있어." 나는 그것을 그녀에게 건넸다.

그녀가 앱을 뒤적이기 시작했다. "음악이 정말 많네요."

"내가 좀 음악을 좋아해."

그녀는 내게 슬쩍 미소를 날렸다. "나도 그래요."

나는 커피를 한 모금 마셨다.

윽!

"설탕을 얼마나 넣은 거야?" 내가 캑캑거렸다.

"어머, 미안해요. 당신은 설탕을 안 넣는다는 걸 깜빡했어
요." 그녀의 얼굴이 어두워졌다. 그녀는 설탕을 넣지 않는
커피는 상상할 수 없는 모양이다.

"늘 이렇게 마셔?"

"알바니에서요? 네."

"그러고도 치아가 남아 있다니 신기하네."

그녀가 활짝 웃어 고른 치열을 보여주었다. "설탕 없이 커
피를 마신 적은 없어요. 커피 다시 타줄게요." 그녀가 침대
를 벗어났다. 맨다리였고 윤기 나는 머리카락이 흘러내렸
다.

"괜찮아. 가지 마."

"다녀올게요." 그녀는 내 휴대폰을 가지고 다시 사라졌다.
몇 분 뒤 두아 리파의 목소리가 들려왔다. 아래층 사운드 시
스템에서 〈한 번의 키스〉가 흘러나왔다. 알레시아는 클래식
음악만 좋아하는 게 아니다. 나는 미소를 지었다… 내가 알

기론 이 가수도 알바니아인이다.

알레시아는 주방에서 춤을 추면서 맥심을 위한 커피를 다시 만들었다. 이런 충족감은 처음이었다. 쿠커스에서 살 때 어머니랑 같이 부엌에서 춤추고 노래할 때 비슷한 기분을 느낀 적 있었지만 여기는 춤출 공간이 더 넉넉한 데다 불빛이 발코니로 이어지는 유리벽에 그녀의 그림자를 비춰주었다. 그녀의 얼굴에 미소가 활짝 피어났다. 자신의 모습이 너무나 행복해 보였다. 콘월에 막 도착했을 때와는 대조적으로.

밖은 춥고 축축한 아침이었다. 그녀는 유리창 쪽으로 건너가 바깥 풍경을 내다보았다. 하늘과 바다는 음산한 잿빛이었고, 해변가로 이어지는 은빛 가로수들이 바람에 얻어맞아 이리저리 형상을 바꾸었지만, 그녀의 눈엔 여전히 마법 같은 풍경이었다. 파도가 해변에서 하얀 거품으로 부서졌다. 우르릉거리는 파도 소리가 희미하게 들려왔지만 유리문 안쪽으로는 바람 한 점 들어오지 않았다. 신기했다. 참 잘 지어진 집이었다. 그녀는 맥심과 같이 따뜻하고 아늑한 집 안에 있는 것에 감사했다.

에스프레소 기계가 소리를 냈다. 그녀는 그의 커피를 만들러 방을 건너갔다.

아침을 다 먹은 맥심은 침대에 누워 있었다. 쟁반은 바닥

에 놓여 있었다. "왔구나. 보고 싶었어." 알레시아가 설탕을
넣지 않은 새 커피를 가져왔을 때 그가 말했다. 그녀는 그에
게 커피 잔을 건네고 침대로 들어오는 동안 그는 커피를 쭉
들이켰다.

"좀 낫네."

"맛있어요?"

"맛있어." 그는 커피 잔을 옆에 내려놓았다. "그래도 너보
단 못하지." 그러고는 집게손가락으로 그녀가 입은 병병한
파자마 상의의 첫 번째 단추를 잡아 휙 당겼다. 단추가 풀리
면서 보드랍고 불룩한 젖가슴이 드러났다. 그의 눈이 그녀
의 눈 속을 뜨겁게 파고들었고, 손가락은 부드럽게 그녀의
피부 위로 미끄러져 젖꼭지를 감쌌다. 그의 손길에 그녀는
숨이 가빠지고 젖꼭지는 봉긋하고 단단해졌다.


그녀의 입술이 말없이 벌어졌다. 시선은 강렬하고 유혹적
이었다. 내 물건이 꿈틀거렸다.

"할까?" 내가 속삭였다.

이 여자에 대한 욕망이 마를 날이 올까?

알레시아의 육감적인 미소가 나를 재촉했다. 나는 몸을
내밀어 내 입술로 그녀의 입술을 누르면서 단추를 마저 풀
고 파자마를 그녀의 어깨에서 벗겨냈다. "넌 정말 아름다
워." 내 말은 주문이었다.

그녀는 눈을 내 눈에 고정하고 손을 주저하며 올렸다. 그

녀의 손가락이 내 턱선을 따라 움직이며 짧게 돋아난 턱수염을 쓸었다. 살짝 벌어진 그녀의 입술 사이로 그녀의 혀가 윗니 아랫부분을 쭉 훑는 것이 보였다. "음…" 목 안쪽 깊은 곳에서 그녀의 목소리가 흘러나왔다.

"이대로 좋아? 아니면 면도할까?" 내가 소곤거렸다.

그녀가 고개를 저었다. "이대로 좋아요." 그녀가 손가락 끝으로 내 턱을 어루만졌다.

"그래?"

그녀가 고개를 끄덕이고 나서 몸을 앞으로 기울여 내 입가에 부드럽게 키스한 뒤 아까 손가락이 지나갔던 길을 따라 혀로 내 수염을 훑았다. 내 사타구니가 뜨거워졌다.

"오, 알레시아." 나는 그녀의 얼굴을 감싸 쥐고 키스하면서 우리의 몸을 침대에 눕혔다.

내 입술은 그녀의 입술을 덮었고 내 혀는 그녀의 혀에 닿았다. 그녀는 어느 때보다 게걸스럽게 내 모든 것을 받아들였다. 내 손이 그녀의 몸 아래로 내려갔다. 가슴을 지나 허리로, 골반으로 내려가서 그녀의 엉덩이를 움켜쥐었다. 내 입술이 그 뒤를 따라가 젖가슴을 숭배했다. 그녀가 내 밑에서 꿈틀거릴 때까지. 나는 숨을 고르면서 헐떡이는 그녀를 쳐다보았다.

"이번엔 새로운 걸로 해보자." 내가 말했다.

그녀의 입이 O자로 벌어졌다.

"괜찮지?"

"네…" 하지만 그녀는 확신이 없는지 눈을 크게 떴다.

"걱정 마. 너도 좋아할 거야. 하지만 싫으면 멈추라고 말해."

그녀가 내 얼굴을 어루만졌다. "알았어요."

나는 다시 그녀에게 키스했다. "뒤로 돌아봐."

그녀가 의아한 표정을 지었다.

"엎드려."

"아." 그녀가 깔깔 웃으며 시키는 대로 했다. 나는 한쪽 팔꿈치를 괴어 몸을 받친 뒤 그녀의 등을 덮은 머리카락을 옆으로 쓸어넘겼다. 그녀의 등은 아름다웠고 엉덩이는 더 탐스러웠다. 나는 그녀의 등에 패인 고랑을 따라 엉덩이까지 쓰다듬으며 보드랍고 매끄러운 피부의 감촉을 즐긴 다음 몸을 숙여 목 밑에 난 작은 점에 키스했다.

"정말 사랑스러워." 나는 그녀의 귀에 속삭이고 나서 귓가에서 목을 지나 어깨까지 부드럽게 입을 맞추면서 엉덩이 사이 골로 손을 내렸다. 손바닥 밑에서 그녀의 엉덩이가 꿈틀거릴 때 내 손이 그녀의 다리 사이로 들어가 클리토리스를 둥글게 문지르기 시작했다. 그녀가 뺨을 시트에 대고 머리를 침대에 두고 있었기 때문에 나는 그녀를 잘 관찰할 수 있었다. 알레시아는 눈을 감은 채 입을 벌리고 헐떡이면서 내 손가락이 유도한 쾌락을 빨아들였다.

"그래, 그렇지." 나는 속삭이고 나서 엄지손가락을 그녀 안으로 넣었다. 그녀가 흐느꼈다. 그녀의 안은 젖어 있었고 따뜻했고 환상적이었다. 그녀가 골반을 내 손으로 밀어붙였고 나는 그녀 안에서 엄지손가락을 둥글렸다. 그녀가 숨을 들이켜는 소리가 터질 듯한 내 물건에 손짓했다. 내 리듬이 더 빨라졌다. 둥글게, 둥글게. 그녀가 시트를 더 꽉 움켜쥐고 눈을 질끈 감고는 신음을 토했다. 절정이 바로 앞에 있었다. 코앞에. 나는 엄지손가락을 빼고 콘돔을 찾았다.

그녀가 눈을 뜨고 나를 쳐다보았다. 굶주리고 각오한 눈으로.

"움직이지 마." 나는 그녀의 다리 사이로 들어가서 무릎으로 그녀의 다리를 더 벌렸다. 그리고 그녀의 일으켜 내 허벅지 위에 앉혔다. 그녀는 두 다리를 벌린 채 벽을 마주하고 내 위에 앉아 있었다. 내 물건이 그녀의 엉덩이 사이를 파고들었다.

드디어⋯

"뒤로 할 거야." 내가 중얼거렸다.

그녀가 나를 향해 고개를 휙 돌렸다. 놀라 이마에 주름이 졌다.

나는 웃음을 터뜨렸다. "아니. 그거 말고. 이렇게." 나는 그녀를 들어 올린 다음 일어선 내 물건 위로 천천히 내렸다. 그녀의 손톱이 내 허벅지를 파고들었고 머리는 내 어깨 위로 떨어졌다. 그동안 나는 이로 그녀의 귓불을 씹었다. 그녀는 헐떡이면서도 두 다리에 힘을 준 채 멈칫거리며 몸을 올렸다가 내렸다.

너무. 좋아.

"그래, 이렇게." 나는 속삭이고 나서 두 손으로 그녀의 젖
가슴을 움켜쥐고 엄지손가락과 집게손가락으로 젖꼭지를
주물렀다.

"아!" 그녀가 소리를 내질렀다. 원시적이고 섹시한 소리였
다.

후.

"괜찮아?"

"네!"

나는 그녀를 천천히 들어 올렸고 그녀는 두 손으로 침대
를 짚었다. 나는 천천히 뒤로 빠졌다가 그녀 안으로 돌진했
다. 그녀가 자지러지며 몸을 숙였다. 그녀의 머리와 어깨가
침대에 놓였다.

그녀의 모습은 근사했다. 침대 위로 흩어진 머리카락, 꼭
감긴 눈, 허공으로 쳐들린 엉덩이. 그녀의 모습을 보는 것만
으로도 사정하고 싶어졌다.

감촉도 근사했다.

그녀의. 몸. 구석. 구석.

나는 그녀의 엉덩이를 움켜잡고 다시 그녀 안으로 들어갔
다가 나왔다.

"좋아…" 그녀가 신음했고 나는 움직이기 시작했다. 더 세
게. 질주. 여전히 더 세게.

여기가 천국이다.

그녀가 비명을 내질러서 나는 멈추었다.

"안 돼!" 잔뜩 잠긴 목소리였다. "제발. 멈추지 마요."

후, 자기야!

나는 마음껏 그녀를 취했다. 계속, 계속. 땀방울이 이마에 맺혀 몸 아래로 흘러내렸다. 그렇게 사정을 참고 움직이자 마침내 그녀가 비명을 내지르며 나를 감싸고 오르가슴에 도달했다. 또다시, 또다시. 또다시. 나는 한 번 더 찌르고 나서 그녀를 따라 절정에 올랐다. 그녀를 사랑하고 그녀를 채운 뒤 그녀의 이름을 부르며 그녀 위로 무너졌다.


알레시아는 엎드린 채 헐떡이며 절정의 아래로 빙글빙글 떨어져 내렸다. 그녀의 위에는 그가 누워 있었다. 그의 몸이… 묵직하게 그녀를 내리눌렀다. 몸이 이런 쾌락을 가져올 줄이야. 오르가슴에서 빠져나온 땀투성이 몸은 나른하고 만족스러웠다.

하지만 그녀는 냉정을 되찾았다. 이렇게 게으름을 부려도 되는지 약간의 죄책감마저 느껴졌다. 오전 내내 침대에 누워 시간을 보낸 적은 한 번도 없었다.

그가 그녀의 귀에 코를 비볐다.

"넌 놀라워." 그가 그녀의 옆에 누워 두 팔로 그녀를 안으며 말했다.

그녀는 눈을 감았다. "아뇨, 당신이 그렇죠." 그녀가 말했다. "난 몰랐어요… 내 말은…" 그녀는 말을 멈추고 그를 올려다보았다.

"그렇게 강렬할 줄 몰랐지?"

"네."

그의 이마에 주름이 잡혔다. "그래. 무슨 말인지 알아." 그가 창문 너머 비에 젖은 잿빛 풍경을 바라보았다. "우리, 밖에 나가볼까?"

그녀는 그에게 바짝 달라붙어 온 감각을 그로 가득 채웠다. 그의 체취로, 그의 온기로. "아뇨. 당신과 여기 있고 싶어요."

"나도 그래." 그는 그녀의 이마에 키스하고 눈을 감았다.


깜빡 졸았다가 깨보니 혼자였다. 아래층에서 라흐마니노프, 내가 가장 좋아하는 협주곡이 들려왔다. 그 소리가 어쩐지 생소하다는 느낌이 들었지만 피아노 소리뿐이라 그렇다는 걸 깨달았다. 오케스트라가 있을 리 없었다.

아, 이건 직접 가서 봐야 해.

나는 침대에서 벌떡 일어나 청바지를 끌어 올렸지만 스웨터를 찾을 수가 없어서 침대 끝에 있던 담요를 어깨에 두르고 아래층으로 향했다.

알레시아는 내 크림색 스웨터만 입고 피아노를 치고 있었다. 어디서 이어폰을 찾아서 꽂고 내 아이폰으로 음악을 들으며 눈을 감고 연주했다. 악보도 없이. 오케스트라 없이. 협주곡을 듣고 있나?

그런 것 같았다.

그녀의 손가락이 건반 위를 날아다녔고 피아노 소리가 방 안에 휘몰아쳤다. 나는 그 풍부한 감수성과 정교함에 매혹됐다. 그녀에게 매혹됐다. 머릿속에서 오케스트라의 연주가 들리는 듯했다.

어떻게 이게 가능할까?

재능이 출중했다.

나는 그녀를 바라보았다. 꼼짝하지 않고. 피아노 연주가 고조되었다.

가슴이… 벅차올랐다.

그녀가 마지막 부분의 크레센도에 도달했다. 머리는 음악에 맞춰 끄덕였고, 머리카락은 등에서 물결쳤다… 그녀가 손을 멈추고 잠시 그대로 앉아 있었다. 두 손이 무릎 위에 있는 동안 피아노 소리가 허공으로 사라졌다. 나는 독특한 인종의 서식지로 침입해 거기 사는 신비한 인종을 훔쳐보듯 그녀를 바라보다가 나도 모르게 주문에서 깨어나 손을 들어 박수를 쳤다.

그녀가 눈을 떴다. 나를 보고 놀란 것 같았다.

"훌륭해."

그녀는 귀에서 이어폰을 빼고 내게 수줍은 미소를 지었다. "미안해요. 당신을 깨울 생각은 없었는데."

"괜찮아."

"이 곡은 몇 번 연주한 적 있어요. 떠나기 직전까지 연습한 곡인데…” 그녀가 말을 멈추었다.

“정말 잘 연주하던데. 오케스트라 소리가 들렸어.”

“휴대폰으로 들었어요?”

“아니. 내 상상 속에서. 그 정도로 잘 쳤어. 그 곡을 듣고 있었던 거지?”

그녀가 얼굴을 붉혔다. “고마워요. 네. 듣고 있었어요.”

“넌 무대에 서야 해. 나라면 돈을 내고 네 연주를 보러 갈 거야.”

그녀가 환히 웃었다.

“이번엔 무슨 색깔을 봤어?”

“피아노 칠 때요?”

내가 고개를 끄덕였다.

“음… 무지개색.” 그녀는 열정을 숨김없이 드러내며 말했다. “색깔들이 정말 많아요.” 그녀는 자기가 본 것들이 얼마나 복잡한지 표현하려 두 팔을 활짝 벌렸다… 하지만 내가 그것을 알 길은 없었다.

“그건… 그건…”

“만화경처럼?”

“맞아요. 맞아요.” 그녀는 활짝 웃으며 고개를 열렬히 끄덕였다. 그 말은 알바니아에서도 쓰는 것 같았다.

“훌륭한 곡이지. 난 이 곡을 사랑해.”

너를 사랑해.

나는 그녀에게 다가가서 그녀의 입술에 키스했다. “당신의 재능을 경배하오, 미스 데마치."

그녀가 일어서서 두 팔을 내 목에 감았다. 나는 두르고 있던 담요로 우리 둘의 몸을 감쌌다.

"나는 당신을 경배해요, 미스터 맥심." 그녀가 내 목을 감은 손을 깍지 끼고 내 입술을 자기 쪽으로 당겼다.

뭐지? 또 하자고!

그녀가 위아래로 움직였다. 이번에는 더 우아했다. 크고 당당했다. 젖가슴이 함께 출렁이는 모습이 근사했다. 자신의 힘을 받아들인 그녀가 미치도록 섹시했다. 그녀는 완벽한 속도로 나를 점점 더 위로 끌어 올렸다. 그녀가 몸을 숙여 손가락을 내 머리카락 속에 파묻고 움켜쥐고는 내게 키스했다. 벌어진 입이 축축하고 따스한 키스를 게걸스럽게 퍼부었다.

"아, 자기야." 나는 신음했다··· 절정이 가까웠다.

그녀가 몸을 일으키고 고개를 뒤로 젖히더니 내 이름을 크게 부르며 사정했다.

젠장! 나는 정신이 아득해졌다. 그대로 놓아버리고 그녀 곁으로 갔다.

눈을 떴을 때 그녀가 황홀경에 젖은 눈으로 나를 내려다보고 있었다.

알레시아는 맥심의 가슴에 엎어졌다. 그들은 거실 바닥

피아노 옆에 누워 있었다. 그녀의 심장은 느리게 뛰었고 호흡도 잠잠했다. 몸이 떨렸다. 조금 추웠다.

"이거." 맥심이 담요를 그녀에게 덮어주었다. "너 때문에 힘이 남아나질 않겠어." 그가 얼굴을 찡그리며 콘돔을 뺐지만 그녀를 보고 픽 웃었다.

"내가 힘을 다 빼줄게요. 그리고 당신 내려다보는 거 좋아요." 그녀가 속삭였다.

"난 너 올려다보는 거 좋아."

그녀는 그의 위에서 그가 사정하는 것을 보았을 때 자신의 힘을 느꼈다. 있는 줄 몰랐던 힘이었다. 자극적이었다. 이제는 그의 온몸을 만져볼 용기를 끌어낼 수 있을 것 같았다…

그의 반짝이는 초록빛 눈이 그녀의 눈을 파고들었다. "너 정말 대단한 여자야, 알레시아." 그가 그녀의 얼굴에 드리운 머리카락을 쓸어넘겼다. 잠시 그는 무슨 말을 하려는 듯하다가 그저 미소를 지었다. 아름다운 미소였다. 그가 덧붙였다. "나 배고파."

그녀가 놀랐다. "내가 요리할게요." 그녀가 움직이려 했지만 그는 그녀를 붙잡았다. "가지 마. 너를 안고 있으면 따뜻해. 불을 좀 지펴야겠다." 그는 그녀의 턱에 키스했고 그녀는 그의 품을 파고들었다. 생각하지 못한 평화가 찾아왔다.

"밥 먹으러 나가야겠어." 맥심이 말했다. "4시는 지났을 거야." 밖엔 비가 여전히 퍼붓고 있었다.

"당신한테 요리해주고 싶어요."

"그럴래?"

"네. 나 요리하는 거 좋아해요." 알레시아가 대답했다. "특히 당신을 위해선 더 즐겁죠."

"그래, 그럼."


알레시아가 인상을 쓰면서 몸을 일으켜 내 위에 앉았다.

"왜 그래?" 나는 얼른 일어나 앉았고, 우리의 코가 마주쳤다. 담요가 그녀의 허리께로 떨어져서 나는 그녀의 몸을 덮어주려고 그것을 끌어 올렸다.

그녀가 얼굴을 붉혔다. "조금 쓰려서요."

젠장! "왜 말 안 했어?"

"당신이 안 할까봐…" 그녀가 시선을 돌리며 낮은 목소리로 말했다.

"그거야 당연하지!" 나는 눈을 감고 이마를 그녀의 이마에 댔다. "미안해."

난 머저리다.

그녀가 손가락을 내 입술에 댔다. "아뇨. 아뇨. 미안해하지 마요."

"이거 안 해도 돼."

나 지금 뭐라는 거니?

"난 하고 싶어요. 정말. 정말 좋단 말이에요." 그녀가 주장했다.

"알레시아, 말을 해야지. 말을 하라고. 솔직히 난 너랑 하루 종일이라도 할 수 있지만 이 정도도 괜찮아. 우리 나가자. 샤워부터 하고 뒷정리도 하고 나서." 나는 그녀를 들어 올려 내게서 떼어낸 다음, 일어서서 바닥에 떨어진 옷가지를 주웠다. 우리는 같이 위층으로 올라갔다.

나는 샤워기의 물을 틀었고 알레시아는 담요를 쓰고 웅크린 채 짙고 신비로운 눈으로 나를 지켜보았다. 오후의 태양이 저물고 있었다. 나는 전등을 켜고 나서 물 온도를 확인했다. 따끈했다.

"들어갈까?" 내가 그녀에게 물었다.

그녀는 고개를 끄덕이고 담요를 발치에 떨구고는 나를 얼른 지나 김이 모락모락 나는 물속으로 들어갔다. 나도 따라 들어갔다. 우리는 쏟아지는 물줄기 아래 서서 몸을 덥혔다. 나는 샤워젤을 집었다. 시간이 흐를수록 그녀가 자신의 근사한 몸을 자연스럽게 드러내는 것 같아 기뻤다.

이것이 낮에 하는 섹스의 효과라는 거야…

나는 빙긋 웃고 손에 비누를 칠하기 시작했다.


다른 사람과 함께 샤워를 하는 것은 처음이었다. 뒤에서 움직이는 그가, 그녀의 몸을 스치는 그의 몸이 느껴졌다… 샤워기 아래에 섰을 때 그의 그 부분이 그녀의 몸을 쓸었다. 아직 감히 만지지 못한 그 부분. 만져보고 싶었지만 자신감이 필요했다.

물은 기분 좋게 따끈했다. 그녀는 눈을 감고 그녀의 피부에 부딪치는 물방울의 기분 좋은 감촉을 즐겼다. 물줄기에 피부가 연한 분홍빛으로 변했다.

그는 그녀의 머리카락을 등에서 치우고 어깨에 축축한 키스를 남겼다.

"너 정말 아름다워."

그의 두 손이 그녀의 목에 닿았다. 그가 둥글게 둥글게 그녀의 피부에 비누를 바르며 마사지를 하기 시작했다. 그의 강한 손이 그녀의 근육을 주물렀다.

"아." 그녀가 신음했다.

"좋아?"

"네, 많이많이."

"많이많이?"

"내 영어가 또?"

알레시아는 맥심이 씩 웃는 것을 느꼈다.

그녀가 깔깔 웃었다. "정말이에요. 재밌어… 분명 틀린 말인데 내가 말하면 맞는 말처럼 들리지만 당신이 말하면 틀린 말처럼 들려요."

"내 악센트 때문일 거야. 몸 전체를 다 씻어줄까?" 목소리가 허스키하게 나왔다.

"전체 다?" 알레시아의 호흡이 가빠졌다.

"으응." 맥심이 그렇다고 대답했다. 그의 낮고 섹시한 음성이 그녀의 귓가에 울렸다. 그는 두 팔을 그녀의 몸에 감고 비누칠한 손으로 그녀의 피부를 주무르기 시작했다. 목, 젖가슴, 배, 그리고 허벅지 사이를 살살 씻어냈다. 그녀는 머리를 뒤로 젖혀 그의 가슴에 대고 그의 손길에 항복했다. 엉덩이에 그의 흥분한 몸이 닿았다. 그녀는 신음했고 가빠진 그의 호흡이 그녀의 귓가로 거칠게 쏟아졌다.

그가 갑자기 멈추었다. "자, 다 됐어. 이제 그만 나가자."

"네?" 그의 손길이 떠나자 허전했다.

"충분해." 그가 샤워 부스 문을 열고 나갔다.

"하지만." 그녀가 항의했다.

그는 수건을 집어 허리에 둘러 일어선 몸을 가렸다. "난 의지가 강한 인간인데, 놀랍게도 내 몸이 다시 준비 태세에 들어갔어."

그녀가 입술을 비쭉 내밀자 그가 웃음을 터뜨렸다. "유혹하지 마." 그는 파란색 가운을 집어 그녀를 위해 펼쳐주었다. 그녀는 물을 끄고 샤워 부스에서 나왔다. 그는 그녀에게 가운을 입혀주고 그녀를 끌어안았다. "넌 정말이지 당할 수가 없어. 너를 원하지만⋯ 그만해야지. 배도 고프고." 그는 그녀의 정수리에 입을 맞추고 그녀를 놓아주었다. 그녀는 욕실을 나가는 그를 바라보았다. 그에 대한 사랑으로 가슴이 벅차올랐다.

그에게 말해야 할까?

하지만 그를 따라 침실로 들어갔을 때 용기는 사그라들었다. 지금 이대로도 좋았다. 그가 어떻게 반응할지도 알 수 없었다. 지금의 유대감을 깨트리고 싶지 않았다.

"옷 입고 나서 요리해줄게요."

그가 한쪽 눈썹을 추켜올렸다. "옷은 안 입어도 되잖아."

그녀는 얼굴이 붉어지는 것을 느꼈다. 이 남자는 부끄러움이 없다니까. 하지만 그가 활짝 웃자 그의 찬란한 미소에 그녀의 마음은 녹아내렸다.


자정이 다 된 시각, 나는 누워 알레시아를 바라보았다. 그녀는 내 옆에서 곤히 잠들어 있다.

사랑에 빠져 뒹굴뒹굴거린 행복한 월요일이었어.

완벽한 하루였다.

사랑을 나누고, 먹고, 사랑을 나누고, 마시고, 사랑을 나누고, 알레시아의 피아노 연주를 듣고… 그녀가 요리하는 걸 구경하고.

그녀가 움찔하더니 잠결에 뭐라뭐라 중얼거렸다. 작은 용의 불빛에 그녀의 피부가 반투명하게 빛났다. 호흡은 차분하고 규칙적이었다. 오늘 그 많은 일을 겪었으니 피곤한 게 당연했다… 그래도 그녀는 여전히 부끄러워했다. 언젠가는 그녀가 나를 만져주었으면. 나의 모든 곳을.

그 생각에 또 단단해졌다.

그만!

때가 되면 그녀가 행동에 나설 것이다. 그녀가 하고 싶을 때. 오늘은 집 밖에 나가지도 않았다. 하루 종일. 그녀는 다시 나를 위해 맛있는 성찬을 만들어주었다. 내일은 내가 그녀에게 특별한 대접을 해주고 싶었다. 날씨가 허락한다면 야외에서.

네가 자란 곳을 그녀에게 보여줘.

아니. 아직은 아냐. 나는 고개를 저었다.

그녀에게 말해.

좋은 생각이 떠올랐다. 내일 날씨가 개면 재밌는 시간을 보내고 싶었다. 어쩌면 그녀에게 내 마음을 말할 기회가 있을지도… 기회를 봐서.

나는 그녀의 관자놀이에 쪽 하고 입을 맞추고 그녀의 향기를 들이마셨다. 그녀는 꼼지락거리며 알아들을 수 없는 말을 웅얼거렸지만 계속 잠을 잤다.

난 너와 사랑에 빠졌어, 알레시아.

나는 눈을 감았다.

# 19

알레시아는 맥심의 깊고 낮은 음성에 잠에서 깨어났다. 눈을 뜨자 그가 옆에 앉아 전화통화를 하고 있었다. "미스 체노웨스가 동의했다니 잘됐군요." 그가 말했다. "숙녀에겐 20구경이 좋을 것 같아요. 난 퍼디(레저용 엽총과 소총을 맞춤 생산하는 영국 총기업체 '제임스 퍼디 앤 선즈'의 제품-옮긴이)가 좋겠고."

그녀는 그가 무슨 말을 하는지 궁금했다. 무슨 일인지는 모르겠지만 그의 눈빛은 흥분으로 반짝거렸다.

"쉬운 새로 하죠. 쇠오리." 맥심이 그녀에게 눈을 찡긋했다. "10시쯤? 그래요. 거기서 젠킨스를 만나면 되겠군요. 고마워요, 마이클." 그는 전화를 끊고 이불 속으로 들어와 베개를 베고 그녀를 마주 보았다. "좋은 아침, 알레시아." 그가 고개를 기울여 그녀에게 가볍게 키스했다. "잘 잤어?"

"네. 고마워요."

"예쁘다. 배고파?"

그녀는 그의 옆에서 기지개를 켰다. 그의 눈이 끈적해졌다. "으으음…" 그녀가 꿍꿍거렸다.

"도발적인데."

그녀가 씩 웃었다.

"하지만 네가 쓰리다고 했으니까 참을게." 그는 그녀의 코에 키스했다. "그리고 오늘은 깜짝 선물이 있어. 아침 먹고 나가자. 따뜻하게 입고. 원하면 머리도 땋아."

그는 침대에서 나갔다.

알레시아는 입술을 비쭉 내밀었다. 아픈 건 어제였고 오늘 아침엔 괜찮은데. 하지만 그를 유혹해 침대에 더 붙들어 두기 전에 그가 발가벗고 욕실로 들어가는 바람에 그냥 그의 멋진 몸을 감상할 수밖에 없었다. 그가 걸어갈 때 등근육이 물결치듯 움직였다. 긴 다리… 엉덩이. 그가 몸을 돌려 그녀에게 짓궂은 미소를 던지고는 문을 닫았다.

웃음이 나왔다.

뭘 하려고 그러지?


"우리 어디 가요?" 알레시아가 물었다. 그녀는 초록빛 모자와 새로 산 외투 차림이었는데 안에도 충분히 껴입어서 춥지는 않을 것 같았다.

"깜짝 선물이야." 나는 그녀를 곁눈질로 보고 나서 차의 기어를 넣었다.

오늘 아침 그녀가 깨기 전 나는 트리실런 홀의 관리인 마이클에게 전화를 걸었다. 맑고 화창한 날씨라 생각해둔 계획에 완벽히 들어맞았다. 어제 엄청난 육체 노동을 했기 때문에 오늘은 잠시 쉬면서 신선한 공기를 쐴 필요가 있었다.

로스페런 농장은 조지 왕조 때 트리비딕 영지에 포함되었는데 체노웨스 집안이 100년 넘게 그곳을 빌려 농장을 운영해오고 있다. 현재 그곳을 운영하는 애비게일 체노웨스가 우리에게 남쪽 휴경지를 내주었다. 목적지에 가까워질수록 랜드로버 디스커버리를 가져오지 않은 게 아쉬웠다. 내 재규어는 들판에서는 유용하지 않아서 나는 길가에 차를 세웠다.

내가 주차를 마쳤을 때 대문은 이미 열려 있었다. 대문 안쪽에 젠킨스와 그의 랜드로버 디펜더가 보였다. 그가 내게 활기차게 손을 흔들었다.

나는 신이 나서 알레시아에게 활짝 웃어 보였다. "우리 클레이 사격을 할 거야."

알레시아가 어리벙벙한 표정을 지었다. "클레이?"

"클레이 사격 몰라?"

그녀는 여전히 어리둥절한 얼굴이었다.

나는 과연 잘한 생각인지 확신이 사라졌다. "재밌을 거야."

그녀는 걱정이 어린 미소를 지었다. 나는 차에서 내렸다.

추운 날씨였지만 매섭게 춥지는 않아서 훅훅 나오는 내 입김이 보였다. 충분히 껴입었으니 춥지는 않을 것 같았다.

"안녕하세요, 미로드." 젠킨스가 말했다.

"안녕." 나는 알레시아가 듣고 있지 않은지 확인했지만 마침 그녀는 차 반대편으로 내리는 중이었다. "그 호칭은 빼지, 존대면 충분해, 젠킨스." 내가 말했을 때 그녀가 우리에게 다가왔다. "여기는 알레시아 데마치." 그녀가 젠킨스가 내민 손을 잡았다.

"안녕하세요, 아가씨."

"안녕하세요." 그녀는 젠킨스에게 매력적인 미소를 지었고 젠킨스는 얼굴을 붉혔다. 그의 가족은 3대째 트리벨런 가문을 위해 일하고 있는데 앵윈의 옥스퍼드 영지를 주로 관리하고 있다. 그는 4년 전 가족에게서 독립해 트리실런 홀에서 사냥 관리인 조수로 일하고 있다. 나보다는 나이가 조금 어렸고 서핑광이었다. 한 번은 서핑 중인 그를 본 적이 있는데 그 모습에 키트도 나도 코가 납작해졌다. 그는 영지 내에서 클레이 사격을 자주 진행했다. 그의 납작한 모자와 햇볕에 탄 더벅머리 아래에는 영민한 두뇌와 쾌활하고 편안한 미소가 자리하고 있었다.

알레시아가 궁금한 표정으로 나를 올려다보았다. "우리 새 사냥하는 거예요?"

"아니. 클레이 사격할 거야."

그녀가 의아한 표정을 지었다

"진흙으로 만든 원반."

"아하."

"숙녀분이 쓰실 엽총을 두 개 가져왔어요. 퍼디도 가져왔구요. 그리고 캠벨 부인이 하도 성화를 해서 사냥 재킷을 가져왔습니다."

"그랬군."

"커피도요. 소시지롤도 있습니다. 손난로도요." 젠킨스가 미소를 지었다.

역시 대니야.

"트랩(땅 밑의 방출기에서 표적을 쏘아 올리는 장치-옮긴이)은 준비됐어요. 쇠오리로." 젠킨스가 말했다.

"됐군." 나는 알레시아에게 고개를 돌렸다. "재밌겠지?" 나는 반신반의하며 그녀에게 물었다.

"네." 하지만 확신이 없는 말투였다.

"엽총 쏴본 적 있어?"

그녀는 고개를 저었다. "아버지가 총을 가지고 있긴 해요."

"그래?"

"사냥을 하세요."

"사냥?"

그녀가 어깨를 으쓱거렸다. "총을 가지고 외출하시곤 해요. 밤을 샐 때도 있어요. 늑대를 쏘려고."

"늑대!"

그녀는 내 말에 웃음을 터뜨렸다. "네. 알바니아에는 늑대가 있거든요. 하지만 난 한 마리도 본 적 없어요. 아버지도 본 적이 있는지 잘 모르겠어요." 그녀는 내게 미소를 지었다. "총 쏴보고 싶어요."

젠킨스는 그녀에게 온화한 미소를 짓고 나서 그녀를 디펜더 뒤쪽으로 안내했다. 거기에 우리가 쓸 총과 필요한 장비가 있었다.

그녀는 그가 하는 말을 열심히 경청했다. 그는 그녀에게 간단한 안전사항을 알려준 뒤 총이 작동하는 방식과 해야 할 것들을 보여주었다. 그동안 나는 재빨리 내 베스트와 재킷으로 갈아입었다. 쌀쌀한 날씨였지만 이 오래된 옷들을 입으니 따뜻했다. 나는 총 케이스를 열고 20구경 퍼디 엽총을 한 자루 꺼냈다. 할아버지가 쓰시던 귀한 빈티지 총이었다. 1948년 할아버지는 퍼디의 '오버 앤 언더' 엽총을 한 쌍 주문했다. 은제 각인 장식이 멋졌고 탄알을 재는 부분에는 트리실런 홀을 배경으로 트리비딕 가문의 문장이 복잡하게 새겨져 있었다. 개머리판은 두툼하고 반들반들한 월넛이었다. 할아버지가 돌아가신 뒤 두 자루의 총은 아버지에게 물려졌고, 키트가 열여덟 살이 되던 해 아버지는 형에게 생일선물로 그 총 중 한 자루를 주었다. 아버지가 돌아가셨을 때 키트는 아버지가 쓰던 이 총을 내게 주었다.

키트가 세상을 떠난 지금은 두 자루 모두 내 차지가 되었다.

별안간 슬픔이 나를 덮쳤다.

총 보관실에 있던 우리 셋의 모습이 떠올랐다. 이 총을 닦는 아버지, 자기 20구경을 닦는 형, 그리고 그 모습을 지켜보는 나. 열여덟 살이 되어 총 보관실의 출입을 허락받아 신이 난 날이었다. 아버지는 내게 총을 분해하는 법이며 개머리판에 오일을 바르고 기름을 치고 총신과 격발 장치 닦는 법을 차분히 설명해주었다. 아버지는 꼼꼼한 사람이었다. 그 점에선 키트도 마찬가지였다. 신기해서 둥그레진 눈으로 두 사람을 바라보던 일이 기억났다.

"준비되셨죠?" 젠킨스가 나를 회상 밖으로 끌어냈다.

"응. 됐어."

알레시아는 보안경과 귀마개를 하고 있었다. 그런 차림인데도 여전히 사랑스러웠다. 그녀가 고개를 갸웃거렸다.

"왜?" 내가 물었다.

"이 재킷 예뻐요."

내가 웃었다. "이 낡은 게? 그냥 해리스 트위드 재킷이야." 나는 탄알과 보안경, 귀마개 몇 개를 챙기고 나서 총신을 꺾어 약실을 열었다.

"준비됐지?" 내가 알레시아에게 물었다.

그녀가 고개를 끄덕이고 브라우닝 엽총을 열었다. 우리는 젠킨스가 건초 더미를 가져다둔 임시 사격장으로 함께 걸어갔다.

"저 산등성이 바로 너머에 표적을 낮게 날리는 트랩을 설치해두었어요."

"새 모양이겠지?"

"네." 젠킨스가 리모컨을 누르자 클레이 하나가 앞쪽 100미터 허공으로 날아올랐다.

알레시아가 놀랐다. "저걸 어떻게 맞춰요!"

"맞출 수 있어. 잘 봐. 뒤로 물러서."

나는 우쭐한 기분이 들었다. 그녀는 나보다 피아노를 더 잘 치고 요리도 더 잘 하고 체스도 더 잘 둔다⋯

"새 두 마리 날려, 젠킨스."

"그러죠."

나는 안경을 쓰고 귀마개를 했다. 그러고 나서 탄알 두 발을 장전했다. 준비 끝. "날려!"

젠킨스가 우리 앞으로 클레이를 두 개 날렸다. 나는 방아쇠를 당겨 총알을 차례로 발사해 클레이 두 개를 모두 맞췄다. 클레이가 산산조각 나 우박처럼 땅으로 우수수 쏟아졌다.

"명중입니다." 젠킨스가 말했다.

"맞췄어요!" 알레시아가 소리쳤다.

"맞췄어!" 나도 모르게 우쭐한 미소가 터졌다. "자, 네 차례야." 나는 총신을 열고 나서 그녀 옆에 섰다.

"다리를 벌려. 체중을 뒷발에 실어. 그래, 그렇게. 트랩을 봐. 클레이가 그리는 궤적이 보일 거야. 그걸 부드럽게 따라가면 돼." 그녀가 열렬히 고개를 끄덕였다. "개머리판을 어깨에 최대한 단단히 붙여. 반동을 최대한 막아야 하니까."

"해볼게요."

놀랍게도 그녀는 내 말을 그대로 따랐다.

"오른발을 조금 뒤로 빼세요, 아가씨." 젠킨스가 거들었
다.

"알았어요."

"여기 탄알 받아." 나는 그녀에게 두 개를 건넸고, 그녀는
그것들을 약실에 장전했다. 나는 물러섰다.

"준비되면 '날려'라고 외쳐. 젠킨스가 클레이 하나를 날릴
테니까 맞출 기회가 두 번 있는 거야."

그녀는 내게 초조한 시선을 던지고는 총을 어깨에 올렸
다. 모직 모자를 썼는데도 시골 여성의 분위기가 물씬 풍겼
다. 뺨은 장밋빛이고 땋아내린 머리채는 등 아래에서 달랑
거렸다.

"날려!" 그녀가 소리쳤고 젠킨스가 새를 다시 날렸다.

그것이 우리 앞으로 쭉 날아올랐다. 그녀가 첫 발을 발사
하고 두 번째 발도 발사했다.

빗나갔다.

두 발 모두.

클레이가 몇 미터 밖 땅에 떨어져 박살이 나자 그녀가 입
술을 비쭉 내밀었다.

"요령을 알게 될 거야. 한 번 더 해봐."

그녀의 눈이 차갑게 번뜩였다. 젠킨스가 그녀에게 신호를

주려고 앞으로 나섰다.

그녀가 네 번째 클레이를 맞췄다.

"좋았어!" 내가 소리쳐 칭찬했다. 그녀가 춤을 추며 내게 건너왔다.

"어! 어! 총 꺾어!" 젠킨스와 내가 동시에 소리쳤다.

"미안해요." 그녀가 깔깔 웃으며 총신을 꺾었다. "한 발 더 쏴도 돼요?"

"물론. 오전 내내 해도 돼. 쏘기만 해."

그녀가 내게 활짝 웃었다. 코는 분홍빛이었지만 눈은 새로운 경험을 맞이한 짜릿함으로 반짝거리고 생기가 돌았다. 지독한 냉혈한의 마음도 녹일 그녀의 미소에 내 마음은 기쁨으로 가득 찼다. 그녀가 그 험한 일들을 겪고 나서 한껏 즐기는 모습을 보니 너무나 흐뭇했다.


알레시아와 맥심은 젠킨스의 차 트렁크 안에 앉아 밖으로 뺀 두 다리를 덜렁덜렁 흔들며 보온병에 든 커피를 마시고 고기 넣은 빵을 먹었다. 알레시아 생각엔 돼지고기가 같았다.

"잘하더라." 맥심이 말했다. "마흔 발 중에 스무 발 명중은 처음 하는 것치곤 잘하는 거야."

"당신이 훨씬 더 잘하잖아요."

"난 전에도 해봤잖아. 여러 번." 그는 커피를 한 모금 마셨다. "재밌었어?"

"네. 또 하고 싶어요. 너무 춥지 않을 때."

"나도."

그녀는 미소를 지었다. 가슴이 콩닥거렸다. 그도 다시 하고 싶어 한다. 나쁘지 않은 징조였다. 그녀는 커피를 한 모금 마셨다.

"윽!" 그녀가 인상을 썼다.

"왜 그래?"

"설탕이 없네."

"그렇게 맛없어?"

그녀는 조심스럽게 한 모금 더 마시고 삼켰다. "아뇨. 아주 맛없진 않아요."

"치아가 고맙다고 할 거야. 한 번 더 할까?"

"바닷가 또 걸을 수 있을까요?"

"물론. 걷고 나서 점심 먹으면 되겠다."


젠킨스가 돌아왔다. "트랩은 모두 철수했습니다."

"좋아. 오늘 고마웠어, 젠킨스."

"천만에요, 미로…"

"내 총은 아늑한 집으로 가져가서 내가 청소할게."

"그러시죠. 필요한 건 케이스 안에 다 있습니다."

"됐군."

"하루 잘 보내세요." 우리는 악수를 나누었다. "아가씨도요." 그가 손가락으로 모자를 만질 때 그의 뺨에 홍조가 서서히 번져나갔다.

"고마웠어요, 젠킨스." 알레시아가 그에게 환히 웃자 그의 뺨이 더 붉어졌다. 그녀에게 반한 남자가 또 생긴 것 같았다.

"그만 갈까?" 내가 그녀에게 물었다.

"이거 당신 총이에요?"

"응."

그녀가 인상을 썼다.

"젠킨스가 대신 관리해주고 있어. 법적으로 총은 잠가서 보관하게 되어 있어. 아늑한 집에 총기 캐비닛이 있어."

"아." 그녀는 여전히 헷갈리는 눈치였다.

"준비됐어?" 나는 그녀의 주의를 끌려고 물었다.

그녀가 고개를 끄덕였다.

"우선 이걸 집에 가져다줘야 해." 나는 총 케이스를 들어 올렸다. "그러고 나서 해변을 산책하고 멋진 곳에서 점심 먹자."

"좋아요."

나는 그녀에게 차 문을 열어주었고 그녀는 내게 슬쩍 미소를 흘리며 차에 올랐다.

위험할 뻔했어.

그냥 그녀에게 말해.

그녀에게 내가 누구인지 말하는 걸 미룰수록 날마다 그녀에게 거짓말을 하는 셈이었다.

망할.

아주 단순한 문제였다. 나는 트렁크를 열고 총 케이스를 안에 넣었다.

염병, 그냥 그녀에게 말을 하라고.

나는 그녀 옆에 올라타고 문을 닫고 나서 그녀를 보았다.

"알레시아…"

"저기 봐요!" 그녀가 외치며 앞 유리창 너머를 가리켰다. 우리 앞에 멋진 수사슴 한 마리가 서 있었다. 겨울을 나기 위한 긴 회색 털 차림이라 평소 보이는 하얀 점무늬는 긴 털에 가려 보이지 않았다. 어디서 난데없이 나타났을까? 몸집으로 보아 네 살이 채 안 된 것 같았지만 뿔이 멋졌다. 어차피 한두 달 뒤면 떨어질 뿔이긴 하지만. 나는 녀석이 트리실런 홀에서 방목하는 사슴인지 아니면 야생 사슴인지 궁금했다. 트리실런 홀에서 온 놈이면 어떻게 빠져나왔을까? 녀석이 높은 콧대 아래 검은 눈망울로 우리를 빤히 바라보았다.

"우와." 알레시아가 속삭였다.

"사슴 본 적 있어?"

"아뇨."

녀석이 콧구멍을 벌름거리며 냄새를 킁킁 맡았다.

"늑대들이 다 잡아먹었나보네." 내가 소근거렸다.

그녀가 나를 돌아보고 웃음을 터뜨렸다. 고개를 젖힌 채 신나게 웃어댔다. 참 사랑스러운 소리였다.

내가 그녀를 웃게 만들었다!

근처 들판에서 젠킨스가 그의 랜드로버에 시동을 거는 바람에 사슴이 놀랐다. 녀석이 뒷걸음질을 치다가 돌아서서 돌담을 훌쩍 뛰어넘어 잡목 속으로 사라졌다.

"이 시골에 야생동물이 있는 줄은 몰랐어요."

"조금 있어." 나는 시동을 걸었다. 그녀에게 고백할 기회는 날아가버렸다.

실패.

나중에.

꾸물거릴수록 사실을 말했을 때 상황은 너욱 고약해질 것이다.

휴대폰이 재킷 안에서 진동했다. 문자 메시지였다. 캐럴라인이 분명했다.

언젠가는 상대해야 할 또 하나의 문제. 하지만 지금은 내 여자를 데리고 해변을 산책하기로 했다.


알레시아는 맥심과 함께 침대에 누워 있다가 어둠 속에서 빛나는 작은 용 전등을 들어 올렸다. "고마워요." 그녀가 소곤거렸다. "오늘. 어제도. 이것도."

"내가 좋아서 한 거야, 알레시아." 맥심이 대답했다. "덕분에 나도 오늘 즐거웠어."

"나도 즐거웠어요. 끝나지 않기를 바랄 정도로. 오늘은 내 인생 최고의 날이에요."

맥심은 집게손가락으로 그녀의 뺨을 어루만졌다. "최고의 날이지. 나도 너랑 시간을 같이 보내서 좋아. 넌 정말 사랑스러워."

그녀가 침을 삼켰다. 희미한 불빛이 그녀의 붉어진 얼굴을 가려주어서 다행이었다. "나 이제 안 쓰려요." 그녀가 속삭였다.

맥심은 꼼짝하지 않았다. 그의 눈이 그녀의 눈을 찾았다.

"아, 자기야." 그의 입이 그녀의 입을 덮쳤다.


자정이 지난 시각. 알레시아는 내 옆에서 잠이 들었다. 그녀에게 말해야 한다. 내가 누구인지.

트리비딕 백작.

망할.

그녀는 알 자격이 있다. 나는 얼굴을 문질렀다.

시원하게 털어놓지 못하고 왜 자꾸 망설여?

그녀가 나를 어떻게 생각할지 알 수가 없으니까.

내 작위 외에도 내가 가진 재산 역시 마음에 걸렸다.

등신.

어머니의 의심병은 내게 유전되었다.

여자들은 네 재산 때문에 널 좋아하는 거야, 맥심. 명심해.

후. 로위나는 마음만 먹으면 마녀가 된다.

나는 알레시아가 깨지 않게 조심하면서 천천히 그녀의 머리카락을 한 줌 들어 올려 내 손가락에 감았다. 내가 옷을 사주려 했을 때 그녀는 마지못해 받아들였다. 아무것도 가진 게 없는데도. 내가 휴대폰을 사주겠다고 했을 때도 마다했고 식사를 할 때도 언제나 가장 싼 것을 골랐다. 돈을 밝히는 여자의 전형적인 작업 방식과는 달랐다.

그렇지?

게다가 저번에는 내게 경쟁자가 없다고 했다. 그녀는 나를 좋아하는 것 같다. 그렇다면 그렇다고 말해주면 좋을 텐데. 그럼 일이 훨씬 쉬워질 것이다. 그녀는 재능 있고 똑똑하고 용감하다. 그리고 적극적이다. 그녀의 요염한 신음이 기억나 미소가 지어졌다. 적극적이고 말고. 나는 몸을 기울여 그녀의 머리에 키스했다.

더구나 그녀는 요리도 잘한다.

"사랑해, 알레시아 데마치." 나는 속삭이고 나서 베개를 베고 그녀를, 그 신비한 여인을 바라보았다… 아름답고 소중한 내 여자를.


나는 전화벨 소리에 잠에서 깼다. 아침이 분명했지만 블라인드 틈새로 어스름한 빛이 스며드는 것을 보니 빌어먹을 너무 이른 시각이었다. 내가 손을 뻗어 휴대폰을 집을 때 알레시아가 내게 달라붙었다. 런던의 집 이웃에 사는 벡스트롬 부인이었다.

대체 무슨 일로 이 시각에 전화를 다 했지?

"여보세요, 벡스트롬 부인. 무슨 일 있어요?" 나는 알레시아를 깨우지 않으려고 목소리를 낮춰 말했다.

"아, 맥심. 연락이 됐네요. 이른 시간에 미안한데, 아무래도 댁에 도둑이 든 것 같아요."

# 20

"뭐라고요?" 온몸의 털이 곤두서고 소름이 쫙 돋으면서 잠이 확 달아났다. 나는 머리카락을 긁었다.

도둑? 어떻게? 언제?

머릿속이 어지럽고 심장은 질주했다.

"그렇다니까. 헤라클레스를 데리고 아침 산책을 나가려고 했거든. 날씨가 어떻든 내가 이른 아침 강가 걷는 걸 워낙 좋아하잖수. 얼마나 고요하고 평화로운지 몰라요."

돌아버리겠구만. 본론만 말해요, 벡스트롬 부인.

"근데 댁의 현관문이 열려 있지 뭐야. 벌써 며칠째 열려 있던 것 같아. 모르겠어. 내내 이상하다고 생각했거든. 그래서 오늘 안을 살짝 들여다봤는데, 글쎄 댁이 집에 없더라고."

알레시아를 찾으러 허둥지둥 아파트를 나설 때 문을 잠그지 않았던가?

기억이 나지 않는다.

"집 안 꼴이 엉망이지 뭐야."

망할.

"경찰에 신고하려다가 먼저 댁한테 전화해야겠다 생각했지."

"그렇군요. 고맙습니다. 감사해요. 제가 처리하죠."

"나쁜 소식을 전해 미안해요."

"괜찮습니다. 벡스트롬 부인. 고맙습니다." 나는 전화를 끊었다.

젠장! 망할! 제기랄!

도둑놈들이 무얼 훔쳐 갔을까? 훔쳐 갈 것도 별로 없고 그나마 귀중품은 전부 금고 안에 있다. 놈들이 금고는 찾지 못했기를 바랄 뿐이다.

빌어먹을. 빌어먹을. 빌어먹을.

성가신 일이 발생했다. 런던으로 돌아가야 할지 모르는데 가고 싶지가 않았다. 알레시아와 한창 즐거운 시간을 보내고 있는데. 나는 침대에서 몸을 일으켜 앉아 그녀를 내려다보았다. 그녀가 졸린 눈을 깜빡거리며 나를 올려다보았고 나는 그녀를 안심시키려 미소를 지었다.

"전화할 데가 있어." 자세히 설명해서 그녀를 걱정하게 만들고 싶지 않았다. 나는 일어나서 담요를 허리에 두르고 휴대폰을 가지고 빈방으로 들어갔다. 이리저리 서성이며 올리버에게 전화를 걸었다.

왜 경보가 울리지 않았을까?

내가 경보를 켰던가? 젠장! 급하게 나가느라 혹시? 모르겠다.

"맥심." 그가 내 전화를 받고 놀랐다. "무슨 일 있어요?"

"안녕. 이웃 사람이 방금 전화했는데, 내 집에 도둑이 든 것 같대요."

"맙소사."

"그러게 말이에요."

"제가 즉시 가보죠. 이 시각에는 15분도 안 걸릴 겁니다."

"알았어요. 내가 20분 뒤에 다시 전화하죠."

나는 전화를 끊었다. 기분이 수직낙하했다. 무얼 도둑맞았을까. 내 카메라. 오디오. 컴퓨터…

젠장! 아버지 카메라!

골치깨나 썩게 생겼다… 빌어먹을 중독자나 가출 청소년들이 내 집에 침입한 모양이다.

돌겠구만.

오늘 알레시아와 에덴 프로젝트(콘월에 있는 세계 최대의 온실—옮긴이)에 가볼까 했는데. 정한 대로 시간을 보낼 수도 있지만 피해가 얼마나 큰지 알아봐야 하는데 그걸 휴대폰으로 처리하고 싶진 않았다. 트리실런 홀에 있는 아이맥에서 페이스타임으로 올리버와 통화하면 더 세세히 보일 테니 올리버가 그의 휴대폰으로 현장을 내게 보여줄 수 있을 것이다.

나는 기분이 상해 무거운 마음으로 침실로 돌아갔다. 알레시아는 아직 침대에 누워 있었다.

"무슨 일이에요?" 그녀가 일어나 앉으며 물었다. 머리카락이 젖가슴 위로 흘러내렸다. 헝클어진 모습이 섹시했고 성욕을 미친 듯이 자극했다. 그녀의 모습을 보는 것만으로도 상한 기분이 조금 나아졌다. 하지만 슬프게도 잠시 그녀와 떨어져야 할 것 같았다. 그녀에게 나쁜 소식을 전해 부담을 지우고 싶지 않았다. 그녀는 지난 몇 주 동안 너무 힘든 시간을 보냈다.

"당장 가서 처리해야 할 일이 생겼어. 같이 런던으로 돌아가야 할지도 몰라. 그냥 침대에 있어. 더 자. 피곤할 거야. 금방 돌아올게." 그녀가 걱정으로 미간을 찌푸리며 퀼트 이불을 끌어 올렸다. 나는 그녀에게 가볍게 키스하고 샤워를 하러 갔다.

욕실에서 나왔을 때 그녀는 없었다. 나는 재빨리 청바지와 흰 셔츠를 입었다. 그녀는 아래층 주방에 있었다. 내 파자마 상의를 입고 간밤에 쓴 접시들을 씻고 있었다. 그녀가 내게 에스프레소를 건넸다. "잠 깨라구요." 그녀가 사랑스럽게 웃으며 말했다. 큰 눈이 지쳐 보였다. 걱정하는 얼굴이었다.

나는 커피를 삼켰다. 뜨겁고 진하고 맛있었다. 알레시아와 조금 비슷했다.

"걱정하지 마. 금세 돌아올 거니까." 나는 다시 그녀에게 키스하고는 외투를 집어 들고 문을 나섰다. 떨어지는 빗방울을 피해 계단을 뛰어올라가 차에 올라타고 도로를 따라

속도를 높였다.

알레시아는 맥심이 계단을 뛰어올라 대문을 닫고 나가는 것을 바라보았다. 근심 어린 얼굴로 어디 가는 걸까. 나쁜 일이 일어난 게 분명했다. 무슨 일인지 알 수 없었지만 전율이 등줄기를 따라 흘렀다. 한숨이 나왔다. 그에 대해 모르는 것이 너무나 많았다.

그의 말대로 런던으로 돌아가야 할지도 몰랐다. 그렇게 되면 당면한 현실과 부딪쳐야 할 것이다.

살 집이 없다는.

Zot(어떡해).

지난 며칠 동안 모든 걸 미뤄뒀지만 해결되지 않은 문제들이 너무 많았다. 어디에서 살아야 할까? 단테가 나를 포기하려 할까? 맥심은 나를 어떻게 생각하고 있을까? 그녀는 숨을 크게 들이마시며 걱정을 털어내고 무슨 문제든 그가 신속히 처리하고 돌아오기를 바랐다. 그가 없으니 집이 텅빈 듯 허전했다. 지난 며칠은 지극한 행복 속에 흘러갔다. 런던으로 돌아가지 않아도 된다면 얼마나 좋을까. 아직은 현실로 돌아갈 엄두가 나지 않았다. 여기서 그와 지내는 것보다 더 행복했던 적은 없었다. 그럭저럭 설거지가 끝나갔다. 이제 샤워를 해야 했다.

나는 지름길인 뒷길을 따라 트리실런 홀로 향했다. 그 길로 가면 큰길보다 더 빨리 저택으로 갈 수 있다. 좁은 길을 달릴 때 점점 심해지는 빗줄기가 차 앞 유리창과 지붕을 때렸다. 저택의 남쪽 출입구 초소를 지날 때 속도를 늦추고 캐틀 그리드(가축이 지나가지 못하고 자동차만 지나가도록 구덩이를 파고 위에 쇠창살판을 얹은 것-옮긴이)를 지난 다음 속도를 높여 진입로를 따라 남쪽 목초지를 지났다. 겨울비가 내리는 을씨년스럽고 축축한 풍경 속에 양 떼만이 드문드문 나타났다. 소 떼는 봄이 와야 다시 방목되어 풀을 뜯을 것이다. 헐벗은 나뭇가지 사이로 저택이 보였다. 너른 계곡 속에 자리 잡은 고딕풍의 청회색 건물은 브론테 자매의 소설에서 튀어나온 것처럼 주변 풍경을 압도했다. 원래 이곳에는 베네딕트 수도원 건물이 있었다. 하지만 그 수도원과 토지는 수도원 해체 기간 중 헨리 8세에 의해 압류되었다가 한 세기가 지난 1661년 왕권이 회복됨에 따라 찰스 2세에게 공을 세운 에드워드 트리벨런에게 트리비딕 백작의 작위와 함께 하사되었다. 에드워드 트리벨런이 최초로 세운 저택은 1862년 화재로 소실되었고, 그 자리에 피니얼(지붕이나 담 꼭대기를 여러 모양으로 뾰족하게 장식하는 건축 기법-옮긴이)이며 장식용 성첩이 있는 이 신고딕 양식의 으리으리한 저택이 지어졌다. 옆으로 퍼져 나간 거대하고 웅장한 건물, 트리비딕 백작의 저택을 나는 언제나 좋아했다.

그리고 이제는 내 것이 되었다.

내가 책임자였다.

자동차는 두 번째 캐틀 그리드를 지나 저택 뒤편으로 돌아가서 키트의 자동차 군단이 보관된 오래된 마구간 밖에 세웠다. 재규어를 그대로 두고 부엌문으로 달려갔다. 다행히 문은 열려 있었다.

제시가 부엌에서 아침을 요리하고 있었고 그녀의 발치에는 키트의 개들이 있었다. "안녕, 제시." 나는 소리치며 부엌을 쏜살같이 지났다. 젠슨과 힐리가 펄떡거리며 허둥지둥 나를 쫓아 달려왔다.

뒤에서 제시의 목소리가 복도로 들려왔다. "맥심! 아니, 미로드!"

나는 그녀를 무시하고 키트의 서재로 들어갔다. 망할. 내 서재지, 참. 분위기도 냄새도 아직 형이 여기 살고 있는 듯했다. 난데없이 날카로운 슬픔이 밀려와 나는 멈춰 섰다.

키트, 이 개자식. 보고 싶다.

사실 이 서재는 아버지의 그림자도 어린 곳이다. 키트가 아이맥을 설치한 것 외에는 아무것도 바뀌지 않았으니까. 아버지는 여기를 피난처로 삼았다. 핏빛 빨강으로 칠해진 벽에 아버지의 사진과 풍경화, 초상화들이 여러 점 걸려 있고 어머니의 사진마저 두 점 있다. 가구는 전쟁 이전 1930년대로 거슬러 올라간다. 개들이 호들갑스런 개의 본능을 어쩌지 못하고—꼬리를 흔들고 혀를 내두르며—책상으로 가는 내게 뛰어올랐다.

"잘 있었냐, 이놈들아. 안녕. 안녕. 그만. 가만있어." 나는 두 마리를 다독거렸다.

"반갑긴 한데, 무슨 일이 있는 건 아니죠?" 제시가 따라 들어와 물었다.

"첼시의 아파트에 도둑이 들었어요. 그래서 여기서 일을 좀 봐야 해요."

"어머, 어떡해!" 제시의 손이 입가로 날아갔다.

"다친 사람은 없어요." 나는 그녀를 안심시켰다. "올리버가 지금 거기서 피해 상황을 살피고 있어요."

"끔찍한 일이네요." 그녀가 두 손을 부여잡았다.

"골치 아프게 생겼어요."

"뭐 좀 가져다드릴까요?"

"커피 부탁해요."

"금방 가져올게요." 그녀는 방을 나갔고, 젠슨과 힐리는 나를 아쉽게 쳐다보고는 그녀를 따라 나갔다. 나는 키트의 책상, 아니 내 책상 앞에 앉았다.

아이맥을 켜고 로그인 한 다음 페이스타임을 켜고 나서 올리버와 연결했다.


알레시아는 세찬 물줄기 아래 서서 온몸에 쏟아지는 뜨거운 물을 즐겼다. 머리를 감으면서 런던으로 돌아가면 이것이 그리울 것 같다는 생각이 들어 우울해졌다. 콘월에서 단둘이 보내는 이 마법 같은 시간이 너무나 좋았다. 이 호화로운 집에서 그와 함께 보낸 시간들은 소중한 추억으로 남을 것이다.

맥심과 함께한 시간들.

그녀는 머리에 비누칠을 하고 나서 불안감을 떨칠 수가 없어 한쪽 눈을 떴다. 욕실 문을 잠갔는데도 안심이 안 됐다. 혼자 있는 것은 익숙하지 않았다. 그가 그리웠다. 그와 함께 있는 것에 점점 익숙해지고 있다. 그의 모든 부위에 익숙해지고 있다. 그녀는 얼굴을 붉히고 미소를 지었다.

그래. 모든 부위에.

그를… 그의 모든 곳을 만질 용기만 난다면.


침입의 피해는 크지 않았다. 암실을 건드린 흔적은 전혀 없었고 카메라 장비도 그대로였다. 정서적으로 더 가치 있는 아버지의 카메라도 무사했다. 또한 도둑들은 금고도 발견하지 못했다. 그들이 옷방에서 내 신발 몇 개와 재킷 몇 벌을 훔쳐 갔는데 침실 바닥에 떨어진 옷가지가 아니었다면 훔쳐 갔는지도 몰랐을 것이다.

하지만 거실은 난장판이었다. 사진들이 죄다 벽에서 떨어져 있었고, 아이맥도 바닥에 박살 나 있었다. 내 노트북과 믹싱 콘솔도 사라지고 없었고, 레코드판들도 전부 바닥에 떨어져 있었다. 그나마 피아노는 무사했다.

"아주 난장판이군요." 올리버가 말했다. 그는 휴대폰 카메라를 작동하고 있었기 때문에 나는 컴퓨터 화면으로 망가진 것들을 볼 수 있었다.

"개자식들. 언제 들어온 거지?" 내가 물었다.

"글쎄요. 이웃분도 전혀 몰랐을 정도니까. 아마 주말에 그랬을 겁니다."

"금요일에 내가 집을 나가고 나서 들어왔을 수도 있어요. 어떻게 침입했을까요?"

"현관문 상태 보셨잖아요."

"그렇지, 참. 뭔가 묵직한 걸로 강제로 연 것 같았어. 개자식들. 급히 나오느라고 경보기를 안 틀었나봐."

"경보는 안 울렸어요. 아마 깜빡했겠죠. 하지만 경보기가 작동했더라도 놈들을 막진 못했을 겁니다."

"거기 누구요…?" 아파트 어딘가에서 난데없는 목소리가 끼어들었다.

"경찰일 거예요." 올리버가 말했다.

"신고했어요? 빨리도 왔네. 됐군. 뭐라고 하는지 들어보고 내게 전화해요."

"그러죠." 그가 전화를 끊었다.

나는 낙담해서 컴퓨터 화면을 바라보았다. 런던으로 돌아가고 싶지 않았다. 알레시아와 여기 있고 싶었다.

문을 두드리는 소리가 나더니 대니가 문간에 나타났다. "안녕하세요. 집에 강도가 들었다는 이야기를 들었어요."

"안녕, 대니. 맞아요. 그래도 대체할 수 없는 건 잃어버리지 않았어요. 집 꼴이 엉망이 되긴 했지만."

"블레이크 부인이 집 정리를 할 수 있을 거예요. 참 성가신 일이 생겼네요."

"그러게요."

"아침은 어디서 드실래요?"

"아침?"

"네, 제시가 아침을 준비했어요. 프렌치토스트. 좋아하시는 걸로."

음. 알레시아한테 가보고 싶었는데.

대니는 내가 망설이는 걸 보고 안경 너머로 '그 표정'을 지었다. 어릴 때 나랑 키트, 매리언을 움찔하게 만들던 그 표정.

당장 앉아요, 어린이들. 그리고 저녁 먹어요. 어머님께 말씀드리기 전에.

그녀는 언제나 우리 모친을 내세웠다.

"다른 직원들과 다 같이 부엌에서 먹도록 하죠. 하지만 오래는 못 있어."

"그러세요."


알레시아는 샤워를 마치고 몸을 말리려고 수건을 두른 뒤 옷방으로 들어가서 며칠 전 맥심이 사준 옷들을 뒤적였다. 불안감이 좀체 사그라들지 않았다. 그녀는 이상한 소리에 화들짝 놀랐다. 혼자 있는 것은 드문 일이었다. 쿠커스에서는 언제나 어머니가 곁에 있었고 저녁에는 아버지도 있었다. 브렌트퍼드의 집에서 마그다와 같이 살 때도 늘 마그다

나 마이클이 집 안에 있었기 때문에 혼자 있었던 적은 거의 없었다.

그녀는 마음을 다잡고 겨우 새 옷을 꺼냈다. 블랙진과 회색 상의, 예쁜 분홍색 카디건을 선택했다. 맥심이 마음에 들어하길 바라면서.

그녀는 옷을 입고 나서 헤어드라이어를 집어 스위치를 켰다. 날카로운 소음이 적막한 집 안으로 퍼져 나갔다.


부엌은 아침 환담을 나누는 직원들로 북적였다. 그중에는 젠킨스도 끼어 있었다. 그들은 나를 보고 일제히 일어섰다. 나는 그들이 봉건 영주에게 하듯 깍듯이 예의를 표하는 것이 거슬렸지만 그냥 놔두었다. "모두 좋은 아침. 앉아요. 아침 들어요."

여러 목소리들이 쾌활하게 "미로드"를 외쳤다.

트리실런 홀은 전성기 때 350명이 넘는 직원을 고용한 적도 있었지만 지금은 정규 직원 열두 명과 임시 직원 스무 명으로 운영된다. 또한 최근 여기 왔을 때 만났던 소작인 여덟 가구도 살고 있다. 그들은 1만 에이커 넓이의 농장에서 가축을 기르고 다양한 농작물을 경작하는데 모두 유기농이다. 아버지의 뜻에 따라.

트리비딕의 전통에 따라 야외 근무자들과 실내 근무자들은 따로 식사를 한다. 지금은 영지 관리인 보조원들과 사냥 관리인, 사냥 관리인 조수, 정원사들이 제시의 아침 식사를 즐기고 있다. 내 것은 프렌치토스트가 든 접시였다.

"도둑이 들었다고 들었어요." 젠킨스가 말했다.

"유감이지만 사실이야. 골칫거리가 생겼어."

"안타까운 일이네요, 미로드."

"마이클은 어딨지?"

"오전에 치과 진료가 있답니다. 11시쯤 돌아온다네요."

나는 토스트를 베어 물었다. 제시의 프렌치토스트가 입속에서 사르르 녹으며 나를 어린 시절로 데려갔다. 키트와 나는 크리켓 점수 이야기를 하거나 식탁 밑으로 누가 누구의 발을 먼저 찼는지 옥신각신했고 매리언은 책에 코를 박고 있었다… 당시 제시의 프렌치토스트는 과일 스튜와 함께 나오곤 했는데 오늘은 계피를 넣은 구운 사과가 나왔다.

"여기 이렇게 내려오시다니 정말 기뻐요, 미로드." 대니가 말했다. "런던으로 급히 돌아가지 않으셔도 되면 좋으련만."

"경찰이 막 도착했어요. 무슨 일인지 알게 되겠죠."

"제가 블레이크 부인에게 소식을 전했어요. 블레이크 부인과 앨리스가 아파트로 가서 청소를 하면 될 거예요."

"고마워요. 올리버에게 블레이크 부인에게 연락하라고 할게요."

"아늑한 집에서 지내기 어떠세요?"

나는 그녀에게 씩 웃어 보였다. "아주 잘 지내고 있어요. 고마워요. 정말 편안해요."

"어제는 즐거운 시간을 보내셨다고 들었어요."

"재밌었어요. 고마웠어, 젠킨스."

그가 내게 고개를 끄덕였고 대니는 미소를 지었다. "그러고 보니 생각나네요." 그녀가 말했다. "어제 불량배 둘이 와서 주인어른을 찾았어요."

"뭐라고요?" 내가 즉시 반응하자 모두들 주목했다. 그녀의 얼굴이 창백해졌다.

"주인어른이 어딨는지 묻더라구요. 그래서 꺼지라고 해줬어요."

"불량배였어요?"

"거칠어 보였어요. 공격적이고. 동유럽 출신인 것 같았어요. 그런데…"

"망할!" 알레시아!

알레시아는 머리를 빗었다. 머리가 드디어 다 말랐다. 헤어드라이어를 껐을 때 어쩐지 기분이 편하지 않았다. 무슨 소리를 들은 것 같았다. 하지만 다시 들어보니 아래쪽 동굴 안에서 파도가 철썩이는 소리만 들려왔다. 그녀는 서서 창문 밖의 바다를 내려다보았다.

미스터 맥심은 그녀에게 바다를 선물했다.

그녀는 바닷가에서 익살을 부린 일이 생각나 미소를 지었다. 빗줄기가 약해지고 있었다. 오늘 둘이 다시 해변을 걸어도 좋을 것 같았다. 그리고 펍에 가서 점심을 먹으면 될 것이다. 참 행복한 날들이었다. 그와 같이 이곳에서 보낸 매일매

일이 행복했다.

아래층에서 마룻바닥에 가구가 끌리는 소리와 쉿 하는 남자들의 목소리가 들렸다.

뭐지?

미스터 맥심이 누구를 데려왔나?

"Urtë(조용히 해)!" 누군가 숨죽여 속삭였다. 그녀의 모국어로!

두려움과 아드레날린이 그녀의 몸을 휩쓸었다. 그녀는 침실에 선 채 얼어붙었다.

단테와 일리였다.

그들이 그녀를 찾아낸 것이다.

# 21

나는 도로를 질주했다. 캐틀 그리드를 덜컹대며 지나 재규어를 더 빨리 밀어붙였다. 그 집으로 돌아가야 했다. 숨 쉬는 것조차 힘겨웠다. 불안감이 내 가슴을 짓눌렀다.

알레시아.

왜 그녀를 집에 혼자 두었을까? 그녀에게 무슨 일이 생겼다면… 나 자신을 절대 용서하지 못할 것이다.

그놈들일까? 그녀를 밀거래하려던 그 개자식들? 속이 뒤집혔다. 그놈들이 대체 어떻게 우릴 찾아낸 걸까? 어쩌면 내 아파트를 침입한 개새끼들도 그놈들일 것이다. 그래서 트리비딕 영지와 트리실런 홀에 대해 알아냈을 것이다. 그리고 지금은 여기 있다. 나에 대해 물었다니. 감히 내 집으로 찾아오다니 배짱은 있구나. 나는 운전대를 움켜쥐었다.

빨리. 빨리. 빨리.

놈들이 그녀가 아늑한 집에 있다는 걸 알아냈다면… 그녀를 다시는 보지 못할 것이다.

공포심이 폭발했다.

그녀가 더러운 밑바닥 세계로 끌려간다면 그녀를 두 번 다시 찾지 못할 것이다.

안 돼. 망할. 안 돼.

내가 방향을 틀어 아늑한 집 진입로로 들어설 때 자갈들이 날아가 산울타리에 부딪쳤다.


알레시아의 심장이 몸부림쳤다. 쿵쿵거리는 맥박 소리가 귓속에 메아리쳤고 머릿속에선 피가 빠져나갔다. 방이 빙빙 돌았다. 한 번, 두 번. 다리가 후들거렸다.

최악의 악몽이 현실이 되었다.

침실 문이 열려 있어서 그녀는 그들이 아래층에서 속삭이는 소리를 들을 수 있었다. 어떻게 들어왔을까? 계단이 삐걱거리는 소리에 그녀는 행동에 돌입했다. 욕실 안으로 뛰어들어가 조용히 문을 닫았다. 가쁜 숨을 몰아쉬며 부들부들 떨리는 축축한 손으로 문을 잠갔다.

어떻게 날 찾은 걸까?

어떻게?

그녀는 두려워 기절할 것 같았다. 무방비 상태라는 생각이 들어 무기가 될 만한 것이 없는지 욕실 안을 둘러보았다. 뭐라도 없을까. 그의 면도칼? 내 칫솔? 그녀는 그것들을 모두 집어 뒷주머니에 넣었다.

하지만 서랍은 텅 비어 있었다… 아무것도 없었다.

할 수 있는 건 숨는 일뿐이었다. 맥심이 돌아올 때까지 문이 버텨주기를 바랄 수밖에.

안 돼. 맥심!

그는 저들에게 상대가 되지 않는다. 그는 혼자고 저들은 둘이다. 저들이 그를 해칠 것이다. 눈물이 차올랐다. 그녀는 다리에 힘이 풀려 바닥에 주저앉았다. 놈들이 문을 부수고 들어오려 할 경우를 대비해 몸으로라도 막으려고 문에 몸을 기댔다.

"무슨 소리가 들리는데." 일리였다. 그자가 침실에 있었다. 모국어가 이렇게 공포스럽게 들릴 줄이야. "저 문 확인해봐."

"너 거기 안에 있지, 이 망할 년?" 단테가 소리치고 나서 문손잡이를 흔들자 문이 뒤흔들렸다. 알레시아는 비명이 터지려는 걸 막으려고 주먹 쥔 손을 입에 댔다. 눈물이 뺨을 따라 흘러내렸다. 몸이 부들부들 떨리기 시작했다. 너무 두려워 기절할 것 같았다. 그녀는 얕은 숨을 몰아쉬며 헐떡였다. 평생 이렇게 두려웠던 적은 없었다. 트럭을 타고 영국으로 넘어올 때도 이렇게 두렵지는 않았다. 그녀는 완전히 무기력했다. 어떻게 싸워야 할지도 몰랐고 욕실에는 도망칠데도 없었다. 게다가 맥심에게 연락할 방법도 없었다.

"나와!" 단테의 고함에 그녀는 펄쩍 뛰었다. 문 바로 밖에서 나는 소리였다. "문을 부수게 만들면 너만 손해야."

알레시아는 눈을 질끈 감고 눈물을 삼켰다. 별안간 쾅 하는 소리가 나면서 가루가 바닥으로 우수수 떨어졌다. 곧바로 요란한 욕설이 이어졌다. 알레시아는 기겁하고 물러났다.

Zot(하느님). Zot(하느님). Zot(하느님).

그자가 문을 부수고 있었다. 하지만 문이 버텨주었다. 알레시아는 일어서서 한 발을 문에 댔다. 왜 신발과 양말을 신지 않았을까. 조용히 욕설을 내뱉었다. 그리고 발로 석회암 바닥을 단단히 디딘 뒤 그자가 들어오지 못하기를 바라면서 온몸으로 문을 밀었다.

"내가 그 안에 들어가면 죽을 줄 알아. 이 망할 년. 너 때문에 돈이 얼마나 깨졌는 줄 알아? 아냐고!"

그자가 다시 문에 쾅 부딪쳤다.

문이 열리는 건 시간문제였다. 알레시아는 절망감에 휩싸여 울음을 삼켰다. 용기가 없어 맥심에게 사랑한다는 말을 못 한 것이 후회스러웠다.


재규어가 아늑한 집을 향해 질주했다. 최소한 1년치 먼지가 쌓인 듯한 낡은 BMW 한 대가 차고 밖에 아무렇게나 세워져 있는 것이 보였다.

망할. 놈들이 여기 있다.

안 돼. 안 돼. 안 돼.

두려움과 분노가 최고치로 치솟으며 나를 삼킬 듯 날뛰

었다.

알레시아!

진정해, 인마. 진정 좀 하라고. 생각을 해. 생각을 해. 생각을 해.

나는 대문을 세게 들이박으며 차를 세웠다. 이제 놈들은 이쪽으로 도주하지 못할 것이다. 앞쪽 계단으로 내려가면 놈들의 눈에 띌 테니 기습할 기회는 날아간다. 나는 차 문을 휙 열고 옆에 숨은 낡은 쪽문으로 뛰어들어가 부엌문으로 달려갔다. 아드레날린이 혈류 속으로 쏟아지면서 얕고 가쁜 숨이 터져 나오고 심박수는 두 배로 치솟았다.

진정해, 인마. 진정하라고.

부엌문이 빠끔히 열려 있었다.

망할. 놈들이 여기를 통해 집 안으로 침입한 것 같았다. 나는 숨을 골랐다. 심장이 쿵쿵거렸다. 나는 문을 살짝 열고 살그머니 안으로 들어갔다. 아드레날린의 작용에 모든 감각이 곤두섰다. 내 숨소리에 귀가 먹먹했다.

조용해. 조용히 하라고, 젠장.

고성이 들렸다. 위층이었다.

안 돼. 안 돼. 안 돼.

그녀의 머리카락 한 올이라도 건드렸다면 놈들은 죽은 목숨이다. 나는 벽 위에 있는 총기 수납장으로 가서 잠긴 문을 열었다. 어제 알레시아와 해변으로 산책을 나가기 전 가져다둔 엽총이 있었다. 나는 흥분을 애써 가라앉히며 온 신경을 집중해 최대한 조용히 퍼디 한 자루를 꺼냈다. 매끄럽고 신중하게 총을 올리고 총신을 연 다음 탄알 두 발을 장전했다. 그리고 탄알을 네 개 더 외투 주머니에 넣었다. 아버지에게 총 쏘는 법을 배운 것이 지금처럼 감사한 적이 없었다.

차분히. 차분히 행동하면 그녀를 구할 기회가 있을 거야.

나는 그 말을 주문처럼 속으로 되뇌었다. 그리고 안전장치를 풀고 총을 어깨에 얹고는 큰방 쪽으로 살금살금 나아갔다. 아래층에서는 인기척이 없었지만 위층에서 요란한 충돌음이 난 뒤 외국어로 외치는 고함이 들려왔다.

알레시아가 비명을 질렀다.


문이 부서지는 순간 알레시아는 비명을 지르며 욕실 바닥 저편으로 나가떨어졌다. 단테가 욕실 안으로 떨어지듯 들이닥쳤다. 그녀는 공처럼 몸을 웅크리고 흐느꼈다. 두려움에 몸을 움직일 수가 없었다. 방광이 풀리고 두 다리와 청바지가 축축이 젖어갔다.

그녀의 운명은 정해졌다.

그녀는 얕고 짧은 숨을 몰아쉬었다. 숨통이 조여왔다. 어지러웠다. 두려움으로 눈앞이 흐려졌다.

"여기 있었구나, 이 망할 년." 그는 그녀의 머리채를 잡고 그녀의 고개를 치켜들었다.

알레시아가 울부짖자 그가 그녀의 뺨을 후려쳤다.

"너 때문에 돈이 얼마나 깨졌는 줄 알아, 이 망할 매춘부야? 네년 몸뚱아리로 동전 한 푼까지 다 갚아야 할 거다!" 그자의 얼굴이 코앞에 있었다. 검고 사악한 그자의 눈은 분노로 타올랐다. 알레시아는 숨이 막혔다. 입안에서 뭔가가 썩는 것처럼 입 냄새가 지독했고, 불결한 체취가 불쾌한 안개처럼 그녀를 덮쳤다.

그자가 다시 힘껏 손찌검을 하고 머리채를 잡아 그녀를 일으켜 세웠다.

말할 수 없는 고통이 덮쳤다. 머리 가죽이 뜯겨나가는 것 같았다.

"단테! 안 돼! 안 돼!" 그녀가 흐느꼈다.

"그만 좀 칭얼거려, 이 더러운 매춘부. 움직여!" 그자가 그녀를 거세게 흔들고 침실로 내던졌다. 침실에는 일리가 대기 중이었다. 그녀는 바닥에 나동그라져 불가사리처럼 뻗었다가 얼른 몸을 웅크렸다.

이럴 수는 없다.

그녀는 눈을 질끈 감고 구타가 시작되기를 기다렸다.

그냥 날 죽여. 그냥 날 죽여. 차라리 죽고 싶었다.

"오줌을 쌌구만. 더러운 piçka(잡년). 어디 실컷 맞아봐." 단테가 그녀의 주위를 슬렁슬렁 돌다가 배를 걷어찼다.

몸을 관통하는 고통에 그녀는 비명을 내지르며 숨이 막혀 입을 딱 벌렸다.

"여자한테서 물러나, 이 개새끼야!" 맥심의 목소리가 방에 쩌렁쩌렁 울려 퍼졌다.

뭐지?

알레시아는 흐릿한 눈을 떴다. 그가 여기 있어.

맥심이 문간에 서 있었다. 복수의 대천사처럼 검은 옷을 걸쳤고 눈은 초록빛 살기로 번뜩였다. 그가 쌍대엽총을 휘둘렀다.

그가 여기 있어. 총을 가지고.


사악한 개자식들이 나를 향해 홱 돌아섰다. 놈이 기겁하며 펄쩍 물러나 나를 향해 입을 딱 벌렸다. 머리가 벗어진 놈의 창백한 정수리에 땀이 맺혔다. 아윈 얼굴의 한패도 뒤로 물러나 두 손을 치켜들고 입술을 뒤틀었다. 벙벙한 점퍼 안으로 움츠러든 꼴이 영락없는 쥐새끼였다. 방아쇠를 당기고 싶은 충동이 꿈틀댔다. 나는 모든 본능을 찍어 눌러 간신히 자제했다. 대머리가 나를 바라보았다. 내게 시선을 고정하고 나를 가늠했다. 내가 정말 쏠 것인지, 그만한 배짱이 있는지.

"자극하지 마라!" 내가 호통쳤다. "두 손 위로 올려, 끝장 내버리기 전에. 여자한테서 떨어져. 당장!"

놈이 조심스럽게 한 걸음 더 물러났다. 놈의 시선이 내게서 알레시아에게로 이동하며 다른 방법을 궁리했다.

다른 방법이 있을 턱이 있나.

개자식.

"알레시아. 일어나. 당장. 움직여!" 그녀가 여전히 놈의 손이 닿는 위치에 있어서 나는 소리쳤다. 그녀가 휘청거리며 일어섰다. 얼굴 한쪽이 붉은 것으로 보아 저 개자식이 그녀를 때린 게 분명했다. 나는 놈의 머리를 날려버리고 싶은 충동과 싸웠다. "내 뒤로 와." 내가 이를 악물고 말했다.

그녀가 내 뒤로 왔다. 겁에 질려 헐떡이는 그녀의 숨소리가 들렸다. "너희 둘. 바닥에 무릎 꿇어!" 내가 소리쳤다. "당장! 그리고 둘 다 주둥아리 벙긋도 하지 마."

그들은 재빨리 시선을 교환했다.

나는 방아쇠에 손가락을 감았다. "총구가 둘이야. 둘 다 조준하고 있어. 둘 다 쓰러뜨릴 수 있다고. 네놈들의 더러운 불알을 날려버릴 거야." 그리고 나는 대머리의 사타구니를 겨냥했다.

놈의 눈썹이 납빛이 된 이마 위로 쑥 올라갔다. 두 놈이 무릎을 꿇었다.

"두 손은 머리 뒤로."

놈들이 시키는 대로 했다. 하지만 놈들을 묶을 만한 게 전혀 없었다.

낭패다.

"알레시아, 괜찮아?"

"괜찮아요."

휴대폰이 주머니 안에서 웅웅거리기 시작했다. 젠장. 올리버가 분명했다.

"내 청바지 뒷주머니에서 전화기 꺼낼 수 있지?" 나는 두 불량배를 조준한 채 알레시아에게 물었다. 그녀가 재빨리 시키는 대로 했다. "전화 받아." 그녀가 보이지는 않았지만 잠시 후 그녀의 목소리가 들렸다.

"여보세요?" 그녀가 말했다. 잠시 말을 멈췄다가 두려움에 잠긴 목소리로 말했다. "저는 미스터 맥심의 청소부예요."

세상에. 넌 그 이상이라고.

대머리가 쥐새끼 면상의 동료에게 뭐라 지껄였다. "Ështe pastruesja e tij. Nëse me pastruese do të thuash konkubinë(뭐긴 하녀지. 청소부가 아니라 첩이야)."

"Ajo nuk vlen asgjë. Grueja asht shakull për me bajt(지금 그게 중요하냐. 이제 우리 큰일 났어)." 쥐새끼 면상이 대꾸했다.

"입 닥쳐!" 내가 두 놈에게 호통쳤다. "누구야?" 나는 알레시아에게 물었다.

"이름이 올리버래요."

"그 남자에게 말해, 우리가 아늑한 집에 침입한 두 놈을 잡았으니 경찰에 신고하라고. 당장. 그리고 대니에게 전화해서 당장 젠킨스를 여기로 보내라고 해."

그녀가 더듬으며 그렇게 말했다.

"설명은 나중에 한다고 해."

그녀는 내가 한 말을 그대로 전했다. "올리버 씨가 그렇게 한대요… 끊을게요." 그녀가 전화를 끊었다.

"엎드려, 둘 다. 두 손 등 뒤로 돌리고." 대머리가 쥐새끼 면상을 재빨리 쳐다보았다. 무슨 꿍꿍이지? 나는 앞으로 다가가 총구를 낮춰 놈의 머리를 겨냥했다.

"계세요!" 아래층에서 외치는 목소리가 들렸다. 대니였다. 벌써? 그럴 리가 없다.

"우리 위층에 있어, 대니!" 나는 두 무뢰한들에게서 눈을 떼지 않고 외쳤다. 나는 총으로 지시했다. 엎드리라고 새끼들아. 놈들이 지시에 따랐고 나는 침실 바닥에 엎어진 두 형체로 다가갔다. "손가락 하나 까딱하지 마." 나는 총구로 대머리의 등을 쿡 찔렀다. "어디 해보든가. 그럼 총알이 네놈 등뼈를 부수고 내장을 뚫을 거다. 그렇게 천천히 고통스럽게 죽게 될 거야… 그것도 감사한 줄 알아라, 이 짐승 같은 놈."

"안 돼. 안 돼. 제발." 그가 투박한 말씨로 두들겨 맞은 개처럼 징징거렸다.

"닥치고 가만있어. 알아들었냐? 알아들었으면 끄덕여."

두 남자가 재빨리 열렬히 고개를 끄덕였다. 나는 알레시아를 흘긋 보았다. 그녀는 커다래진 눈과 창백한 얼굴로 문간에서 두 팔로 몸을 감싸고 있었다. 그녀의 뒤로 대니가 나타났고 대니 뒤에 젠킨스가 있었다.

"어머나 세상에." 대니의 손이 입가로 올라갔다. "이게 다 무슨 일이죠?"

"올리버에게 연락받았어요?"

"아뇨, 미로드. 아침 드시다 말고 뛰쳐나가셔서 뒤따라 와봤어요. 무슨 사고가 났구나 싶어서…"

젠킨스가 뒤에서 서성였다.

"이 납치범 둘이 집에 침입했어. 알레시아를 쫓아온 놈들이야." 나는 총구로 대머리의 등을 눌렀다.

"이놈들 묶을 만한 게 없을까?" 나는 젠킨스에게 물었다. 내 시선은 바닥에 엎드린 남자들에게 박혀 있었다.

"랜드로버 트렁크에 포장용 노끈이 있어요." 그가 돌아서서 서둘러 계단을 내려갔다.

"대니, 알레시아를 홀로 데려가요."

"싫어요." 알레시아가 항의했다.

"가. 경찰이 도착했을 때 넌 여기 있으면 안 돼. 최대한 빨리 갈게. 대니와 있으면 안전할 거야."

"가요, 아가씨." 대니가 말했다.

"나 옷 갈아입어야 해요." 알레시아가 중얼거렸다.

나는 인상을 썼다. 왜지?

알레시아는 옷방으로 달려들어갔다가 잠시 후 지난번 쇼핑한 날 가져온 쇼핑백 하나를 들고 나왔다. 그리고 알 수 없는 눈길을 내게 던지고는 대니를 따라 계단을 내려갔다.


대니가 크고 우르릉거리는 차를 몰고 시골길을 달리는 동안 알레시아는 두 손으로 몸을 감싸고 멍하니 앞 유리창 밖을 바라보았다.

어디로 가는 걸까?

머리가 지끈거렸고 두피와 얼굴도 쓰라렸다. 옆구리도 다쳤는지 숨을 들이쉴 때마다 아팠다. 그녀는 최대한 숨을 얕게 쉬었다.

그녀는 대니가 별장 소파에서 가져와 덮어준 담요를 두르고 있었다.

대니가 담요를 덮어줄 때 말했다. "감기 걸리면 안 돼요."

대니는 친절하고 다정한 목소리에 알레시아가 모르는 말씨를 썼다. 이렇게나 살뜰히 챙겨주는 걸 보면 미스터 맥심에게는 좋은 친구임이 분명했다.

맥심.

그녀는 그가 그녀를 구해줄 때 지었던 표정을 영원히 잊지 못할 것 같았다. 긴 외투 차림으로 옛날 미국 영화의 영웅처럼 엽총을 휘두르던 그의 모습도.

그들에게 꼼짝 못 하고 당할 줄 알았는데.

속이 울렁거렸다.

"차 좀 세워주세요."

대니가 차를 세우자 알레시아는 차에서 쓰러지듯 내렸다. 그녀는 상체를 굽히고 아침에 먹은 것을 길가에 토해냈다.

대니가 도와주러 와서 머리카락을 등 쪽으로 모아 잡아주었다. 알레시아는 위장이 텅 빌 때까지 토하고 또 토했다. 몸을 일으켰을 때는 몸이 벌벌 떨렸다.

"어쩌나." 대니가 그녀에게 손수건을 건넸다. "이제 홀로 갑시다."

같이 차를 타고 가다가 알레시아는 멀리서 들리는 사이렌 소리에 경찰이 아늑한 집에 도착하는 장면을 상상했다. 손수건을 쥔 손이 덜덜 떨렸다.

"괜찮아요, 아가씨." 노부인이 말했다. "이제 안전해."

알레시아는 고개를 흔들며 얼마 전 일어난 일들을 이해하려 애썼다.

그가 나를 구했어. 또다시.

그에게 어떻게 감사를 표해야 할까.


젠킨스는 순식간에 두 불량배의 손을 등 뒤로 돌려 묶었다. 추가로 발목도 모아 묶었다. "미로드." 그는 쥐새끼 면상의 점퍼가 올라가면서 바지 허리춤 속에서 불거진 권총의 개머리판을 가리켰다.

"무기를 소지한 채 무단 침입했군. 점점 더 가관인데." 놈이 무기를 나나 알레시아에게 휘두르지 않은 게 천만다행이었다. 나는 젠킨스에게 엽총을 넘겨주고 잠시 머뭇거리다가 대머리의 갈비뼈를 세게 재빨리 걷어찼다. 맞아도 싼 놈이다. "이건 알레시아의 몫이다, 쓰레기 같은 놈." 놈이 고통스러워 끙끙거렸고 젠킨스는 계속 감시했다. 나는 다시 놈을 걷어찼다. 더 세게. "이건 네놈이 노예로 팔아먹은 여자들 몫이고."

젠킨스가 놀랐다. "인신매매요?"

"응. 저놈도 한패야. 알레시아를 쫓아왔어." 나는 고갯짓으로 쥐새끼 면상을 가리켰다. 놈이 증오가 가득한 눈으로 나를 노려보았다. 젠킨스가 그를 재빨리 걷어찼다.

나는 대머리 옆에 무릎을 꿇고 놈의 귀를 움켜잡아 고개를 뒤로 꺾었다. "넌 인류를 좀먹는 버러지야. 감옥에서 평생 썩어봐라, 감옥 열쇠는 내가 반드시 없애버릴 거니까." 놈이 입술을 씰룩거리며 내 얼굴을 침을 뱉으려 했지만 빗나갔다. 침이 놈의 턱 아래로 흘러내렸다. 나는 놈의 머리를 바닥에 쾅 박아버렸다. 대가리가 그냥 깨지든 말든. 나는 다시 놈을 곤죽이 되도록 걷어차고 싶은 충동과 싸우며 일어섰다.

"그냥 해치우고 시체를 처리하죠, 미로드." 젠킨스가 총구를 쥐새끼 면상의 머리에 대며 제안했다. "영지 사람들은 아무도 모를 겁니다." 젠킨스의 말이 농담인지 진담인지 나는 잠시 헷갈렸지만 쥐새끼 면상은 진짜라고 생각했는지 눈을 질끈 감았다. 얼굴이 사색이 됐다.

쌤통이다. 이제 알레시아의 기분을 알겠냐, 이 새끼야.

"괜찮은 생각이긴 한데, 그럼 집이 너무 지저분해져. 청소하는 직원들이 좋아하지 않을 거야."

사이렌 소리가 나서 모두들 고개를 들었다.

"게다가 법적으로 조금 귀찮아지겠지." 내가 덧붙였다.


대니는 예쁘고 예스러운 집 옆에 난 작은 길로 들어갔다. 길에 난 쇠판을 지날 때 골동품 차가 흔들렸다. 겨울인데도 여기 땅은 녹음이 우거졌다. 그들은 탁 트이고 완만한 경사를 이룬 목초지를 지났다. 이곳에 온 이후 줄곧 보았던 대자연의 풍광이 아니라 단정한 분위기가 돌았다. 잘 먹인 양들이 여기저기 흩어져 있었다. 차는 길을 따라 거대한 회색 주택을 향해 앞으로 나아갔다. 웅장한 저택이었다. 이제까지 본 집 중에 가장 큰 저택이었다. 그녀는 굴뚝을 알아보았다. 맥심과 같이 걸을 때 길에서 보았던 굴뚝이었다. 그때 그가 누군가의 집이라고 했었는데 누구였는지 기억이 나지 않았다. 대니가 사는 집인 것 같았다.

이런 데 살면서 왜 미스터 맥심에게 요리를 해주었을까?

대니는 집 뒤편으로 돌아가 뒷문 옆에 차를 세웠다.

"다 왔어요." 대니가 말했다. "트리실런 홀에 오신 걸 환영해요."

알레시아는 웃어보려 했지만 뜻대로 되지 않아서 그냥 차에서 내렸다. 여전히 후들거리는 다리를 겨우 놀려 대니를 따라 문을 지나 부엌으로 보이는 곳으로 들어갔다. 널찍하고 탁 트인 부엌이었는데 알레시아가 이제껏 본 부엌 중 가장 컸다. 나무 찬장과 타일 바닥을 갖춘 그곳은 얼룩 한 점 없이 깨끗했고 예스러우면서도 현대적이었다. 스토브가 두 개였다. 두 개나! 족히 열네 명은 앉을 수 있는 거대한 식탁도 있었다. 키가 큰 적갈색 개 두 마리가 그들을 향해 뛰어왔다. 알레시아는 움찔했다.

"엎드려, 젠슨. 엎드려, 힐리!" 대니의 명령에 개들이 뜀박질을 멈췄다. 녀석들이 엎드리더니 솔직하고 커다란 눈망울로 두 여자를 올려다보았다. 알레시아는 이해가 안 되는 눈초리로 개들을 쳐다보았다. 잘생긴 사냥개이긴 했지만… 그녀의 고향에서 개들은 집 안에서 살지 않는다.

"해치지 않아요. 아가씨를 만나 좋아서 그러는 거예요. 나랑 같이 가요." 대니가 말했다. "목욕할래요?" 친절하고 배려하는 말투였지만 알레시아는 창피해서 얼굴을 붉혔다.

"네." 알레시아가 대답했다. 아는구나! 그녀가 오줌 싼 걸알고 있었다.

"얼마나 무서웠을까."

알레시아는 고개를 끄덕이고는 눈을 깜빡여 차오르는 눈물을 삼켰다.

"저런 저런, 아가씨, 울지 말아요. 그럼 주인어른이 속상해하세요. 우리가 돌봐줄게요."

주인어른?

그녀는 대니를 따라 마룻바닥으로 된 복도를 지났다. 복도 양쪽으로 오래된 그림들이 줄줄이 걸려 있었다. 풍경화, 말 그림, 건물 그림, 종교화 여러 점. 초상화는 두 점이었다. 그들은 닫힌 문 여러 개를 지나 좁은 나무 계단을 올라가 긴 마루 복도를 다시 지났다. 마침내 대니가 걸음을 멈추고 문을 열자 흰 침대와 흰 가구, 하늘색 벽의 쾌적한 방이 나타났다. 대니는 방에 딸린 욕실로 들어가서 수도꼭지를 틀었다. 알레시아는 대니 뒤에 서서 담요를 두른 채 물이 욕조 안으로 쏟아지며 김이 올라오는 것을 바라보았다. 대니가 향기로운 거품 입욕제를 물에 탔다. 아늑한 집에 있는 것과 같은 조 말론이었다.

"수건을 가져다줄게요. 옷은 침대 옆에 둬요, 내가 얼른 가져다가 세탁할 테니까." 대니는 딱하다는 듯 알레시아에게 미소를 짓고 나서 알레시아를 혼자 두고 나갔다.

알레시아는 욕조 안으로 폭포처럼 쏟아지는 물을 바라보았다. 비누 거품이 일면서 수면 위로 퍼져 나갔다. 네 귀퉁이에 짐승의 발 모양이 달린 오래된 욕조였다. 몸이 벌벌 떨려와서 그녀는 두른 담요를 움켜쥐고 더 단단히 여몄다.

알레시아가 계속 서 있을 때 대니가 새 수건을 가지고 돌아왔다. 대니는 수건을 하얀 등나무 의자에 놓고 나서 물을 잠그고 알레시아에게 돌아섰다. 그녀의 예리한 푸른 눈이 연민으로 반짝였다. "목욕하고 싶은 거 맞죠?"

알레시아가 고개를 끄덕였다.

"난 나가 있을까요?"

알레시아는 고개를 저었다. 혼자 있고 싶지 않았다. 대니는 가엾은 마음에 한숨을 내쉬었다.

"알았어요. 옷 벗는 거 내가 도와줄까요? 그러고 싶어요?"

알레시아가 고개를 끄덕였다.


"약혼녀분도 우리와 면담을 하셔야 합니다." 니컬스 경찰이 말했다. 나이는 내 또래였고 큰 키에 호리호리한 체형이었고 밝은색의 눈은 예리했다. 그녀는 내가 하는 말을 꼼꼼히 적었다. 나는 손가락으로 식탁을 두드렸다. 얼마나 더 있어야 끝날까? 한시라도 빨리 알레시아에게 돌아가고 싶었다. 내 약혼녀에게로…

니컬스와 그녀의 상사 낸캐로 경사는 진득하게 앉아 알레시아가 납치될 뻔한 이야기를 들었다. 나는 자초지종을 간략히 줄여 말했지만 최대한 사실에 근접한 이야기를 들려주었다. "물론이죠." 내가 대답했다. "그녀가 기운을 차리는 대로 그렇게 하죠. 놈들에게 워낙 심하게 당했어요. 내가 여기 도착했을 때…"

나는 부아가 치밀어서 눈을 잠시 감았다.

다시는 그녀를 못 볼 뻔했어.

"두 분 모두 호된 일을 겪었군요." 낸캐로는 혐오감에 고개를 저었다. "약혼녀분을 의사에게 보여주고 진찰을 좀 받아보시죠?"

"그래야죠." 나는 대니가 그것까지 알아서 조치했기를 바랐다.

"어서 기운을 차려야 할 텐데요." 그가 말했다.

나는 낸캐로가 와주어 기뻤다. 그와는 어릴 때부터 알고 지낸 사이였다. 우리는 늦게까지 흥청대는 파티장에서 가끔 투닥거리다 해변에서 함께 술을 마신 적이 있었다. 그는 언제나 공정했다. 그리고 집에 찾아와서 키트의 끔찍한 사고 소식을 전한 것도 낸캐로였다.

"이자들이 전과가 있다면 우리 데이터베이스에 있을 겁니다. 경범죄도 더 심각한 범죄도 모두 기록으로 남아 있을 거예요, 트리비딕 경." 낸캐로가 말했다. "필요한 건 모두 챙겼

나, 니컬스?" 그가 열심인 동료에게 물었다.

"네. 고맙습니다, 미로드." 그녀가 내게 말했다. 그녀는 납치미수사건을 처음 맡은 것처럼 흥분을 감추지 못했다.

"그럼 됐군." 낸캐로가 그녀에게 만족한 미소를 지었다. "당신이 여기 계시니 좋군요, 미로드."

"고마워요."

"그동안 어떻게 지내셨어요? 형님이 돌아가신 뒤로?"

"버티고 있어요."

"안타까운 일입니다."

"그렇지요."

"좋은 분이셨는데."

나는 고개를 끄덕였다. "그랬죠." 휴대폰이 웅웅거려 화면을 확인했다. 올리버였다. 나는 전화를 받지 않았다.

"우린 그만 가볼게요. 수사가 진행되는 대로 알려드리죠."

"첼시의 내 아파트에 침입한 자들도 이놈들이 분명해요."

"그것도 알아보죠."

나는 그들을 현관문까지 배웅했다.

"아, 참, 약혼 축하합니다." 낸캐로가 손을 내밀었다.

"고맙습니다. 내 약혼녀에게 축하 인사 전해주죠."

우선 그녀에게 청혼부터 해야겠지…


뜨거운 물이 그녀를 달래주었다. 대니는 알레시아의 더러워진 옷을 세탁하러 나가고 없었다. 금방 돌아오겠다고 약속하고서. 차에 있는 알레시아의 나머지 옷들과 두통약도 가져오겠다고 했다. 단테에게 머리채를 잡힌 것 때문에 머리가 욱신욱신 쑤셨다. 몸이 덜덜 떨리는 것은 멈추었지만 불안감은 여전했다. 눈을 감자 그녀 앞에서 고함을 질러대던 단테의 험상궂은 얼굴이 떠올랐다. 그녀는 얼른 눈을 뜨고 그의 냄새가 기억나 몸서리를 쳤다.

Zot(세상에). 역겨운 냄새였다. 악취. 지독한 땀 냄새. 씻지 않은 체취. 그리고 그의 입 냄새.

구역질이 났다. 그녀는 얼굴에 물을 끼얹어 그 기억을 씻어내려 했지만 뜨거운 물이 닿자 얻어맞은 부위가 쓰렸다.

일리의 말이 머릿속에 울려 퍼졌다.

'Nëse me pastruese do të thuash konkubinë.'

'청소부가 아니라 첩이야.'

첩.

맞는 말이었다. 인정하기 싫었지만 그것이 현실이었다. 그녀는 맥심의 첩이자… 청소부였다. 기분이 점점 더 우울해졌다. 뭘 바란 거야? 아버지의 말을 거역한 순간부터 그녀의 운명은 정해진 것이었다. 하지만 그땐 선택의 여지가 없었다. 쿠커스에 남으면 불안정하고 포악한 남자와 결혼할 수밖에 없었다. 알레시아는 몸서리를 쳤다. 제발 그 남자와 정혼하지 않게 해달라고 아버지에게 그렇게 애원했는데. 하지만 아버지는 그녀의 애원도, 어머니의 간청도 무시해버렸다. 그 남자에게 딸을 시집보내겠다고 서약했다.

'베사('맹세'를 뜻하는 알바니아 말로 사회적으로 특별한 의미를 가진다. 지키지 못할 경우 신의를 저버리는 것으로 간주해 수치스럽게 생각한다—옮긴이)'를 한 것이다.

다른 방법은 없었다. 아버지는 약속을 번복할 생각이 없었다. 서약을 깰 경우 집안의 명예는 땅에 떨어질 게 분명했다. 그녀의 어머니가 고육지책을 냈지만 딸을 불량배들의 손에 맡긴 결과를 낳았다. 이제 놈들은 체포된 상태라 더이상 위협은 되지 않지만 그녀는 자신이 처한 상황을 인정하지 않을 수 없었다. 콘월에서 한껏 웃으며 바닷가를 거닐고 펍에서 술을 마시고 근사한 식당에서 식사를 하고 미스터 맥심과 잠자리를 하고 사랑에 빠져 있는 동안 현실을 까맣게 잊고 있었던 것이다. 그와 함께 있으면 머릿속은 환상으로 가득 찼다. 그녀의 어머니가 독립과 자유라는 미친 생각들을 그녀의 머릿속에 심어준 것과 뭐가 다를까. 알레시아가 고향을 떠난 것은 정혼자에게서 도망치려는 이유도 있었지만 일자리를 찾을 수 있으리라는 희망이 있었기 때문이다. 그녀에게 필요한 것은 그것이었다. 일하는 것, 독립하는 것. 첩이 되는 것이 아니었다.

그녀는 욕조 안의 꺼져가는 거품들을 물끄러미 바라보았다.

사랑에 빠질 줄은 정말 몰랐지…

대니가 부산스럽게 큰 남색 목욕 가운을 들고 욕실로 들어왔다. "이제 그만. 거기서 그만 나와요. 그러다가 자두로

130

변하겠어."

자두?

알레시아는 자기도 모르게 일어섰다. 대니가 알레시아의
몸에 가운을 걸쳐주고 욕조에서 나오는 걸 도와주었다. "이
제 좀 낫죠?"

알레시아는 고개를 끄덕였다. "고맙습니다, 부인."

"내 이름은 대니예요. 그러고 보니 정식으로 인사를 나눈
적이 없네요. 어쨌거나 여기서는 모두들 날 그렇게 불러요.
물 한 잔과 알약 조금, 머리에 댈 얼음 찜질팩, 뺨에 바를 연
고를 가져왔어요. 멍든 데 바르면 도움이 될 거예요. 의사에
게 전화해놨으니 옆구리의 심한 타박상은 의사가 와서 봐줄
거예요. 이제 침대로 가요. 피곤할 테니까." 대니는 알레시
아를 침실로 데려갔다.

"맥심은요?"

"주인어른은 경찰과 일이 끝나는 대로 오실 거예요. 이제
가요."

"주인어른이라구요?"

"네, 맞아요."

알레시아는 얼굴을 찌푸렸다. 대니의 표현이 머릿속에 울
려 퍼졌다.

"몰랐어요? 맥심은 트리비딕 백작이에요."

# 22

트리비딕 백작?

"여긴 그분의 집이에요." 대니가 아이에게 하듯 상냥하게 말했다. "집 주변의 토지도 그분 것이구요. 이 마을도…" 대니가 말을 멈췄다. "그분이 말 안 했어요?"

알레시아가 고개를 끄덕였다.

"안 했군요." 대니의 하얀 두 눈썹이 가까이 붙었다. 하지만 그녀는 어깨를 으쓱거렸다. "그럴 만한 이유가 있겠죠. 옷 갈아입게 난 나가 있을까요? 옷 가방은 저 의자 위에 있어요."

알레시아는 고개를 끄덕였고 대니는 방을 나가 문을 닫았다. 알레시아는 넋이 나가 닫힌 문을 멍하니 바라보았다. 머릿속이 어지러웠다. 영국 귀족에 대해 아는 거라고는 할머니가 몰래 들여온 조젯 헤이어의 책 두 권에서 읽은 내용뿐이었다. 그녀가 아는 한 그녀의 고향에는 귀족이 존재하지 않는다. 옛날에는 있었지만 제2차 세계대전 후 공산주의자들이 모든 토지를 몰수하자 그 땅에 살던 귀족들은 모두 도망치듯 떠났다.

하지만 여기서… 미스터 맥심은 백작이다.

아니. 미스터가 아니다. 그는 맥심 경이다.

미로드.

왜 말 안 했을까?

순간 의문에 대한 대답이 그녀의 머릿속에 크고 고통스럽게 울려 퍼졌다.

왜냐하면 그녀는 그의 청소부니까.

'Nëse me pastruese do të thuash konkubinë.'

'청소부가 아니라 첩이야.'

그녀는 숨을 들이마시며 목욕 가운을 단단히 여미며 겨울의 한기와 이 우울한 소식을 마주했다.

왜 그는 이 사실을 내게 숨겼을까?

물론 내가 부족한 상대라 그랬겠지.

한 가지만 빼고 만족스럽지 않았을 것이다…

배신감에 속이 뒤집어졌다. 어쩜 그리 순진하게 속아 넘어갔을까? 그녀는 그의 기만에 상처를 받고 솟구치는 눈물을 닦아냈다. 그동안 알면서도 현실을 외면한 대가였다.

그와의 관계가 진지하다고 보기엔 너무 순조롭게 흘러왔다.

마음 깊은 곳에 자리했던 의구심이 현실이 되어버렸다.

하지만 그는 그녀에게 어떤 약속도 한 적이 없다. 모두 그녀의 머릿속에 있었을 뿐. 그녀에게 사랑한다는 말도 한 적 없다… 사랑하는 티를 낸 적도 없다. 그런데 그녀는 안 지 얼마 되지도 않은 그에게 빠져버렸다. 까마득히 높은 곳에서 굴러떨어지듯이.

난 바보야. 착각과 사랑에 빠진 바보.

그녀는 괴로워 눈을 감았다. 치욕스런 눈물과 후회가 뺨을 따라 흘러내렸다. 화가 치밀어 서둘러 눈가를 훔친 뒤 몸의 물기를 닦기 시작했다.

모닝콜 한번 제대로네.

그녀는 숨을 크게 들이마셨다. 눈물은 흘릴 만큼 흘렸다. 마음 깊은 곳에서 끓어오르는 분노가 그녀에게 힘을 주었다. 더는 그 때문에 눈물 흘리지 않을 것이다. 그에게 화가 났고 너무나 어리석었던 자신에게도 화가 났다.

이 분노는 상처받은 마음을 가리려는 눈속임이라는 걸 알고 있었지만 그것에 감사했다. 분노 덕분에 그에게 배신당한 상처가 덜 쓰라렸다.

그녀는 가운을 바닥에 떨어뜨리고 파란색 의자에서 옷가지가 든 가방을 집어 내용물을 침대 위에 쏟았다. 충동적으로 옛날 옷을 함께 가지고 와서 다행이었다. 그녀는 분홍색 팬티와 브라, 원래 입던 청바지, 아스널 축구팀 상의를 입고 운동화를 신었다. 모두 그녀가 입던 옷들이었다. 원래 입

134

던 외투는 가져오지 않아서 대신 미스터 맥심, 아니 맥심 경이 사준 스웨터 하나와 대니가 아늑한 집에서 가져온 담요를 집어 들었다. 단테와 일리는 구금될 것이다. 경찰이 그들의 범죄를 인지한 이상 그들을 구금할 테니 이제 그들은 걱정할 필요가 없었다.

떠나면 된다.

여기 있지 않을 것이다.

거짓말하는 남자와 같이 있고 싶지 않았다. 싫증 나면 언제든 그녀를 버릴 남자와는. 버림받느니 차라리 떠나는 게 낫다.

그녀는 대니가 가져다둔 알약 두 알을 재빨리 삼켰다. 그러고는 우아한 침실을 마지막으로 한 번 둘러본 뒤 문을 살짝 열었다. 층계참에 아무도 없었다. 그녀는 침실을 살그머니 빠져나와 문을 닫았다. 아늑한 집으로 돌아가서 거기 둔 그녀의 돈과 소지품을 가져와야 했다. 들어온 곳으로 빠져나갈 수는 없었다. 대니가 부엌에 있을지 몰랐다. 그녀는 오른쪽으로 돌아 긴 복도를 나아갔다.


재규어가 오래된 마구간 앞에 멈춰 섰다. 나는 차 문을 열고 차를 그대로 둔 채 집 안으로 달려 들어갔다. 알레시아가 보고 싶어 죽을 것 같았다.

대니와 제시, 개들이 부엌에 있었다. "나중에 보자, 애들아." 나는 펄쩍펄쩍 뛰어오르며 나를 맞이하는 개들을 톡톡 두드렸다.

"오셨군요, 미로드. 경찰은 갔구요?" 대니가 물었다.

"네. 알레시아는 어디 있어요?"

"파란 방에요."

"고마워요." 나는 서둘러 그 방으로 갔다.

"그런데요, 미로드…" 대니가 내 뒤에 대고 소리쳤다. 그녀의 떨리는 목소리에 나는 걸음을 멈추었다.

"왜요? 알레시아는 좀 어때요?"

"떨고 있어요. 여기 오는 길에 잔뜩 토했어요."

"지금은 괜찮구요?"

"목욕하고 옷 갈아입고 있어요. 그리고…" 대니가 다시 감자 껍질을 벗기기 시작하는 제시를 불안한 듯 흘끔거렸다.

"왜 그래요?" 내가 물었다.

대니의 얼굴이 창백해졌다. "제가 그만 주인어른이 트리비딕 백작이라는 걸 말해버렸어요."

뭐라고?

"젠장!" 나는 부엌을 달려나가 서쪽 복도를 지난 뒤 파란 방을 향해 난 뒤쪽 계단을 뛰어올랐다. 젠슨과 힐리가 내 뒤를 바짝 따라왔다. 가슴이 쿵쾅거렸다.

등신. 등신. 등신. 말하고 싶었는데. 알레시아가 어떻게 생각하겠어?

나는 파란 방 밖에서 멈춰 서서 심호흡을 했다. 새로운 놀이를 하는 줄 알고 나를 쫓아온 녀석들은 무시했다.

알레시아는 오늘 끔찍한 하루를 보내고 있다. 지금 그녀는 모르는 곳에 모르는 사람들과 있다. 아마도 제정신이 아닐 것이다.

그리고 말을 안 한 내게 미친 듯이 화가 나 있겠지…

나는 힘차게 문을 두드렸다.

그리고 기다렸다.

다시 두드렸다. "알레시아!"

대답이 없다.

망할. 나한테 단단히 화난 모양인데.

나는 조심스레 문을 열었다. 그녀의 옷들이 침대 위에 흩어져 있었다. 목욕 가운이 바닥에 떨어져 있었지만 그녀의 기척은 없었다. 나는 욕실을 확신했다. 그녀의 향기만 감돌 뿐 비어 있었다. 라벤더와 장미. 나는 눈을 감고 숨을 들이켰다. 기분이 안정됐다.

어디 갔을까?

집 구경을 하러 나갔는지도.

아니면 떠났거나.

젠장.

나는 방을 뛰쳐나가 복도 저편으로 그녀의 이름을 외쳤다. 내 목소리가 선조들의 초상화가 걸린 벽에 메아리쳤지만 무거운 침묵에 맞닥뜨렸다. 두려움이 뼛속으로 스며들었다. 어디 있을까? 어디서 정신을 잃고 쓰러진 건 아닐까?

도망쳤구나.

분명 감당하기 어려웠을 것이다. 아니면 내가 진심이 아니라고 생각했을까.

망할.

나는 복도를 따라가며 방문들을 열었고 젠슨과 힐리가 나를 호위했다.


길을 잃은 알레시아는 나가는 길을 찾아 헤맸다. 까치발로 살금살금 문들과 그림들, 또 다른 나무 패널 복도를 지났을 때 드디어 두짝문이 나왔다. 그 문을 밀고 나가자 크고 넓은 계단참이 나왔다. 진홍색과 파란색 카펫이 깔린 계단은 동굴처럼 어둑한 아래 복도로 이어졌다. 층계참에 멀리언(창문 중간에 문설주를 대는 중세 건축 양식-옮긴이) 퇴창이 나 있고 퇴창 양옆에 창 같은 것을 든 갑옷 두 개가 서 있었다. 계단 위 벽에는 빛이 바랜 거대한 태피스트리가 걸려 있었는데 아까 본 식탁보다 컸고 군주에게 무릎을 꿇고 있는 남자가 수놓여 있었다. 그 남자는 왕관을 쓴 것으로 보아 군주인 듯했다. 맞은편 벽에는 계단 위로 초상화 두 점이 걸려 있었다. 거대했다. 두 남자 모두. 한 남자는 먼 옛날 사람이었고 다른 남자는 근대 사람이었다. 그녀는 그들의 얼굴에서 혈통에 의한 유사성을 발견하고 한 가지를 깨달았다. 둘 다 위압적인 초록빛 눈으로 그녀를 응시하고 있었다. 그의 초록빛 눈.

여긴 맥심의 가문이야. 그의 유산. 그녀는 전혀 모르는 세계였다.

그녀의 시선이 계단의 중심 기둥 꼭대기와 굽이진 중간과 맨 아래 세 곳에 새겨진 이두 독수리에 닿았다.

알바니아의 상징.

그녀의 이름을 부르는 그의 목소리에 그녀는 움찔했다.

안 돼.

그가 돌아왔다.

그가 다시 외쳤다. 걱정스럽고 다급한 목소리였다. 알레시아는 거대한 계단 꼭대기에 우두커니 서서 자신을 둘러싼 역사를 쳐다보았다. 마음이 갈팡질팡했다. 그 순간 저 아래쪽에서 시간을 알리는 시계 종소리가 꽝꽝 터져 나오는 바람에 그녀는 놀라 펄쩍 뛰었다. 한 번, 두 번, 세 번…

"알레시아!" 맥심이 다시 외쳤다. 이번에는 더 가까웠고 그의 발소리도 들렸다. 그가 뛰어오고 있었다. 그녀를 향해.

시계 종소리가 계속 울렸다. 크고 또렷하게.

어떡하지?

그녀가 계단 모서리를 장식한 독수리를 움켜잡았을 때 맥심과 개 두 마리가 두짝문을 벌컥 열고 나타났다. 그는 그녀를 발견하고 멈춰 섰다. 그의 시선이 얼굴에서 발끝까지 그녀를 훑어본 순간 그의 얼굴이 어두워졌다.

그녀를 찾았다. 하지만 싸늘하고 속내를 알 수 없는 그녀의 표정과 옛날 옷을 입고 스웨터 하나와 담요 하나를 들고 있는 그녀의 모습에 내 안도감은 식어버렸다.

젠장. 심상치 않다.

그녀가 풍기는 이 서먹한 분위기는 몇 주 전 복도에서 처음 마주쳤을 때와 비슷하다. 그때 빗자루를 움켜쥐었듯 이번엔 중간 기둥을 움켜잡고 있다. 나는 온 신경이 곤두섰다.

신중히 행동해.

"여기 있었네. 어디 가려고?" 내가 물었다.

그녀는 무심한 듯 우아한 동작으로 머리카락을 어깨 뒤로 넘기고는 턱을 나를 향해 들어 올렸다. "나 떠날래요."

안 돼! 그녀에게 배를 걷어차인 것만 같다.

"뭐? 왜?"

"왜인지 알잖아요." 그녀가 발끈했다. 표정에 억울함과 분노가 가득했다.

"알레시아. 미안해. 너한테 말했어야 했는데."

"그런데 안 했죠."

입이 열 개라도 할 말이 없었다. 나는 그녀를 바라보았다. 뉘우치는 내 태도가 상처받은 그녀의 짙은 눈동자에 작은 돌파구를 만들었다.

"이해해요." 그녀가 한쪽 어깨를 으쓱했다. "난 당신의 청소부니까요."

"아냐. 아냐. 아냐!" 나는 그녀에게 다가갔다. "그래서 그런 게 아니야."

"괜찮으세요?" 아래쪽에서 대니의 목소리가 석벽에 반사되어 계단을 타고 위로 올라왔다. 난간 너머로 내려다보자 아래 복도에 있는 대니와 제시, 영지 직원 브로디가 나타났다. 세 사람은 연못에 사는 호기심 많은 잉어처럼 입을 딱 벌리며 우리를 올려다보았다.

"저리 가. 당장. 모두들. 가!" 나는 그들에게 가라고 손짓했다. 대니와 제시는 걱정스런 눈빛을 교환했지만 흩어졌다.

죽겠구만, 정말.

나는 알레시아에게 다시 주의를 돌렸다. "이래서 내가 널 여기로 데려오지 않은 거야. 이 집엔 사람들이 너무 많아."

그녀는 나한테서 시선을 휙 돌렸다. 이맛살을 찌푸리고 입술은 꾹 다물고.

"오늘 아침엔 직원 아홉 명과 아침을 먹었는데 그건 약과야. 네가 이… 모든 것들에 위축되는 게 싫었어." 그는 그의 아버지와 초대 백작의 초상화들을 가리켰다. 그녀는 내내 한 손가락으로 정교하게 조각된 독수리를 쓰다듬으며 아무 말도 하지 않았다.

"그리고 너를 독점하고 싶었어."

눈물방울이 그녀의 뺨을 타고 흘러내렸다.

망할.

"그 남자가 뭐라고 했는 줄 알아요?" 그녀가 중얼거렸다.

"누구?"

"일리."

아늑한 집에 쳐들어온 그 빌어먹을 침입자 말이로군. "아니." 대체 어쩌려는 거지?

"내가 당신의 첩이라고 했어요." 숨죽여 끌어낸 그녀의 목소리에 수치심이 가득했다.

아니야!

"그게 무슨⋯ 말도 안 돼. 지금은 21세기야⋯" 나는 그녀를 품에 안고 싶었지만 자제력을 총동원해 그 충동을 억누르며 그녀에게 더 가까이 다가갔다. 그녀의 체온이 내 몸에 느껴질 만큼 가까운 거리였다. 그녀를 만지지 않으려 안간힘을 써야 했다. "넌 내 여자 친구야. 여기서는 그렇게 표현해. 나 혼자 그렇게 생각하는 게 아니기를 바라지만. 우리의 관계에 대해 이야기할 틈도 없이 모든 일들이 정신없이 일어났지만. 난 너를 그렇게 부르고 싶어. 여자 친구라고. 내 여자 친구. 그건 우리가 진지한 관계라는 뜻이야. 물론 너도 나를 원해야겠지만."

그녀의 속눈썹이 짙고 짙은 눈망울 위에서 파닥거렸다. 하지만 그녀는 아무 말도 하지 않았다.

젠장.

"넌 똑똑하고 재능이 많은 여자야, 알레시아. 그리고 자유로운 사람이야. 스스로 선택할 자유가 있는."

"아뇨, 그렇지 않아요."

"네가 있는 곳은 여기야. 네가 다른 문화권에서 왔다는 거 알아. 우리가 경제적으로 동등하지 않다는 것도 알고. 하지만 그건 태생이 달라서 생긴 어쩔 수 없는 문제야. 다른 모든 면에서 우리는 동등해. 내가 잘못한 거 알아. 너한테 말을 했어야 했어. 미안해, 정말 미안해. 네가 안 갔으면 좋겠어. 그냥 있으면 좋겠어. 제발."

그녀가 내 얼굴을 바라보았다. 헤아릴 수 없는 그녀의 눈이 나를 발가벗겼다. 그녀가 시선을 거두어 독수리 조각으로 돌렸다.

왜 나를 피하려는 걸까? 무슨 생각을 하고 있을까?

오늘 겪은 사고 때문일까?

그 개자식들이 퇴장한 이상 더는 내가 필요 없어서?

젠장. 아마 그것이 이유일 것이다.

"떠나겠다면 억지로 붙잡을 순 없겠지. 마그다는 캐나다로 이주할 테니 네가 어디로 가든 나는 알 수 없을 거야. 갈 곳이 정해질 때까지만이라도 그냥 있으면 안 될까. 제발 가지 마. 여기 있어. 나랑 같이."

도망가지 마… 그러지 마.

나를 용서해줘! 제발.

나는 숨을 죽였다. 기다렸다.

이건 고문이다. 피고인석에서 선고를 기다리는 피고인 신세다.

그녀는 눈물에 젖은 얼굴을 내게로 돌렸다. "내가 창피하지 않아요?"

창피하냐고? 아니!

인내심이 바닥났다. 나는 집게손가락 등으로 그녀의 뺨을 쓰다듬었다. 손에 눈물이 묻었다. "아니. 아니야. 그럴 리가. 나는… 나는… 너를 사랑하게 됐어."

그녀의 입술이 벌어졌다. 그녀가 숨을 들이켜는 소리가 들렸다.

젠장. 너무 늦은 게 아닐까?

그녀의 눈은 다시 솟아나는 눈물로 반짝였고, 나는 생소하고 두려운 감정에 휩싸여 가슴이 좋아들었다. 그녀가 나를 거절할 것 같았다. 초조함의 강도가 몇 단계 증가했다. 이렇게 한없이 나 자신이 약하게 느껴지기는 처음이었다.

어떤 선고를 내릴 거지, 알레시아?

나는 두 팔을 벌렸고 그녀는 내 손과 내 얼굴을 쳐다보았다. 표정만으로는 그녀의 생각을 알 수 없었다. 애가 타 죽을 것 같았다. 그녀가 아랫입술을 깨물더니 주저하며 한 걸음 다가와 내 품에 들어왔다. 나는 두 팔로 그녀를 감싸고 내 가슴으로 끌어당겼다. 그녀를 다시는 놓고 싶지 않았다. 나는 눈을 감고 코를 그녀의 머리카락 속에 파묻고 달콤한 향기를 들이마셨다. "내 사랑." 내가 속삭였다.

그녀가 몸을 부르르 떨더니 흐느끼기 시작했다.

"알아. 알아. 너한텐 내가 있어. 그렇게 끔찍한 일을 겪다니. 널 혼자 둔 거 미안해. 바보 같은 짓이었어. 용서해줘. 그 쓰레기들은 경찰에게 체포되었어. 사라졌어. 다시는 널 해치지 못할 거야. 너한텐 내가 있어." 그녀의 팔이 나를 감고 그녀의 손이 내 외투의 등판 자락을 쥐었다. 그녀가 나를 안고 눈물을 흘렸다.

"내가 말을 했어야 했어, 알레시아. 미안해."

우리는 그렇게 서 있었다. 그렇게 몇 초인지 몇 분인지 모를 시간이 흘렀을 때 젠슨과 힐리가 우리에게 펄쩍 뛰어올랐다가 계단을 내려갔다.

"언제든 나한테 기대고 울어도 돼." 내가 놀렸다. 그녀가 훌쩍거렸고 나는 그녀의 턱을 치켜들고 발갛게 부어오른 아름다운 눈을 들여다보았다. "나는… 후, 하느님, 나는 놈들이 널 잡아간 줄 알았어… 다시는 널 못 보는 줄 알았어."

그녀가 울음을 삼키고 내게 희미한 미소를 지었다.

"그리고 잊지 마." 내가 말했다. "영광스럽게도 이제부터 널 내 여자라고 부를게. 난 네가 필요해." 나는 포옹을 풀고 발갛게 자국이 난 오른쪽 뺨을 피해 그녀의 얼굴을 어루만 졌다. 멍 자국을 보니 화가 치밀었지만 닿지 않게 조심하면서 엄지손가락으로 눈물을 살살 닦아주었다. 그녀가 손을 내 가슴에 댔다. 셔츠를 통해 그녀의 온기가 전해졌다. 그 온기가 온몸으로 퍼져 나갔다.

알레시아가 목을 가다듬었다. "너무 두려웠어요. 나도 다시는 당신을 못 볼 줄 알았죠. 하지만 가장… 음, 가장 슬펐던 건… 음, 가장 후회가 되었던 건…" 그녀가 속삭였다. "…당신에게 사랑한다는 말을 하지 못한 거였어요."

# 23

몸 안에서 머리부터 발끝까지 기쁨이 수백만 개 폭죽처럼 펑펑 터져 나왔다. 그 강렬함에 숨을 못 쉴 지경이었다. 내 귀를 믿을 수가 없었다. "정말이야?"

"네." 알레시아가 수줍게 웃으며 속삭였다.

그녀는 머뭇거리다가 교태스럽게 한쪽 어깨를 들썩였다. "당신이 우산을 내게 주었던 순간부터 쭉 그랬어요."

나는 그녀에게 환히 웃었다. "나 그때 기분 진짜 좋았어. 복도 여기저기에 찍혀 있는 네 젖은 발자국 보고. 그럼… 계속 있을 거지?"

"네."

"여기?"

"네."

"그 말 들으니까 기분 진짜 좋다, 내 사랑." 나는 엄지손가락으로 그녀의 아랫입술을 쓸고 나서 키스하려고 고개를 숙였다. 그리고 입술을 그녀의 입술에 가만히 댔지만 그녀가 놀라운 열정으로 내 몸에 불을 당겼다. 그녀의 입술과 혀는 굶주린 데다 다급했고, 그녀의 손은 내 머릿속을 파고들어 머리카락을 움켜쥐고 꼬았다. 그녀는 더 원했다. 더 많은 걸 원했다. 내 몸이 깨어나며 신음을 토해냈다. 나는 키스의 강도를 높이고 그녀가 주는 것을 모두 받아들였다. 그녀의 게걸스런 입에서 절박함이 느껴졌다. 그녀는 굶주려 있었고 그녀의 욕구를 채워줄 사람은 나뿐이었다. 내 손이 그녀의 머리카락 속으로 들어가 그녀를 붙잡고 가라앉히며 우리의 속도를 늦추었다. 그녀를 당장 여기서, 이 층계참에서 갖고 싶었다.

알레시아.

내 몸이 즉시 발기했다.

그녀를 원해.

그녀가 필요해.

그녀를 사랑해.

하지만… 그녀는 얼마 전 지옥을 겪었다. 내 손이 그녀의 옆 몸을 따라 아래로 움직이자 그녀가 인상을 썼다. 그녀의 반응이 내 이성을 깨웠다.

"안 되겠다…" 내가 속삭이자 그녀가 몸을 떼고 욕망에 젖은 얼굴에 혼란스럽고 실망한 표정을 담아 나를 보았다.

"너 다쳤잖아." 내가 설명했다.

"괜찮아요." 그녀가 숨을 몰아쉬며 말하고는 내게 다시 키스하려고 목을 쭉 뺐다.

"잠깐만 쉬자." 나는 속삭이고 나서 이마를 그녀의 이마에 댔다. "오늘 아침 그 끔찍한 일을 겪었잖아." 그녀는 몹시 감정이 고조된 상태였다. 지금의 이 격한 감정은 그 쓰레기들에게 학대당한 것에 대한 반응일 수도 있었다.

그 생각에 나는 정신이 번쩍 들었다.

아니면 그녀가 나를 사랑해서일까.

그렇게 생각하는 편이 기분은 더 좋았다.

우리는 이마를 맞대고 호흡을 가다듬었다.

그녀가 내 뺨을 어루만지고 머리를 기울였다. 그녀의 입술에 희미한 미소가 떠올랐다. "트리비딕 백작이라면서요?" 그녀가 놀렸다. "나한테 언제쯤 말할 생각이었어요?" 그녀의 눈이 장난기로 반짝였다. 그녀는 어젯밤 내가 그녀에게 물었던 말을 그대로 하고 있었다. 나는 웃음을 터뜨렸다.

"지금 말하잖아."

그녀가 씩 웃고는 손가락으로 자기 입술을 톡톡 두드렸다. 나는 돌아서서 역사가 1667년으로 거슬러 올라가는 초상화를 극적인 동작으로 가리켰다. "초대 트리비딕 백작이신 에드워드 경입니다. 그리고 저 신사분은…" 나는 엄지손가락으로 다른 초상화를 가리켰다. "저분은 제 부친이신 11대 백작이시구요. 농부이자 사진작가셨죠. 또한 첼시팀의 열렬한 후원자이셨기 때문에 그대의 아스널 축구팀 옷을 보시면 뭐라 하실지 잘 모르겠군요."

알레시아가 내게 어리둥절한 표정을 지었다.

"둘은 런던의 라이벌 축구팀이야."

"어머, 어떡해." 그녀가 웃음을 터뜨렸다. "당신의 초상화는 어딨어요?"

"난 없어. 백작이 된 지 얼마 안 됐거든. 우리 형 키트가 진정한 백작이었는데, 너무 바빠서 초상화를 남길 짬도 없었지."

"돌아가신 형 말이죠?"

"응. 불과 몇 주 전까지 작위와 작위에 따르는 모든 것을 형이 책임지고 있었어. 나는 이런 역할을… 이 모든 걸 맡을 사람이 아니었지." 나는 고갯짓으로 갑옷을 가리켰다. "이런 곳을, 이런 박물관을 운영하는 건 내겐 생소한 일이야."

"그래서 나한테 말을 안 한 거예요?"

"그것도 이유이긴 해. 나 스스로 받아들이지 못하는 것 같아. 여기도 그렇고 다른 영지도 그렇고, 엄청난 책임감을 필요로 하니까. 아직 충분히 준비가 안 된 것 같아."

나와 반대로 키트는…

대화가 갈수록 심도 있고 핵심을 찌르는 방향으로 흘러갔다. 나는 희미한 미소를 잃지 않고 말을 이었다. "난 큰 행운아야. 한 번도 생계를 위해 일을 해야 했던 적이 없었는데 이제 모든 것이 내 차지가 되었으니까. 나는 다음 세대를 위해 이것을 지켜야 해. 그게 내 의무야." 나는 그녀에게 사과하는 뜻으로 어깨를 으쓱거렸다. "이게 나야. 이젠 너도 알게 되었네. 네가 여기 남기로 결정해서 기뻐."

"미로드?" 아래층에서 대니가 소리쳤다.

맥심의 어깨가 조금 처졌다. 혼자 있고 싶은 눈치였다. "왜요, 대니?" 그가 응답했다.

"의사 선생님이 알레시아를 진찰하러 오셨어요."

맥심이 걱정스런 시선을 그녀에게 돌렸다. "의사 괜찮지?"

"괜찮아요." 알레시아가 내키지 않는 듯 대답했다.

그가 인상을 썼다. "파란 방으로 올라오시라고 해요."

"카터 선생님이 아니라 콘웨이 선생님이 오셨어요. 제가 선생님을 위층으로 모실게요, 미로드."

"고마워요." 맥심은 대니에게 소리치고 나서 알레시아의 손을 잡았다. "그 개자식이 너에게 무슨 짓을 한 거야?"

알레시아는 그의 눈을 똑바로 쳐다볼 수 없었다. 수치스러웠다. 자신이 맥심의 삶에 이런 불상사를 불러왔다는 게 수치스러웠다. "나를 걷어찼어요." 그녀가 중얼거렸다. "대니가 의사에게 보여주자고 했어요." 그녀는 아스널 셔츠의 옆 자락을 들어 올려 성인 여자의 주먹만 한 선명한 빨간 멍 자국을 보여주었다.

"제장." 맥심의 표정이 험악해졌고 입이 굳게 다물려 일자를 그렸다. "그 쓰레기 새끼를 그냥 죽여버렸어야 했는데."

그가 으르렁거렸다. 그는 그녀의 손을 잡았고 그들은 파란 방으로 돌아갔다. 방 안에 커다란 가죽 가방을 든 나이든 남자가 기다리고 있었다. 알레시아는 침대와 바닥에 팽개쳐두었던 옷가지가 단정하게 정리된 것을 보고 놀랐다.

"콘웨이 박사님. 오랜만입니다." 맥심은 그와 악수를 나누었다. 의사는 하얀 더벅머리에 코와 턱에 성긴 수염을 기른 남자였다. 예리한 눈은 구겨진 나비넥타이의 색깔처럼 파란 색이었다. "은퇴하신 걸로 아는데 와주셨군요."

"미로드, 그렇긴 합니다만 오늘만 특별히 예외로 해두죠. 카터 박사가 휴가 중이라서요. 강건한 모습을 보니 참 좋군요." 그가 한 손을 맥심의 어깨에 얹었다. 두 사람 사이에 시선이 오갔다.

"박사님도 정정하시네요." 맥심이 잠긴 목소리로 대답했다. 이 의사는 맥심의 형이 사망한 이후 맥심의 건강을 챙기고 있는 것 같았다.

"어머님은 좀 어떠십니까?"

"여전하세요." 맥심의 입술이 뒤틀리며 입꼬리가 올라갔다.

콘웨이 박사가 껄껄 웃고 나서 알레시아에게 주의를 돌렸다. 그녀는 맥심의 손을 꽉 쥐고 있었다. "안녕하세요, 아가씨. 어니스트 콘웨이가 도와드리러 왔습니다." 그러고는 그녀에게 고개를 약간 숙였다.

"콘웨이 박사님, 여긴 제 여자 친구 알레시아 데마치입니다."

맥심은 자부심이 가득한 눈을 반짝이며 그녀를 보았다. 그러나 시선을 의사에게 돌렸을 때 그의 표정이 굳었다. "폭행을 당했고 옆구리 쪽을 걷어차였어요. 놈은 경찰에 체포되었구요. 미스 캠벨이 진찰을 받아보자고 해서 모셨습니다."

미스 캠벨?

"대니 말이야." 그가 묻지도 않은 질문에 대답했다. 그러고 나서 그녀의 손을 꽉 쥐었다. "나는 나가 있을게." 그가 덧붙였다.

"아뇨. 가지 마요." 알레시아가 불쑥 말했다. 낯선 남자와 단둘이 있고 싶지 않았다.

맥심은 알겠다는 듯 고개를 끄덕였다. "알았어, 있으라고 하면 있을게." 그는 작은 파란색 팔걸이의자에 앉아 긴 다리를 쭉 뻗었다. 알레시아는 안심이 되어 의사에게 주의를 돌렸다. 의사가 심각한 표정을 지었다. "폭행을 당했어요?"

알레시아는 고개를 끄덕였다. 수치감으로 얼굴이 빨개지는 것이 느껴졌다.

"어디 좀 볼까요?" 콘웨이 박사가 물었다.

"그러세요."

"앉아봐요."

의사는 친절하고 참을성이 강했다. 그는 몇 가지 질문을 던지고 나서 그녀에게 셔츠를 걷어보라고 하고는 그녀를 살피는 동안 끊임없이 대화를 이어갔다. 의사의 친절한 태도에 알레시아는 긴장을 풀었다. 알고 보니 맥심과 그의 형과 여동생을 엄마 배 속에서 세상 밖으로 인도한 것도 이 의사였다. 알레시아가 맥심을 흘끔 보자 그가 그녀에게 듬직한 미소를 지었다.

그녀는 가슴이 벅차올랐다.

미스터 맥심은 그녀를 사랑한다.

그녀도 그에게 미소를 지었다.

그가 더 활짝 웃었다.

박사가 알레시아의 복부와 갈비뼈를 누르는 바람에 그녀와 맥심 사이에 형성됐던 마법이 깨졌다. 그녀는 콘웨이 박사가 건드릴 때마다 얼굴을 찌푸렸다.

"심각한 손상은 입지 않았군요. 다행히 갈비뼈도 부러지지 않았구요. 그냥 푹 쉬면 되겠어요. 아프면 소염진통제를 발라요. 미스 캠벨이 가지고 있을 겁니다." 콘웨이 박사는 알레시아의 팔을 다독였다. "나을 겁니다."

"고맙습니다." 알레시아가 말했다.

"멍든 곳을 사진으로 찍어놔야 합니다. 경찰 조사상 필요할지도 몰라요."

"네?" 알레시아의 눈이 커졌다.

"좋은 생각이군요." 맥심이 말했다.

"트리비딕 경, 부탁 좀 할까요?" 그는 맥심에게 휴대폰을 건넸다. "멍든 곳만."

"자기야, 멍든 데 사진 좀 찍을게. 다른 데는 안 찍어."

그녀는 고개를 끄덕이고 다시 셔츠 자락을 들어 올렸고, 맥심은 재빨리 사진을 몇 장 찍었다.

"다 됐습니다." 그는 휴대폰을 노인에게 돌려주었다.

"고맙소." 콘웨이 박사가 대답했다.

맥심은 안심한 표정으로 말했다. "제가 밖까지 배웅하죠, 박사님."

알레시아는 얼른 일어서서 맥심의 손을 잡았다. 그는 웃는 얼굴로 그녀를 내려다보며 그녀와 손깍지를 꼈다. "둘이 같이 밖으로 배웅할게요." 맥심이 문 쪽으로 손짓했고, 그들은 콘웨이 박사를 따라 복도로 나갔다.

그들은 의사가 낡은 차를 타고 사라지는 것을 지켜보았다. 맥심은 알레시아의 어깨에 팔을 둘렀고 그녀는 그의 옆에 꼭 붙어 있었다. 그 느낌은… 자연스러웠다. 그들이 서 있는 곳은 현관 앞 널찍한 복도였다. "너도 나 안아도 돼." 맥심이 말했다. 따뜻하고 고무적인 말투였다. 그녀는 수줍게 한 팔을 그의 허리에 둘렀다. 그가 씩 웃었다. "우리가 얼마나 잘 어울리는지 보이지?" 그가 그녀의 이마에 키스했다. "나중에 집 구경시켜줄게. 지금은 다른 거 보여줄게." 그들은 돌아섰다. 알레시아는 홀에 자리 잡은 석재 벽난로 위의 커다란 조각상을 보고 동작을 멈추었다. 그것은 맥심의 이두박근에 있는 문신의 방패와 같았지만 장식이 더 정교했다. 양쪽에 계단이 나 있고 위에는 기사의 헬멧이, 그 위에 노란

회오리 속에 사자를 품은 작은 왕관이 있었다. 방패 아래에는 문구가 적혀 있었다. FIDES VIGILANTIA.

"우리 가문의 문장이야." 맥심이 설명했다.

"당신 팔에도 있잖아요." 알레시아가 물었다. "무슨 뜻이에요?"

"라틴어야. '경계를 서는 충심.'"

그녀가 어리둥절한 표정을 짓자 맥심은 어깨를 으쓱거렸다. "초대 백작과 찰스 2세의 관계와 관련된 일이야. 가자." 그 이야기는 더 하고 싶지 않은 것 같았다. 그는 쾌활하게 그녀에게 이것저것 구경을 시켜주었다. 그의 활력은 그녀에게 전염되었다. 집 안 안쪽 어딘가에서 시간을 알리는 시계 종소리가 터져 나와 홀에 메아리쳤다. 알레시아가 아까 들었던 그 소리였다. 맥심이 사랑스러운 소년처럼 환히 웃었다. 그녀는 그가 그녀에게 빠졌다는 사실이 믿기지 않았다. 재능이 많고 잘생기고 친절하고 부유한 그가. 게다가 단테와 일리의 손아귀에서 그녀를 다시 구해주었다.

그들은 손을 잡고 그림들이 줄줄이 걸린 긴 복도를 걸었다. 가끔씩 화려하게 장식된 콘솔형 탁자가 있었는데 탁자 위에 조각상이며 흉상, 도자기들이 놓여 있었다. 그들은 조금 전 둘이 이야기를 나누었던 큰 계단을 올라가서 층계참 반대쪽에 있는 두짝문으로 건너갔다.

"네 마음에 들 거야." 맥심이 요란한 몸짓으로 문을 열었다. 알레시아는 벽을 나무 패널로 마감하고 천장은 정교하게 회칠한 넓은 방으로 들어갔다.

한쪽 벽은 완전히 책장으로 덮여 있었지만 반대편에 큰 밀리언 창으로 쏟아지는 빛을 받으며 대형 그랜드 피아노가 놓여 있었다. 알레시아가 이제껏 본 피아노 중에서 가장 화려하게 장식되어 있었다.

그녀는 입을 딱 벌리고 고개를 맥심에게 휙 돌렸다.

"연주 부탁해요." 그가 말했다.

알레시아는 두 손을 맞잡고 마룻바닥을 재빨리 건너갔다. 종종걸음을 치는 그녀의 발소리가 벽에 반사되어 퍼졌다.

그녀는 피아노에서 한 걸음 떨어진 곳에 멈춰 서서 그 장엄한 아름다움을 감상했다. 광을 낸 나무는 반짝반짝 윤이 났고 들이치는 빛이 풍부한 나뭇결을 희미하게 드러냈다. 튼튼한 다리에는 나뭇잎과 포도송이가 뒤엉킨 무늬가 조각돼 있고 옆은 정교하게 쪽매붙임한 황금빛 나뭇잎으로 장식돼 있었다. 그녀는 손가락으로 그 곡선을 쓰다듬었다. 근사했다.

"오래된 거야." 알레시아의 어깨 위로 맥심의 목소리가 들렸다. 그녀가 감동을 하는 사이 맥심이 뒤에 다가와 있었다. 그녀는 그가 왜 사과하는 투로 말하는지 알 수 없었다.

"정말 대단해요. 이런 피아노는 본 적이 없어요." 그녀가 감탄하며 중얼거렸다.

"미국 거야. 1870년대 제작되었지. 고조부께서 뉴욕 철도 집안 상속녀와 결혼하셨거든. 신부가 혼수로 가져왔어."

"아름다워요. 소리는 어때요?"

"한번 알아봐. 지금." 맥심이 뚜껑을 재빨리 들어 올린 뒤 더 긴 받침대로 뚜껑을 받쳤다. "뚜껑을 열지 않아도 상관없지만 네가 안을 보고 싶어 할 것 같아서."

그가 악보대를 올려 고정시켰다. 금줄 세공이 된 것이었다. "멋지지?"

알레시아가 경탄하며 고개를 끄덕였다.

"앉아. 연주해봐."

알레시아는 그에게 기쁨에 젖은 미소를 던진 뒤 조각된 피아노 스툴을 끌어냈다. 맥심은 그녀의 시야에서 벗어났다. 그녀는 눈을 감고 정신을 집중했다. 두 손을 건반에 얹고 손가락 끝에 닿는 상아의 서늘한 감촉을 즐겼다. 그녀가 건반을 누르자 D플랫 장조의 화음이 방 안으로 흘러나와 나무 패널에 부딪혀 울려 퍼졌다. 음색은 숲속 전나무의 진녹색처럼 풍요로웠지만 움직임은 가벼웠다. 이렇게나 오래된 피아노가 이토록 가벼울 수 있다니 그저 놀라웠다. 그녀는 눈을 뜨고 건반을 내려다보았다. 오랜 세월을 거쳐 지금에 이르렀고 미국에서 이곳까지 장대한 여정도 버텨낸 악기였다. 맥심과 그의 가문은 소유물을 소중히 여기는 게 분명했다. 그녀는 믿을 수가 없어 고개를 저으며 두 손을 다시 건반에 올렸다. 연습곡을 건너뛰고 좋아하는 쇼팽의 전주곡을 바로 시작했다. 첫 네 소절의 곡조가 봄의 파릇파릇한 초록빛을 띠고 춤을 추며 퍼져 나갔다. 맥심의 눈동자를 닮은 색

깔이었다. 하지만 연주가 계속될수록 색깔은 점점 짙어지고
음울해지더니 불길한 징조와 불가사의한 분위기가 방 안을
가득 채웠다. 그녀는 음악에 심취해서 소중한 음 하나하나
에 순종했고, 어느새 그녀의 걱정과 두려움은 멀리 물러갔
다. 끔찍했던 아침의 기억은 가슴을 울리는 쇼팽의 명곡 속
으로, 그 짙은 에메랄드빛 속으로 스러졌다.

　나는 〈빗방울 전주곡〉을 연주하는 알레시아를 넋 놓고 바
라보았다. 눈을 감고 음악에 푹 빠진 그녀의 얼굴은 쇼팽의
곡이 일으키는 모든 생각과 감정을 표출했다. 등 뒤에서 일
렁이는 머리카락은 창으로 들어온 겨울 햇살을 받아 까마귀
의 날개처럼 윤기가 흘렀다. 그녀는 매혹적이었다. 축구팀
셔츠를 입었는데도.
　피아노 소리가 솟구쳐 올라 방 안을⋯ 내 마음을 채웠다.
　그녀가 나를 사랑한다.
　그녀가 그렇다고 말했다.
　그녀가 떠나려 한 진짜 이유를 알아내야겠지만 지금은 그
녀의 음악을 듣고 그녀를 바라보고 싶었다. 방 밖에서 나는
작은 기침 소리에 나는 고개를 들었다. 대니와 제시가 문간
에 서서 연주를 듣고 있었다. 나는 그들에게 들어오라고 손
짓했다⋯
　알레시아를 자랑하고 싶었다.
　내 여자가 이 정도입니다, 여러분.

그들은 방 안으로 살금살금 들어와서 나처럼 감동한 얼굴로 알레시아를 바라보았다. 그들은 그녀가 악보 없이 연주하는 것을 보았다. 그녀는 외워서 연주하고 있었다.

맞아요. 내 여자는 이걸 가장 잘해요.

알레시아는 마지막 두 소절을 연주했고 공중으로 스러지는 그 선율에… 우리는 도취되었다. 그녀가 눈을 떴을 때 대니도 제시도 나도 열렬한 박수를 보냈다. 그녀가 그들에게 수줍은 미소를 지었다.

"브라바, 미스 데마치! 탁월한 연주였어." 나는 외치면서 그녀에게 다가가 몸을 굽혀 키스했다. 내 입술이 그녀의 입술을 비볐다. 고개를 들었을 때 대니와 제시는 올 때처럼 소리 없이 가고 없었다.

"고마워요." 알레시아가 속삭였다.

"뭐가?"

"나 또 구해준 거."

"너야말로 날 구했어."

그녀는 내 말을 믿지 않는 것처럼 얼굴이 어두워졌다. 나는 그녀와 나란히 피아노 스툴 위에 앉았다. "내 말 믿어, 알레시아. 내가 생각지도 못한 방식으로 넌 나를 구했어. 놈들이 널 데려갔다면 난 어찌 됐을까 짐작도 안 돼." 나는 다시 그녀에게 키스했다.

"하지만 나 때문에 당신이 곤란해졌잖아요."

"넌 잘못한 게 없어. 네 잘못이 아니야. 절대. 그런 생각은 하지 마."

그녀의 입매가 잠시 얇아졌다. 그녀는 내 말에 동의하지 않는 눈치였지만 손을 들어 내 턱을 만졌다.

"이것도." 그녀가 속삭이고는 피아노를 쳐다봤다. "고마워요." 그리고 고개를 빼서 내게 키스했다. "더 연주해도 돼요?"

"얼마든지. 언제든. 난 몇 군데 전화 걸 데가 있어. 주말 동안 내 아파트에 도둑이 들었어."

"어머!"

"지금 데본 앤 콘월 경찰서에 구금된 두 개자식들 소행이 분명해. 아마 그래서 여기까지 찾아왔겠지. 올리버와 통화를 좀 해야겠어."

"내가 전화로 통화한 그 남자죠?"

"응. 내 밑에서 일하는 직원이야."

"피해가 많지 않아야 할 텐데요."

나는 한 손으로 그녀의 얼굴을 어루만졌다. "대체할 수 없는 걸 도둑맞진 않았어. 너처럼." 짙은 눈동자가 나를 향해 반짝였다. 그녀가 얼굴을 내 손에 비볐다. 나는 엄지손가락으로 그녀의 아랫입술을 쓸면서 복부 아래에서 타오르는 불길은 억눌렀다.

나중을 위해 아껴두자.

"오래 걸리지 않아." 나는 그녀에게 가볍게 입을 맞추고 나서 문으로 향했다. 알레시아는 루이 다캥의 〈뻐꾸기〉를 연주하기 시작했다. 내가 6학년 때 배운 곡이었다. 밝게 살랑거리는 곡조가 나를 따라 방 밖으로 흘러나왔다.

나는 내 서재에서—키트의 서재가 아니다—올리버에게 전화했다. 우리는 일 이야기만 나누었다. 올리버는 침입자들이 어지른 현장을 수습하는 중이었다. 블레이크 부인과 그녀의 조수가 아파트에서 청소하는 중이었고, 현관문을 수리하러 메이페어의 인부 둘이 파견되었다. 그리고 열쇠공이 거리 쪽 대문 열쇠를 교체할 예정이었다. 경보 장치는 건드린 흔적도 없고 제대로 작동했지만 비밀번호를 바꾸기로 했다. 나는 새 번호로 키트의 생일을 선택했다. 올리버는 내가 런던으로 돌아오기를 고대하고 있었다. 관청에 나의 백작 작위 승계를 등록하고 귀족 명부에 내 이름을 올리기 위해 내 서명이 필요했다. 알레시아의 폭행범들이 체포되어 구금된 상황이라 콘월에 계속 머물 이유가 없었다. 나는 올리버와 통화를 끝내고 마그다와 그녀 아들의 안부가 궁금해 톰에게 전화를 걸었다. 그리고 톰에게 납치미수사건이 있었다고 말해주었다.

"와, 간이 배 밖으로 나온 놈들이네." 톰이 중얼거렸다. "숙녀분은 어때? 괜찮아?"

"우리보다 더 강한 여자야."

"다행이네. 그럼 난 이틀 동안 야나체크 부인과 그녀의 아들을 잘 지켜야겠군. 경찰이 그 쓰레기들을 어떻게 처리할지 결정할 때까지."

"그래."

"수상한 게 있으면 바로 알려줄게."

"고마워."

"넌 괜찮은 거냐?"

"좋아 죽겠다."

톰이 웃음을 터뜨렸다. "잘됐네. 이상, 통신 끝." 톰과 통화를 마치고 몇 초 뒤 휴대폰이 진동했다. 캐럴라인이었다.

망했다. 캐럴라인한테 다음 주에 전화한다고 했었는데.

젠장, 그다음 주가 이미 와 있었다.

시간이 언제 그렇게 흘렀을까.

나는 한숨을 쉬고 덤덤히 전화를 받았다. "헤이."

"전화 받네." 그녀가 딱딱거렸다. "대체 무슨 일을 꾸미고 있는 거야?"

"안녕, 캐럴라인, 나도 네 목소리 들으니 반가워. 응, 고마워, 나 주말 잘 보냈어."

"헛소리 그만해, 맥심. 왜 전화 안 했어?" 그녀의 목소리가 갈라졌다. 상처받은 게 분명했다.

"미안해. 여기서 사건들이 걷잡을 수 없이 터지는 바람에. 직접 만나 설명해줄게. 내일이나 모레 런던으로 돌아갈 거야."

"무슨 사건? 도둑 든 거 말이야?"

"그렇기도 하고 아니기도 하고."

"왜 자꾸 얼버무리는 거야, 맥심? 무슨 일이길래 그래?" 그녀의 목소리가 갑자기 낮아졌다. "보고 싶어." 그녀의 목소리에서 슬픔이 진하게 묻어났다. 나는 기분이 더러워졌다.

"만나면 이야기해줄게. 그만해."

그녀가 코를 훌쩍거렸다. 울고 있었다.

망할.

"캐로. 제발."

"약속하는 거지?"

"약속해. 돌아가는 즉시 널 보러 갈게."

"알았어."

"그럼 안녕." 나는 전화를 끊고 가슴을 짓누르는 부담감을 무시해버렸다. 그녀가 여기서 일어난 일을 알면 어떻게 반응할지 알 수 없었다.

모르겠다. 어떤 험한 꼴이 벌어질지.

나는 다시 한숨을 쉬었다. 내 삶은 알레시아 데마치로 인해 상상 이상으로 복잡해졌지만 그런 생각을 하는 순간에도 웃음이 나왔다.

내 사랑.

이제 내일이라도 런던으로 돌아갈 수 있게 됐다. 아파트가 어떤 꼴이 됐는지 내 눈으로 직접 볼 수 있을 것이다.

문을 두드리는 소리가 났다.

"들어와요."

대니가 들어왔다. "제시가 주인어른과 알레시아를 위해 점심을 준비했어요. 어디에 상을 차릴까요?"

"서고에 차려줘요. 고마워요, 대니." 우리 둘이 먹기엔 식당의 식탁은 너무 과할 것 같았고 아침 식탁은 또 너무 밋밋하게 느껴졌다. 게다가 그녀는 책을 좋아하니 거기가 좋을 것이다…

"주인어른 뜻이 그러시다면. 5분 뒤에 준비됩니다."

"알았어요." 허기가 느껴졌다. 문 위 조지 왕조풍의 벽시계가 2시 15분을 가리켰다. 째깍거리는 시계 소리를 들으니 잘못을 저지른 뒤 여기서 아버지의 꾸지람을 기다리던 일이 기억났다. 사고도 참 많이 쳤었지. 지금 이 시계가 알려주는 것은… 점심 시간이 많이 지났다는 사실뿐이었다.

"아, 참, 대니." 내가 그녀를 불러세웠다.

"네, 미로드?"

"점심 식사 후에 아늑한 집으로 가서 우리 소지품을 모두 여기로 가져다주겠어? 침대 옆 탁자 위의 용 야간등까지 포함해서 모두 내 방에 가져다줘요."

"그러죠." 그녀는 고개를 끄덕이며 나갔다.

계단 아래쪽에 도달했을 때 피아노 소리가 들려왔다. 알레시아는 다른 복잡한 곡에 깊이 몰두해 있었는데 내가 모르는 곡이었다. 밑에서 듣는데도 훌륭한 연주였다. 나는 얼른 계단을 다시 올라가서 방 안쪽 멀찍이 떨어진 곳에 서서 그녀를 바라보았다. 이번 곡은 베토벤인 것 같았다. 그녀의 베토벤 연주를 듣기는 처음이었다. 소나타인가? 곡조가 한순간 고조되며 열정적으로 흐르다가 어느새 더 고요하고 부드러워졌다. 대단히 서정적인 곡이었는데 그녀의 정교한 연주가 돋보였다. 그녀의 콘서트장은 성황일 것이다.

곡조가 차츰 잦아들다가 멈추었다. 알레시아는 잠시 고개를 숙이고 눈을 감은 채 앉아 있었다. 고개를 들었을 때 나를 보고 깜짝 놀랐다.

"역시나 훌륭한 연주였어. 무슨 곡이었지?" 나는 그녀에게 다가가며 물었다.

"베토벤. 〈템페스트〉."

"네 연주는 하루 종일 듣고 바라보고 싶어. 그래도 점심은 먹어야지. 늦었지만. 배고프겠다."

"네. 배고파요." 그녀가 스툴에서 벌떡 일어나 내가 내민 손을 잡았다. "이 피아노 정말 마음에 들어요. 풍부해요… 그… 음색이."

"음색. 정확한 표현이야."

"여긴 악기가 정말 많네요. 난 처음부터 피아노 바라보기였는데."

나는 미소를 지었다. "'바라기'가 맞아. 내가 표현을 바로 잡아주는 거 정말 신경 안 쓰여?"

"전혀요. 나 배우는 거 좋아해요."

"첼로는 내 동생 매리언의 악기야. 아버지는 더블베이스를 연주하셨지. 기타는 내 거야. 저기 있는 드럼은 키트 거였어."

"형님 말이죠?"

"응."

"흔하지 않은 이름이네요."

"키트는 크리스토퍼의 애칭이야. 우리 형이 드럼 하난 기막히게 잘 쳤는데." 나는 크래시 심벌 옆에서 걸음을 멈추고 반들거리는 그 청동을 쓰다듬었다. "키트. 드럼 키트. 알지?" 내가 그녀에게 씩 웃자 알레시아는 내게 의아한 표정을 지었다.

"우리가 주고받던 농담이야." 나는 키트가 하던 드럼 농담이 기억나 고개를 절레절레 저었다. "가자. 배고프다."

그녀를 바라보는 맥심의 눈은 선명한 초록빛으로 반짝였지만 그녀는 긴장한 그의 이마에서 여전히 통렬한 슬픔과 형에 대한 그리움을 보았다.

"그러니까 거긴 음악실인 셈이야." 함께 그 방을 나올 때 그가 말했다. 그들은 큰 계단을 다 내려가서 멈춰 섰다. "저기 두짝문으로 들어가면 연회장이 나오지만 오늘은 서고에서 점심 먹을 거야."

"서고가 있어요?" 알레시아가 신이 나서 물었다.

그가 미소를 지었다. "응, 책이 좀 있어. 일부는 상당히 오래된 책들이야." 그들은 부엌 쪽으로 돌아갔지만 맥심은 복도에 난 여러 개의 문 가운데 어떤 문 앞에 멈춰 섰다. "미리 말해두는데, 우리 할아버지는 이집트 물건 수집에 열심이셨어." 그는 문을 열고 알레시아가 먼저 들어가도록 옆으로 비켜섰다. 그녀는 몇 걸음 안으로 들어갔다. 전혀 다른 세상으로 들어온 것 같았다. 그곳은 문학과 고대 유물의 보물 창고나 다름없었다. 벽이란 벽은 바닥부터 천장까지 이어지는 책장으로 뒤덮여 있었고 책장마다 책들이 빽빽했다. 구석마다 이집트 보물들이 대좌에 얹혀 있거나 캐비닛 안에 보관돼 있었다. 카노푸스 단지(고대 이집트에서 미라의 내장을 담아두었던 용기로 뚜껑이 사람이나 동물의 머리 모양이다-옮긴이), 파라오와 스핑크스 석상, 실물 크기의 석관!

화려하게 장식된 대리석 벽난로 쇠살대 안에서 불이 타오르고 있었고 벽난로 양옆으로 마당이 내려다보이는 높고 좁은 창문이 하나씩 나 있었다. 벽난로 선반 위에는 피라미드를 그린 옛 그림이 한 점이 걸려 있었다.

"직원들이 신경 많이 썼군." 맥심은 혼잣말을 하듯 중얼거렸다. 알레시아는 그의 시선을 따라갔다. 불 앞에 고운 리넨 탁자보가 깔린 작은 탁자가 있었고 그 위에 정성을 들여 차린 두 사람 분의 식사가 준비되어 있었다. 은제 나이프와 포크, 컷글라스, 작은 엉컹귀 무늬로 장식된 섬세한 도자기 접시. 그가 그녀에게 의자를 빼주었다. "앉아." 그가 고개로 의자를 가리켰다. 알레시아는 알바니아의 15세기 영웅 스칸데르베그의 아내 도니카 카스트리오티처럼 귀부인이 된 기분이었다. 그녀는 그에게 우아한 미소를 짓고 나서 불 맞은편 의자에 앉았고 맥심은 상석에 앉았다.

"1920년대에 청년이었던 할아버지는 카나본 경이나 하워드 카터와 같이 이집트의 여러 발굴 현장을 섭렵하시면서

167

이 유물들을 훔쳐 오셨어. 어쩌면 이것들 전부 돌려줘야 할지도 모르겠어." 그가 잠시 멈췄다가 덧붙였다. "최근까지 키트의 딜레마였지."

"역사적인 물건들이 정말 많네요."

"응, 그렇지. 너무 많아 탈이지만. 우리 가문의 유산이야."

문 두드리는 소리가 난 뒤 대답을 기다리지 않고 대니가 들어왔고, 어떤 젊은 여자가 쟁반을 들고 따라 들어왔다.

맥심이 리넨 냅킨을 집어 무릎에 깔았다. 알레시아는 그를 지켜보다가 그대로 따라 했다. 대니는 쟁반에서 접시 두 개를 집어 두 사람 앞에 하나씩 놓았다. 고기와 아보카도, 석류 씨가 든 샐러드 같았다.

"여기 농장에서 생산한 풀드 포크(장시간 서서히 구운 연한 돼지고기-옮긴이)에 신선한 채소 샐러드와 석류 소스로 맛을 낸 거예요." 대니가 말했다.

"고마워요." 맥심이 대답하고 나서 대니에게 흥미롭다는 표정을 지었다.

"와인 따라드릴까요, 미로드?"

"내가 하죠. 고마워요, 대니."

대니는 고개를 약간 숙이고 나서 신중히 젊은 여자를 밖으로 데리고 나갔다.

"와인 한잔할래?" 맥심이 와인을 들고 라벨을 살폈다. "괜찮은 샤블리로군."

"좋아요. 주세요." 그녀는 그가 그녀의 잔을 반 정도 채우는 걸 바라보았다. "난 한 번도… 식사 시중을 받아본 적이 없어요. 당신과 있었을 때를 빼면요."

"식사 시중이라." 그가 말했다. "여기 있는 동안에는 익숙해지는 게 좋을 거야." 그가 그녀에게 윙크했다.

"런던에는 직원들이 없나봐요."

"없어. 직원을 둘지 생각 좀 해봐야겠어." 잠시 그의 이마에 주름이 졌다. 그가 잔을 들어 올렸다. "가까스로 살아난 일을 위해."

그녀도 잔을 들어 올렸다. "Gëzuar(건배), 맥심. 미로드."

그가 웃음을 터뜨렸다. "난 여전히 내 작위가 낯설어. 다 먹어. 오늘 아침에 곤욕을 치렀으니까."

"오후에는 훨씬 좋은 일이 있을 거 같은데요."

맥심의 표정이 달아오르자 알레시아는 미소를 짓고 와인을 조심스럽게 한 모금 마셨다.

"으음…" 할머니와 마시던 와인보다 훨씬 더 맛이 좋았다.

"괜찮아?" 맥심이 물었다.

그녀는 고개를 끄덕이고 나이프와 포크를 살펴보았다. 골라서 쓸 수 있게 여러 개의 나이프와 포크가 일렬로 배열돼 있었다. 맥심을 쳐다보니 그가 웃는 얼굴로 가장 바깥쪽 나이프와 포크를 들었다. "항상 바깥쪽부터 시작해서 요리가 나올 때마다 안쪽으로 이동하면 돼."

# 24

우리는 점심을 먹고 밖으로 나갔다. 맞잡은 알레시아의 손이 따뜻했다. 건조하고 추운 날이었다. 태양이 하늘에 낮게 걸려 있을 때 우리는 너도밤나무가 이어지는 길을 따라 정문으로 걸어갔다. 젠슨과 힐리는 나가는 게 좋은지 우리의 앞뒤와 옆에서 경중경중 뛰었다. 아침에 그 끔찍한 일을 겪고 나서 늦은 오후의 햇살 속에 한가하고 평화롭게 산책하니 나도 그녀도 즐거웠다.

"저기 봐요!" 알레시아가 소리치며 북쪽 목초지 수평선에서 풀을 뜯는 다마사슴 떼를 가리켰다.

"수 세기 전부터 사슴을 길렀어."

"어제 본 그 사슴. 여기서 온 걸까요?"

"아니. 그건 야생 사슴일걸."

"개들이 사슴을 귀찮게 하지 않아요?"

"응. 하지만 출산 시기엔 개들을 남쪽 목초지에 못 가게 해. 양들이 놀랄까봐."

"염소는 없어요?"

"없어. 우린 양과 소를 키워."

"우린 염소를 키워요." 그녀가 나를 향해 활짝 웃었다. 추운 날씨 때문에 코가 분홍색이었지만 외투와 모자, 스카프에 둘러싸인 모습이 사랑스러웠다. 오늘 아침 납치당할 뻔한 피해자라고는 믿기 어려웠다.

내 여자는 정신력이 강하다.

하지만 여전히 마음에 걸리는 게 있었다. 확인해야 했다. "왜 떠나려고 했지? 여기 남아서 나와 결판을 낼 수도 있었잖아?" 나는 그녀가 내 목소리에 담긴 두려움을 눈치채지 못하길 바라며 물었다.

"결판을 낸다구요?"

"내게 말을 해야지. 나랑 다투더라도." 내가 설명했다.

그녀는 너도밤나무 아래 멈춰 서서 부츠를 내려다보았다. 대답을 하려는 건지 알 수 없었다.

"속상했어요." 한참 머뭇거린 뒤 그녀가 말했다.

"알아. 미안해. 일부러 상처 준 건 아니야. 네가 상처받는 건 싫어. 그런데 어디로 가려고 했던 거야?"

"모르겠어요." 그녀가 돌아서서 나를 마주 보았다. "그게… 뭐라고 표현해야 할까요? 본능적인 행동이었어요. 일리와 단테 때문에… 난 오랫동안 도망치면서 살아왔어요.

그땐 조금 제정신이 아니었어요."

"네가 얼마나 두려웠을지 난 상상이 안 돼." 나는 괴로워서 눈을 감고 제때 그녀를 찾아낸 것을 모든 신에게 감사했다. "하지만 문제가 생길 때마다 달아날 순 없어. 나한테 말을 해. 묻고 싶은 건 묻고. 어떤 것도 괜찮아. 내가 옆에 있을게. 내가 들어줄게. 나랑 말싸움도 해. 나한테 소리를 질러. 나도 너랑 말싸움 할 거야. 너한테 소리도 지를 거야. 오해도 하겠지. 너도 나를 오해하겠지. 그래도 괜찮아. 하지만 우리의 차이를 좁히려면 서로 대화를 해야 해."

불안감이 그녀의 얼굴을 스쳤다.

"헤이." 나는 그녀의 턱을 치켜들고 그녀를 내게 가까이 끌어당겼다. "걱정하지 마. 만약에… 만약에 나랑 같이 살게 된다면… 말이야. 네 느낌, 네 생각을 나한테 말해야 해."

"당신과 같이 산다구요?"

"응."

"여기서?"

"여기서. 런던에서도. 맞아. 네가 나랑 같이 살았으면 좋겠어."

"당신의 청소부로 말인가요?"

나는 웃음을 터뜨리며 고개를 저었다. "아니. 내 여자 친구로. 내가 층계참에서 한 말 진심이었어. 우리 이렇게 해보자." 나는 숨을 죽였다. 가슴이 두근거렸다. 그녀가 어떤 선택을 할지 전혀 알 수 없었지만 그녀를 사랑하고 있었다. 그녀가 내 곁에 있기를 바랐다. 지금 결혼하는 것은 그녀에게 큰 부담일 수도 있었다. 그녀가 다시 달아나는 건 원하지 않았다.

야, 결혼은 너에게도 부담스러운 일이야!

"그럴게요." 그녀가 말했다.

"정말?"

"네!"

나는 환호성을 지르며 그녀를 번쩍 들어 올려 빙글빙글 돌렸다. 개들이 왈왈 짖고 꼬리를 흔들며 우리에게 펄쩍펄쩍 뛰어오르며 기쁨에 동참했다. 그녀는 깔깔거리다가 갑자기 얼굴을 찌푸렸다.

젠장.

나는 그녀를 얼른 내려놓았다.

"어디 아파?"

"아뇨." 나는 손바닥으로 그녀의 얼굴을 감쌌다. 그녀의 표정은 진지했고 눈은 사랑과 어떤 바람으로 반짝거렸다.

알레시아.

나는 고개를 숙여 그녀에게 키스했다. 사랑의 표시로 가볍게 하려던 키스는 다른… 뭔가가 되었다. 그녀가 이국의 꽃처럼 활짝 펼쳐져 아찔한 키스로 반응했고 나는 그녀가 내어준 모든 것을 즐겼다.

그녀의 혀가 내 입안에 있었다.

그녀의 두 손이 내 등으로 움직여 외투 자락을 움켜쥐었다.

오늘 아침 일로 인한 모든 스트레스가—그 벌레들과 함께 있던 그녀의 모습과 그녀를 다시 못 볼지 모른다는 가능성이—전부 증발했다. 나는 모든 두려움을 쏟아냈다. 여전히 내 곁에서 나와 키스하고 있는 그녀에 대한 고마움도. 우리가 숨을 쉬려고 입을 뗐을 때 우리의 뜨거운 입김이 차가운 대기 속으로 피어올라 서로 엉켰다. 그녀의 손가락이 내 외투 깃을 움켜쥐고 있었다.

젠슨이 주둥이를 내 허벅지에 들이밀었지만 나는 녀석을 무시하고 다시 고개를 숙여 알레시아의 몽롱한 표정을 보았다. "젠슨도 같이 하고 싶은가봐."

숨을 몰아쉬며 깔깔거리는 그녀의 모습이 내 사타구니에 말을 걸었다.

"우리 옷을 너무 많이 입고 있어." 나는 이마를 그녀의 이마에 댔다.

"벗어버리고 싶어요?" 그녀가 입술을 깨물었다.

"항상 그렇지."

"나 더워요. 너무 더워." 그녀가 소곤거렸다.

뭐?

나는 다시 그녀를 내려다보았다. 유혹하려는 게 아니라 그냥 웃기려고 한 말이었는데.

그녀가 방금 무슨 말을 한 거지?

"오, 자기야, 자기 얼마 전에 그 끔찍한 일을 겪었어."

그녀는 '그래서 어쨌다구요?' 하는 식으로 한쪽 어깨를 으쑥거리고는 눈길을 피했다.

"무슨 말을 하는 거야?" 내가 물었다.

"알잖아요."

"침대로 가고 싶어?"

활짝 웃는 그녀의 미소가 모든 유혹을 대신했다. 나는 안 된다고 생각하면서도 그녀의 손을 덥석 잡았다. 우리는 싱글벙글한 얼굴로 잔뜩 들떠서 집으로 향하는 걸음을 재촉했고 개들이 뒤를 따랐다.

"여기가 내 방이야." 맥심은 알레시아가 들어가도록 옆으로 비켜섰다. 대니가 그녀를 데려갔던 파란 방에서 몇 개의 문을 지나 있는 방이었다.

거대한 네 기둥 침대가 진녹색의 방을 점령하고 있었다. 정교하게 장식된 나무 침대가 그 피아노처럼 반들반들 윤이 났다. 벽난로에서 타는 불꽃이 침대 조각 위로 너울거리는 그림자를 던졌다. 벽난로 선반 위에는 이 저택과 주변의 자연 풍광을 그린 그림 한 점이 걸려 있었고 방 끝에는 침대와 같은 재질의 거대한 옷장이 서 있었다. 벽마다 있는 선반에는 책들과 수집품들이 가득했지만 알레시아의 시선은 침대옆 탁자 위에 있는 용 모양의 작은 야간등으로 흘러갔다.

맥심은 불길이 활활 타오를 때까지 통나무를 몇 개 더 던져 넣었다. "됐다. 다행히 누군가가 불을 지필 생각을 했군." 그는 그녀 앞으로 돌아가서 침대 발치의 오토만 위에 놓인 등나무 바구니를 가리켰다. "아늑한 집에 있던 네 소지품은 여기 가져다뒀어. 괜찮지?" 낮고 다정한 목소리였다. 그의 눈빛이 반짝였다. 강렬하게. 점점 커지고 탁해졌다… 욕망을 가득 담고.

짜릿한 전율이 알레시아의 등골을 타고 흘렀다.

"괜찮아요." 그녀가 속삭였다.

"오늘 힘들었을 거야."

"침대로 가고 싶어요." 그녀는 계단에서 나누었던 키스가 떠올랐다. 그때 용기가 났다면 그 자리에서 그의 옷을 벗겼을 것이다.

그가 그녀의 얼굴을 어루만졌다. "아직 충격이 가시지 않았을 텐데."

"그렇긴 해요." 그녀가 속삭였다. "충격받았어요, 당신이 날 사랑한대서."

"그게 내 마음이야." 맥심은 진지하게 말한 뒤 씩 웃고는 그녀에게 팔을 둘렀다. "이놈도 그렇고." 그가 골반을 내밀자 일어선 그의 몸이 그녀의 골반을 압박했다. 그의 눈이 성욕과 장난기로 반짝였다. 그녀는 배 속에서 일어나는 불길을 느끼며 미소로 응답했다. 얼마나 그의 손길을 애타게 갈망했나. 그가 그녀의 온몸을 어루만졌다. 두 손으로… 골반으로… 혀로… 그가 약속한 대로. 그녀의 시선이 그의 입으로 흘러갔다. 그의 유능하고 육감적인 입으로. 배 속에서 타오르는 불길이 더 거세졌다.

"무얼 원하지, 아가씨?" 그의 손가락이 그녀의 얼굴을 쓰다듬었고, 그의 눈은 그녀의 영혼을 달구었다. 그에게서 사랑한다는 말을 들은 순간부터 그녀는 줄곧 그를 원했다.

"당신을 원해요." 목소리가 간신히 들렸다.

그가 끙 소리를 냈다. "나를 또다시 놀라게 하는군."

"놀라는 거 좋아해요?"

"너라면, 놀라도 좋아."

알레시아가 그의 흰 셔츠를 당기자 셔츠 자락이 청바지 허리춤에서 빠져나왔다. "나 옷 벗겨주는 거야?" 맥심이 숨을 못 쉬는 것처럼 허스키한 목소리로 말했다.

속눈썹 아래의 눈동자가 그를 바라보았다. "네." 할 수 있어. 그녀는 용감하게, 하지만 떨리는 손가락으로 그의 맨 아래 셔츠 단추를 풀고는 그를 올려다보았다.

"계속해." 그가 부드럽고 유혹적인 목소리로 채근했다.

알레시아는 그의 목소리에서 고조되는 흥분감을 느꼈다. 그것이 그녀의 욕망을 부채질했다. 그녀는 다음 위 단추를 풀어 청바지 허리 단추와 날씬한 복근을 향해 늘어선 복부 털을 드러냈다. 다음 단추를 풀자 그의 배꼽과 탄탄한 복근이 드러났다. 맥심의 호흡이 변해갔다. 고조되었다. 더욱 빨라졌다. 그 소리가 그녀를 자극했다. 그녀의 손가락이 셔츠 위로 올라가며 단추를 풀었고 셔츠 자락이 열리면서 햇볕에 그을린 그의 가슴이 드러났다. 그녀는 못 참고 몸을 내밀어 그의 살갗에 입술을 댔다.

"이젠 뭐지, 알레시아?" 그가 기다렸다. "뭐든 해도 돼." 그의 말이 그녀의 관능을 자극했다. 그녀는 몸을 기울여 따뜻한 그의 가슴에 입술을 댔다. 피부밑에서 요동치는 그의 심장이 느껴졌다.

그녀를 만지고 싶어 미칠 지경이지만 그녀에게 손을 댈수가 없다. 그녀는 지금 우리가 사랑을 나눈 이후 가장 대담한 몸짓을 보이고 있다. 내 몸이 잔뜩 긴장했다. 순진한 손길이 어쩜 이렇게 관능적일까? 그녀는 나의 야성을 깨운다. 그녀가 내 셔츠를 어깨에서 벗겨내 팔꿈치까지 끌어당겼다. 나는 그녀에게 내 손목을 내밀었다. "소맷부리도."

그녀는 내게 활짝 웃고는 양쪽 소맷부리를 차례로 풀고나서 셔츠를 완전히 벗겨 불 가에 있는 팔걸이의자에 걸쳐놓았다.

"이제 어떻게 할 건데?" 그가 물었다. 알레시아는 뒤로 물러서서 춤추는 장작불 불빛에 옅게 물든 그의 멋진 육체에 감탄했다. 그의 머리카락은 금빛으로 반짝였고 눈은 은은한 초록색으로 빛났다. 약속을 가득 담은 그의 두 눈이 그녀를 바라보았다.

그녀는 그의 시선에 용기를 내서 손을 아래로 내려 자신의 스웨터를 벗은 뒤 축구팀 셔츠를 머리 위로 당겨 벗어버리고 머리카락을 흔들어 늘어뜨렸다. 하지만 용기가 마지막

문턱에서 꺾이는 바람에 망설이며 상의로 젖가슴을 가렸다. 맥심이 다가와 그녀에게서 옷을 살그머니 빼앗았다. "넌 사랑스러워. 난 널 보고 싶어. 이건 필요 없어." 그는 그것을 그의 셔츠 위로 떨어뜨린 뒤 그녀의 머리카락을 한 줌 쥐어 손가락에 감아 입술로 가져가 입 맞추었다. "넌 정말 용감해. 많은 면에서. 그리고 난 네게 빠졌어. 너의 모든 것에. 너한테 미쳤어. 돌았어." 그의 말이 그녀의 피를 달궜다. 그는 머리카락을 당겨 그녀를 품 안으로 끌어당겼다. 그리고 그녀의 머리를 치켜들고 모든 걸 걸듯 그녀에게 키스했다. "하마터면 널 잃을 뻔했어." 그가 속삭였다.

그의 피부가 따스하게 그녀의 피부에 맞닿는 순간, 그녀의 몸속에서 타오르는 욕망의 불길이 더욱 거세졌다. 그녀는 게걸스럽게 그에게 키스했다. 그녀의 혀가 그의 혀와 뒤엉켰다. 그녀의 두 손이 그의 뒤통수를 잡고 그를 더 가까이 끌어당겼다. 그의 입술이 그녀의 턱으로, 목 아래로 내려갔고, 그녀의 두 손은 그의 몸을 타고 아래로 내려가 청바지 허리춤에 닿았다.

그녀는 그를 만지고 싶었지만 멈췄다. 뭘 어떻게 해야 할지 난감했다. 맥심이 손가락으로 그녀의 턱을 살짝 잡았다. "알레시아." 그가 그녀의 귀에 대고 거칠게 속삭였다. "날 만져줘." 그의 목소리에 실린 갈망이 그녀의 관능을 부채질했다.

"그러고 싶어요."

그가 이로 그녀의 귓불을 깨물었다.

"아." 그녀가 신음을 토했다. 배 속 깊은 곳의 근육이 조여들었다.

"내 청바지를 벗겨." 그가 그녀의 목을 따라 깃털처럼 가벼운 키스를 퍼부었다. 그녀의 손가락이 급히 그의 허리춤으로 내려가서 단단해진 페니스를 쓸었다. 그녀는 그의 몸에 매료되어 손길을 멈췄다가 일어선 그곳에 과감히 손을 댔다.

"후우." 그가 중얼거렸다.

그녀의 손가락이 주저하며 그의 몸 위를 돌아다녔다.

그가 숨을 들이켜자 그녀가 멈추었다. "어디 아파요?"

"아니. 아니. 아니. 기분 좋아. 정말." 그가 헐떡였다. "정말 좋아. 멈추지 마."

그녀는 자신감이 붙어 활짝 웃었다. 그녀의 기민한 손가락이 맨 위 단추를 풀었다. 그가 가만히 서 있을 때 그녀는 지퍼 쪽으로 움직였다.


나는 숨을 크게 들이마셨다. 그녀는 나를 무장해제시키는 중이다. 그녀의 기쁨이 내게 전염되었다. 마침내 그녀가 용기를 끌어내 내 옷을 벗기고 있다. 불빛에 그녀의 피부가 은은히 빛나고 진한 빨강과 파랑의 불빛이 그녀의 머리카락에서 깜빡거렸다. 그녀를 침대에 던지고 나서 아주 달콤하게 그녀를 사랑하고 싶지만 속도를 줄여야 한다. 그녀가 자신의 속도로 깨닫게 놔두어야 한다. 그녀는 자의식을 잊은 듯 내 바지의 앞섶을 벌렸다. 브래지어를 입지 않았는 것도 잊고. 그녀의 가슴은 아름답고 풍만하다. 그것을 하나씩 숭배하고 싶다. 젖꼭지가 돌처럼 단단해질 때까지, 그녀가 내 밑에서 꿈틀댈 때까지. 하지만 나는 자제력을 발휘해서 사타구니를 억눌렀다. 그녀가 청바지를 내 다리 아래로 끌어내렸고, 나는 청바지에서 발을 빼냈다. 나는 속옷만 입고 그녀 앞에 섰다.

"네 차례야." 나는 속삭이고 나서 그녀의 바지 지퍼를 내리고 청바지를 벗겼다. 그녀가 청바지에서 발을 뺐다. 나는 그녀의 얼굴을 가만히 감싸 쥐고 키스했다. "춥다. 침대로 가자."

"네." 그녀는 내게서 눈을 떼지 않고 이불 속으로 들어갔다.

"윽… 침대가 차네!" 그녀가 소리를 질렀다.

"우리가 따뜻하게 만들자."


알레시아의 시선은 팽팽해진 그의 팬티로 흘러갔다.

그가 웃었다. "왜?"

그녀가 얼굴을 붉혔다.

"왜?" 맥심이 다시 물었다.

"벗어요."

"내 속옷?" 맥심의 한쪽 입꼬리가 올라갔다.

"네."

그는 큭큭 웃고 한쪽 양말을 벗었다. 다른 쪽도 벗었다.
"됐다!"

"내가 말한 건 그게 아니잖아요." 그녀는 그의 소년 같은 모습에 깔깔 웃었다. 그가 웃음을 터뜨리고는 단번에 팬티를 벗어 발기한 몸을 풀어주고 벗은 팬티를 그녀에게 던졌다.

"이봐요!" 그녀가 장난스레 소리쳤다. 그녀는 팬티를 피했지만 그가 침대로 뛰어들어 그녀 옆에 착지했다.

"으으으, 추워… 이리 와." 맥심이 이불 밑에서 몸을 옹송그리며 팔로 그녀를 감아 바짝 끌어당겼다. "잠깐 안고 있어야겠다. 오늘 널 잃을 뻔했다는 게 아직도 안 믿겨." 그는 그 괴로움이 가시지 않은 것처럼 눈을 감고 있었다.

"잘됐잖아요. 나 여기 있어요. 당신과 같이 있기 위해서라면 그자들과 싸웠을 거예요." 그녀가 속삭였다.

"놈들이 널 해쳤을 거야."

그가 별안간 일어나 앉아 그녀의 손을 들어 올려 옆구리에 난 멍 자국을 살폈다. 그가 싸늘하게 변했다. "놈들이 너에게 한 짓을 봐." 그는 걱정이 되어 주저했다.

"괜찮아요." 더한 일도 겪었는걸…

"같이 잠깐 눈 좀 붙일까." 맥심이 망설였다.

"네? 싫어요."

"내 생각에는…"

"맥심! 생각하지 마요."

"알레시아…"

그녀가 손을 올려 손가락 하나를 그의 입술에 댔다. "제발요…"

"아, 자기야." 그는 그녀의 손을 잡고 손가락 관절 하나하나에 입을 맞췄다. 그러고는 고개를 숙여 멍이 든 부위 주변에 부드러운 키스를 퍼부었다. 그녀의 손가락이 그의 머리카락을 찾아 세게 당기자 그는 그녀를 올려다보았다.

"아파?"

"아뇨." 그녀가 얼른 말했다. "나 하고 싶어. 당신을 원해요." 그가 한숨을 쉬었다. 그의 입이 물고 빨면서 그녀의 젖가슴과 젖꼭지로 내려갔다. 그녀가 그의 밑에서 신음하고 몸을 뒤틀며 눈을 감고 그의 손길과 입술이 주는 쾌락에 항복했다. 그녀의 손가락이 그의 등을 파고들었다. 그녀는 골반에 닿은 그의 일어선 몸을 느꼈다. 그의 몸을, 모든 부위를 탐험하고 싶었다.

그가 고개를 들어 그녀를 쳐다보았다. "왜 그래?"

"나… 나…" 그녀가 얼굴을 붉혔다.

"말해봐."

그녀가 창피해서 웃음을 터뜨리고는 눈을 꼭 감았다.

"말해보라니까."

그녀가 한쪽 눈만 가늘게 뜨고 그를 쳐다보았다.

"돌겠네. 왜 그래?"

"당신 만지고 싶어요." 그녀가 말하고 나서 두 손으로 얼굴을 가렸다.

그녀는 손가락 사이로 맥심의 눈이 부드럽게 풀리는 것을 보았다. 좋아하는 것 같았다. 그가 그녀 옆에 누웠다. "난 네 거야." 그가 말했다. 그녀는 한쪽 팔꿈치를 괴고 몸을 일으켰다. 그들은 서로를 바라보았다. "너 정말 사랑스러워." 그가 속삭였다.

그녀는 그의 뺨을 어루만지며 거친 수염의 감촉을 즐겼다.

"내가 도와줄게…" 그는 그녀의 손을 잡아 손바닥에 키스한 다음 그의 가슴으로 내렸다. 그녀는 손바닥에 닿는 그의 피부를, 그의 온기를 느꼈다. 그의 입술이 살짝 벌어지며 숨을 훅 들이켰다. "네가 날 만지는 게 좋아."

그녀는 격려의 말에 손을 아래로 내렸다. 그녀의 손가락이 그의 가슴에 돋아난 가느다란 털을 만지작거렸다. 그녀가 그의 젖꼭지를 쓸자 그것이 그녀의 손길에 오므라들었다.

"오." 그녀가 기쁨에 젖어 감탄했다.

"오." 그가 잠긴 목소리로 호응했다. 반쯤 감긴 눈은 탁한 이끼 색이었다. 그가 매처럼 그녀를 바라보았다. 그녀가 윗입술을 깨물자 그가 신음하고 속삭였다. "멈추지 마." 음탕한 욕망이 그녀를 덮쳤다. 그녀는 자신이 그를 흥분시키고 있다는 걸 즐기며 그의 매끄러운 피부를 따라 손을 남쪽으로 내렸고 울룩불룩한 복근을 건넜다. 그는 그녀의 손길에 긴장했고 호흡은 갈수록 가빠졌다. 그녀는 털이 줄지어 난 곳에 도달했다. 거기를 지나면 목적지였지만 용기가 꺾였다.

"여기." 그가 말하며 그녀의 손을 잡아 발기한 페니스를 감싸쥐게 했다. 그녀는 숨을 들이켰다. 놀라기도 했지만 그만큼 짜릿했다. 그것은 크고 단단하고 벨벳처럼 매끄러웠다. 그녀의 엄지손가락이 끝을 쓰다듬자 그는 눈을 감고 숨을 흡들이켰다. 그녀는 손에 힘을 더 넣고 손가락에 닿는 그의 감촉을 즐겼다. 그의 몸 안에서 고동치는 맥박이 느껴졌다. 그는 이글거리는 눈을 그녀에게 돌렸다. "이렇게 해봐." 그는 속삭이고 나서 그녀의 손을 조금 밀어 올렸다가 아래로 끌어내렸다.

여자에게 어떻게 하라고 가르치는 것은 이번이 처음이다. 아마도 가장 에로틱한 경험이 될 것 같다. 알레시아는 집중하느라 이마에 주름이 잡혀 있지만 눈은 경이로움과 욕망으로 반짝거린다. 그녀는 입을 살짝 벌린 채 손을 움직였고 마침내 리듬을 타기 시작해 나를 야성으로 몰고 간다. 그녀가 입술을 핥는 순간 나는 그녀의 손안에서 사정하고 싶었다.

"알레시아, 그만. 이러다 사정하겠어."

그녀가 불에 덴 것처럼 손을 얼른 뗐고 나는 괜한 말을 했나 후회했다. 와락 덮쳐 그녀 안으로 들어가고 싶었지만 그녀의 망할 타박상이 마음에 걸렸다. 그녀를 다시 다치게 할 순 없었다. 그녀가 나서주었다. 내 위로 올라와 입술로 내 입술을 찾아 키스했다. 그녀의 혀가 내 입안으로 들어왔다. 나를 맛보았다. 그녀의 머리카락이 풍성한 커튼처럼 우리의 몸을 감쌌다. 순간 우리의 시선이 벽난로 불빛 속에서 마주쳤다. 풍부한 갈색 눈망울이 초록빛 눈망울을 만났다. 그녀는 너무나 매혹적이다. 그리고 너그럽다. 관능적이다. 그리고 나와 함께 여기 있다.

그녀는 고개를 숙여 다시 내게 키스했고 나는 손을 뻗어 탁자 위에서 콘돔을 집었다.

"여기." 나는 그녀에게 콘돔 팩을 보여주었다. 그녀가 그것을 받아 내게 씌워주려나 잠시 생각했지만 그녀는 영문을 몰라 눈만 깜빡거렸다.

"내려가봐. 어떻게 하는지 내가 보여줄게." 나는 팩을 찢어 열고 콘돔을 꺼내 끄트머리를 비틀어 잡고 재빨리 그것을 굶주린 내 물건 위에 씌웠다. "자. 됐어. 이제 네 팬티만 벗으면 돼."

나는 깔깔거리는 그녀를 매트리스 위에 눕히고 엄지손가락을 그녀의 분홍색 팬티에 걸었다. '그' 분홍색 팬티였다. 나는 그것을 그녀의 긴 다리 아래로 끌어내려 바닥에 던져버렸다. 그리고 그녀의 허벅지 사이에 엎드렸다가 상체를 일으킨 뒤 그녀를 내 허벅지 위에 앉히고는 멍을 건드리지 않게 조심하면서 팔을 그녀의 허리에 감았다. "이렇게 해도 괜찮지?" 그녀는 두 손을 내 어깨에 얹었고 나는 그녀를 들어 올려 단단해진 내 물건 위에 위치시켰다. 그리고 그녀의 응답을 기다렸다. 그녀는 몸을 앞으로 기울였고, 그녀의 열렬한 입술이 내 입술에 와 닿았다. 신호가 떨어졌다. 나는 천천히… 오, 아주아주 천천히… 그녀를 내 위에 앉혔다. 그녀의 치아가 내 아랫입술을 감쌌다. 그녀가 날 깨물려나 하는 생각이 언뜻 들었다.

내가 그녀의 안으로 완전히 들어갔을 때 그녀는 숨을 들이마시며 내 입술을 놓았다.

"괜찮아?" 내가 물었다.

"네." 그녀가 고개를 끄덕였다. 열정적으로. 그녀의 손가락이 다시 내 머리카락을 움켜쥐었다. 그녀는 내 입술을 그녀의 입술로 끌어당겼다. 몹시 굶주린 입이 나를 삼켰다. 간절하게. 계단에서 그랬던 것처럼 거세게 내게 키스했다. 오늘 있었던 일 때문인지 아니면 내가 사랑한다고 말한 것 때문인지 모르지만 그녀는 뜨겁게 타올랐다. 그녀가 움직였다. 위로, 아래로. 또다시, 또다시. 나를 취하고… 취했다…

자극적이다. 뜨겁다. 하지만 두렵다.

이러면 금방 끝날 텐데!

"헤이." 나는 그녀를 단단히 붙잡아 움직임을 멈추게 하고 그녀의 얼굴에서 머리카락을 쓸어넘겼다. "천천히, 자기야. 천천히. 오늘 저녁 내내, 그리고 밤새 해도 돼. 내일도 있고. 그다음 날도 있어." 짙고 탁한 눈이 나를 향해 깜박거렸다. 새롭고 강렬한 감정이 나를 휘감으면서 가슴이 벅차올랐다.

"너한텐 내가 있어." 나는 속삭였다. "널 사랑해."

"맥심." 그녀가 몸을 내밀어 다시 내게 키스했고 두 팔로 내 목을 단단히 감았다. 그녀가 다시 움직이기 시작했다. 이번에는 더 천천히 움직이며 내가 그녀를 음미할 기회를 주었다. 조금씩 조금씩. 꾸준히… 더 천천히… 천국이 왔다.

후아.

그녀가 상승하고 하강했다. 상승하고 하강했다. 나를 함께 데려갔다… 위로, 위로. 그녀는 동작을 멈추고 오르가슴에 이르러 울부짖었다. 그녀의 입이 천국에 닿아 내 방아쇠를 당겼고, 나는 소리치며 사정했다.

"아, 알레시아…!"


우리는 마주 보고 가만히 누워 있었다. 아무 말도 하지 않았다. 그저 바라보았다. 눈을. 코를. 뺨을. 입술을. 얼굴을. 우리는 서로를 바라보았다. 서로를 흡수했다. 방 안의 불빛은 춤추는 난롯불뿐이었고, 들리는 소리는 장작이 타닥타닥 타는 소리와 더디게 뛰는 내 심장 소리뿐이었다. 알레시아가 손을 들어 손가락으로 내 입술을 쓰다듬었다. "사랑해요, 맥심." 그녀가 속삭였다.

나는 몸을 내밀어 그녀에게 다시 키스했다. 그녀의 몸이 부풀어 내 몸을 맞이했고, 우리는 달콤하고 달콤한 사랑을 다시 나누었다.

우리는 이불로 꾸며놓은 침대 위 텐트 안에 웅크리고 있었다. 둘 다 책상다리를 하고 무릎을 맞닿은 채 앉아 서로의 눈을 마주 보았다. 작은 용 전등은 우리의 은밀한 텐트 보금자리 안에서 서로를 비춰주었다.

그녀가 이야기했다.

계속 이야기했다.

나는 귀를 기울였다.

그녀는 벌거벗은 몸으로 머리카락을 허리께에 늘어뜨린 채 겸손함을 잃지 않고 새 피아노곡을 어떻게 익히는지 설명해나갔다.

"어떤 곡을 처음 접하면 우선 읽어봐요. 그럼 색깔들이 보여요. 그것들은… 그걸 뭐라고 하죠? 조성에 따라 달라요."

"각 조성마다 색깔이 다르다고?"

"맞아요. D플랫 장조는 초록색이에요. 전나무 빛깔. 쿠커스의 전나무. 〈빗방울 전주곡〉. 모두 초록빛이에요. 하지만 그 곡은 변화하면서 색깔도 더 짙은 녹색으로 변해가요. 다른 조성들은 모두 다른 빛깔을 띠어요. 가끔은 빛깔이 여러 가지인 곡도 있어요. 예를 들면 라흐마니노프. 그리고 그것들은… 음… 내 머릿속에 각인돼요. 나는 그렇게 곡을 외워요." 그녀는 어깨를 으쓱거리고 나서 장난꾸러기처럼 미소를 지었다. "나는 오랫동안 다른 사람들도 음악을 색깔로 볼 수 있는 줄 알았어요."

"우리 모두가 그런 행운아는 아니지." 나는 한 손가락으로

그녀의 보드라운 뺨을 쓰다듬었다. "네가 특별한 거야. 내게
는 아주아주 특별하고."

그녀의 뺨이 분홍빛으로 사랑스럽게 물들었다.

"가장 좋아하는 작곡가는 누구야? 바흐?"

"바흐는." 그녀는 존경심을 담아 그 이름을 말했다. "그의
음악은…" 그녀는 말을 생각해내느라 손을 흔들고 휘두르며
하려는 말의 중요성을 표현하려 노력했다. 그리고 황홀한
종교적 체험을 하는 듯 눈을 감았다…

"경외감을 일으킨다고?" 내가 제안했다.

그녀가 웃음을 터뜨렸다. "맞아요." 그녀는 진지한 빛을
띠고 속눈썹을 내리깔더니 속눈썹 사이로 나를 흘끔 보았
다. "하지만 내가 가장 좋아하는 작곡가는 당신이에요."

나는 숨을 들이켰다. 그녀의 칭찬에는 익숙하지가 않았
다.

"내 곡? 와. 기분 좋다. 그 곡엔 어떤 색깔이 보여?"

"슬프고 우울했어요. 파란색이랑 회색."

"정확하다." 나는 중얼거렸다. 내 생각은 키트에게로 돌아
섰다. 그녀가 손을 올려 내 뺨을 어루만지며 나를 다시 그녀
에게로 돌려세웠다.

"당신이 아파트에서 그 곡 연주하는 거 봤어요. 원래 청소
를 해야 했는데. 하지만 당신을 볼 수밖에 없었어요. 그래서
들었는데 아름다운 음악이었어요." 그녀의 목소리는 간신히
들리는 속삭임으로 작아졌다. "그때 더 당신을 사랑하게 됐

죠…"

"그랬어?"

그녀가 고개를 끄덕였고, 내 가슴은 그 말에 벅차올랐다.

"그때 네가 듣고 있다는 걸 알았으면 좋았을걸. 네가 좋았다니 기쁘다. 아늑한 집에서 네가 그걸 연주했을 때 정말 좋았어."

"나도 즐겼어요. 당신은 재능 있는 작곡가예요."

나는 그녀의 손을 잡아 손바닥에 문양을 그렸다. "넌 대단히 뛰어난 피아니스트고."

그녀가 활짝 웃으며 다시 얼굴을 붉혔다.

이런 칭찬 많이 들어 익숙할 텐데.

"넌 정말 재능이 뛰어나. 아름답고. 그리고 용감해." 내 손가락이 그녀의 얼굴을 어루만졌다. 나는 그녀의 입술을 내 입술로 끌어당겼다. 우리는 이불 속에서 키스에 빠져들었다. 알레시아가 숨을 쉬려고 입을 떼더니 다시 원하는 눈빛으로 나를 바라보았다. "우리… 다시… 사랑할까요?" 그녀는 몸을 내밀어 내 심장이 있는 가슴에 입술을 댔다.

후, 죽인다.


알레시아는 머리를 내 가슴에 얹고 가로로 누워 있었다. 그녀의 손가락이 멜로디에 맞춰 내 배를 톡톡 두드렸다. 무슨 곡인지 알 수 없었지만 그냥 그것이 좋았다. 나는 인터폰으로 주방에 전화를 했다. "대니, 내 방에서 저녁을 먹을까

해서. 샌드위치랑 와인 한 병 가져와요."

"알겠습니다, 미로드. 소고기 어떠세요?"

"좋죠. 그리고 샤토오브리옹도 한 병 가져오고."

"쟁반을 문밖에 놓아둘게요."

"고마워요." 나는 노골적으로 좋아하는 대니의 목소리를 듣고 미소를 지으며 전화를 끊었다. 이유는 모르겠지만 대니도 알레시아가 특별하다는 걸 알고 있었다. 나는 전에도 여기에 여자를 데려온 적 있었지만 대니가 오늘처럼 세심히 배려하는 것은 처음이다. 내가 사랑에 빠진 걸 눈치챈 것이다. 사랑에 눈이 멀었다는 걸. 완전히. 철저히. 전적으로. 사랑에 빠졌다는 걸.

"집 내부로도 전화가 되네요?" 알레시아가 나를 올려다보았다.

"집이 크잖아."

그녀가 웃음을 터뜨렸다. "그렇긴 하죠." 그녀가 창문을 쳐다보았다. 밖이 칠흑처럼 어두웠다. 한 7시쯤 되었을까? 10시쯤? 시간이 얼마나 흘렀는지 가늠이 되지 않았다.

알레시아는 초록색 담요를 둘러쓰고 벽난로를 향해 놓인 안락의자에 웅크리고 앉아서 구운 소고기와 샐러드 샌드위치를 먹고 레드 와인을 마셨다. 어깨를 지나 허리까지 멋대로 흘러내린 머리카락이 아름다웠다. 그녀는 아름다웠다. 사랑스러웠다. 내 여자였다.

나는 장작을 하나 더 난로 속에 던져넣고는 그녀의 맞은 편 의자에 앉아서 맛 좋은 와인을 한 모금 마셨다. 키트가 죽은 뒤로 이런 평화를 누린 적이 있던가… 아니, 이런 느낌은 평생 한 번도 느낀 적이 없는 것 같았다.

맥심은 유리잔을 내려놓고 샌드위치를 집었다. 그는 근사했다. 헝클어진 머리, 돋아난 짧은 수염, 장난스런 초록빛 눈이 욕망과 사랑을 담고 난롯불 불빛에 반짝거렸고, 두툼한 크림색 스웨터와 무릎이 찢어진 블랙진 차림이었다. 알레시아는 찢어진 부위 밑으로 보이는 그의 피부를 훔쳐보았다… 그를 흡입했다.

"행복해?" 그가 물었다.

"그럼요. 몹시… 엄청."

그가 씩 웃었다. "나도 그래. 이보다 행복한 적은 없었어. 너도 여기 있고 싶어 하고, 나도 그러고 싶은데, 우리 내일은 런던으로 돌아가야 할 것 같아. 너만 괜찮다면. 나 해야 할 일이 있어."

"그렇군요." 알레시아가 입술을 씹었다.

"왜?"

"난 콘월에 있는 게 좋아요. 여긴 런던만큼 바쁘지 않아요. 사람들도 적고. 소음도 덜하고."

"알아. 하지만 나 런던으로 돌아가서 아파트를 둘러봐야 해."

알레시아는 와인 잔을 물끄러미 쳐다보았다. "현실로의 귀환이네요." 그녀가 중얼거렸다.

"헤이. 다 잘될 거야."

그녀는 난롯불을 바라보았다. 통나무 하나가 난로 바닥에 불똥을 뱉어냈다.

"자기야, 왜 그래?" 맥심이 걱정이 되어 물었다.

"나… 나 일하고 싶어요."

"일? 무슨 일을 하게?"

"모르겠어요. 청소?"

그의 이마에 주름이 졌다. "알레시아. 그건 안 될 말이야. 더 이상 청소 일은 하지 않아도 돼. 넌 재능 있는 여자야. 정말 청소 일이 하고 싶은 거야? 그러지 말고 네가 흥미를 느낄 만한 일을 찾아보자. 네가 여기서 합법적으로 할 수 있는 일이어야 해. 내가 알아볼게. 도와줄 사람들을 알고 있어." 그의 미소는 진실했고 용기를 북돋았다.

"하지만… 내 힘으로 돈을 벌고 싶어요."

"그렇겠지. 하지만 그러다 걸리면 강제 추방될 거야."

"그건 싫어요!" 알레시아는 가슴이 철렁했다. 돌아갈 순 없었다.

"우리 둘 다 원하지 않지." 맥심이 그녀를 달랬다. "그건 걱정하지 마. 우리가 해결책을 찾아낼 거니까. 음악과 관련된 일을 하면 좋을 거야."

그녀는 그를 가만히 바라보았다. "그럼 난 당신의 첩이 되겠네요." 그녀의 목소리가 낮았다. 그것만큼은 피하고 싶었던 일이었다.

그가 씁쓸한 미소를 지었다. "여기서 합법적으로 일하게 될 때까지만이야. 그냥 부의 재분배를 실현한다고 생각해."

"사회주의자시군요, 트리비딕 경." 그녀가 놀랐다.

"나도 몰랐네." 그는 유리잔을 그녀에게 들어 올렸다. 그녀도 잔을 들어 화답했다. 와인을 한 모금 마실 때 그녀의 머릿속에 어떤 생각이 떠올랐다. 하지만 그가 찬성할까?

"뭐지?" 그가 물었다.

알레시아가 숨을 크게 들이마셨다. "내가 당신 집을 청소할게요. 당신은 내게 대가를 지불해요."

맥심은 놀라 인상을 썼다. "알레시아. 그럴 필요 없어…"

"부탁이에요… 하고 싶어서 그래요." 그녀가 그를 물끄러미 바라보며 말없이 동의를 구했다.

"알레시…"

"제발요."

그는 화가 나 어이없어했다. "알았어. 네 뜻이 정 그렇다면. 하지만 조건이 하나 있어."

"뭐죠?"

"작업복과 머릿수건은 거부해도 되지?"

"생각 좀 해볼게요." 그녀는 마음이 한결 가벼워져서 큭큭거렸다.

그가 웃음을 터뜨렸다. 그녀는 안도의 한숨을 내쉬었다.

그의 사람들이 그녀의 이민 자격을 해결하는 동안 할 일이 생겼기 때문이다.

따뜻한 느낌이 그녀의 몸에 퍼졌다. 그녀의 삶은 예상하지 못한 쪽으로 흘러 여기 이 오래된 저택으로 그녀를 데려왔다. 이 잘생기고 점잖고 친절한 남자 곁으로. 물론 이런 일을 상상한 적은 있었다. 아주 막연히. 하지만 가능할 거라고 생각한 적은 없었다.

그녀는 자신의 운명을 개척했고 알바니아를 떠나는 큰 모험을 감행했다. 운명은 싸우지 않으면 순순히 물러가지 않는다.

그녀의 미스터가 개입하긴 했지만 지금 그녀는 여기 그와 함께 있었다.

안전하게.

그는 그녀를 사랑했고 그녀도 그를 사랑했다. 그리고 무한한 가능성을 품은 미래가 그녀 앞에 펼쳐져 있었다. 행운의 여신이 그녀를 향해 온화한 미소 짓고 있는 것만 같았다.

# 25

요란한 울음소리가 내 꿈을 뒤흔들며 나를 깨웠다.

알레시아.

작은 용의 부드러운 불빛에 옆에서 잠이 든 그녀가 보였다. 꼼짝도 하지 않고 주먹 쥔 두 손을 턱 밑에 댄 모습은 자연 재해의 습격으로 별안간 굳어버린 조각상 같았다. 그녀가 입술을 벌리고 다시 비명을 질렀다. 더없이 기괴하고 섬뜩한 소리였다. 나는 팔꿈치를 괴고 상체를 일으킨 뒤 그녀를 살살 흔들었다.

"알레시아. 자기야. 일어나."

그녀의 눈꺼풀이 번쩍 열렸다. 그녀가 사나운 눈으로 주변을 둘러보더니 별안간 나를 공격하기 시작했다.

"알레시아. 나야. 맥심." 나는 그녀나 내가 다칠까봐 얼른 그녀의 두 손을 움켜잡았다.

"매… 맥… 맥심." 그녀가 중얼거리고는 몸부림을 멈추었다.

"나쁜 꿈을 꾸었구나. 나 여기 있어. 내가 있어." 나는 두 팔로 그녀를 감싸고 내 몸 위로 끌어 올려 그녀의 정수리에 키스했다. 그녀는 덜덜 떨고 있었다.

"난… 난… 난…" 그녀가 말을 더듬었다.

"괜찮아. 그냥 나쁜 꿈을 꾼 거야. 넌 안전해." 나는 그녀를 안고 다정히 그녀의 등을 쓰다듬었다. 그녀의 모든 두려움과 고통을 몰아내고 싶었다. 그녀는 심하게 떨다가 점차 안정을 찾고 다시 잠이 들었다.

나는 눈을 감았다. 한 손은 그녀의 머리에, 다른 손은 그녀의 등에 두고 내 몸을 누르는 그녀의 무게감과 감촉을 즐겼다. 이것에도 익숙해질 것이다.


알레시아는 잿빛 여명에 잠에서 깨어났다. 맥심의 팔에 안긴 채 펼친 손을 그의 배 위에 얹고 있었다. 그는 얼굴을 그녀 쪽으로 돌리고 곤히 자는 중이었다. 머리카락은 헝클어지고 입술은 살짝 벌어져 있었고 뺨과 턱선은 돋아난 수염으로 거뭇했다. 긴장이 풀린 그 모습이 너무나 매력적이라 그녀는 손을 내밀어 그의 근사한 근육을 만지작거렸다. 옆구리가 아팠고 멍이 든 곳도 여전히 욱신거렸지만 기분은… 좋았다.

아니지. 좋은 정도가 아니지.

희망이 생겼다. 차분했다. 활력이 돌았다. 안정감을 느꼈다.

옆에 자고 있는 이 멋진 남자 덕분에.

그녀는 그를 사랑했다. 온 마음을 다해.

그리고 더욱 놀라운 것은 그도 그녀를 사랑한다는 사실이었다. 그녀는 아직도 그 점이 믿어지지 않았다.

그는 그녀에게 희망을 주었다.

맥심이 꿈틀대다가 눈을 떴다.

"좋은 아침." 그녀가 속삭였다.

"때가 됐나." 그가 장난기가 번뜩이는 눈으로 대답했다. "예뻐 보이네. 잘 잤어?"

"잘 잤어요."

"너 악몽을 꿨어."

"내가요? 어젯밤에?"

"기억 안 나?"

알레시아는 고개를 저었다. 그는 손가락으로 그녀의 뺨을 쓰다듬었다. "기억 못 해 다행이다. 몸은 좀 어때?"

"좋아요."

"그냥 좋아, 아님 조오아?" 그가 관능적인 말투로 말했다.

"진짜 좋아요." 그녀가 빙그레 웃었다.

맥심이 몸을 굴려 그녀를 매트리스에 누르고 초록빛 눈을 반짝이며 그녀를 내려다보았다. "네 옆에서 잠을 깨니까 참 좋다." 그가 속삭이고는 그녀의 목에 키스했다. 그녀는 두 팔을 그의 목에 두르고 그의 노련한 입술에 기꺼이 항복했다.

"그만 일어나서 런던으로 돌아갈 때야." 맥심이 그녀의 배에 대고 중얼거렸다. 알레시아의 손가락은 그의 머리카락을 만지작거렸지만 너무 나른해서 움직일 수가 없었다. 열정의 폭풍이 지나간 후 찾아온 고요함을 잠시 만끽하는 중이었다. 결국 그가 그녀의 몽상을 방해했다. "같이 샤워하자." 그가 고개를 돌려 활짝 웃는 얼굴로 그녀를 올려다보며 말했다.

이 남자를 무슨 수로 거부해?

알레시아는 수건으로 머리를 말렸고 그동안 나는 면도를 했다. 그녀의 옆구리에 난 멍 자국은 더 작아 보였지만 여전히 검푸른 보랏빛을 띠었다. 나는 그것이 마음에 걸렸다. 어젯밤도 오늘 아침에도 그녀는 아픈 티를 내지 않았지만. 그녀가 어깨 너머로 나를 돌아보며 눈부신 미소를 던진 순간 내 죄책감은 산들바람에 밀려나는 바다 안개처럼 공중으로 흩어졌다.

그녀와 여기에 평생 있고 싶은 마음도 일부 있었지만 떠나고 싶은 마음도 컸다. 낸캐로 경사나 그의 동료가 알레시아를 면담하러 트리실런 홀로 찾아오기 전에. 경찰과 그녀의 접촉을 막아야 했다. 필요하다면 낸커로에게 일 때문에 런던으로 돌아간다고 말해두면 될 것이다.

가야 하는 이 상황이 안타까웠다. 나는 서로에게 익숙해진 이 편안한 느낌과 그녀에게 일어난 놀라운 변화를 즐기고 있다. 지금의 그녀는 훨씬 더 당당해 보인다. 불과 며칠 만에 일어난 변화였다. 그녀가 머리카락을 옆으로 넘기더니 나를 흘끔 쳐다보고는 태어날 때 그대로의 벌거벗은 모습으로 욕실에서 천천히 걸어 나왔다. 내 시선이 문틀을 따라 흘렀다. 감질나는 훌륭한 구경거리가 아닐 수 없었다. 허리께에 늘어진 그녀의 머리카락이 걸음걸이에 맞춰 살랑살랑 흔들렸다. 그녀는 침대 옆에서 걸음을 멈추고 오토만 위에 놓인 바구니를 뒤적거리며 옷을 찾았다. 눈을 들었다가 넋 놓고 쳐다보는 나를 보더니 큭큭 웃었다. 나는 내 모습을 보려고 거울로 갔다. 거울 속에서 싱글벙글한 내가 보였다. 전에 없이 자신만만해진 그녀는 끝내주게 섹시하다.

몇 분 뒤 그녀가 문간에 나타나 문설주에 몸을 기댔다. 내가 사준 옷을 입고 있었다. 오늘 하루가 순조롭게 흘러가리라는 예감이 들었다. "장식장 아래에 옷을 담을 만한 가방이 있을 거야. 아니면 내가 대니에게 옷을 싸달라고 부탁할게."

"내가 알아서 할게요." 그녀가 팔짱을 낀 채 나를 바라보았다. "당신 면도하는 거 보고 싶어요."

"네가 봐주니 좋네." 나는 그렇게 말하며 마무리를 하고는 돌아서서 그녀의 입술에 가볍게 키스한 뒤 얼굴에 남은 거품을 닦아냈다. "아침 먹고 출발하자."

차를 몰고 런던으로 돌아가는 내내 알레시아는 활기가 넘쳤다. 우리는 이야기를 나누고 웃고 더 이야기를 나누었다. 그녀가 깔깔대며 웃으면 따라 웃지 않을 수 없었다. M4고속도로에 들어갔을 때 그녀가 음악을 틀었고 우리는 라흐마니노프를 들었다. 피아노 협주곡의 첫 소절이 연주되기 시작했을 때 그녀가 아늑한 집에서 이 곡을 연주하던 모습이 떠올라 가슴이 뭉클해졌다. 음악에 심취한 그녀의 모습에 나도 함께 빠져든 기억이 났다. 시야 가장자리로 그녀의 손가락이 상상 속의 건반을 눌러 카덴차를 연주하는 것이 보였다. 그녀가 이 곡을 다시 연주하는 걸 보고 싶었지만 이번에는 오케스트라와 함께 협연하는 걸 보고 싶었다.

"〈밀회〉 본 적 있어?"

"아뇨."

"영국 고전 영화야. 감독은 영화 전반에 걸쳐서 이 곡을 썼어. 멋지지. 우리 어머니가 좋아하는 영화 중 하나야."

"한번 보고 싶네요. 나 이 곡 좋아해요."

"게다가 연주도 너무나 잘하지."

"고마워요." 그녀가 내게 수줍은 미소를 지었다. "어떤 분이세요?"

"우리 어머니? 뭐랄까… 야심이 많지. 똑똑하고. 재밌고. 모성애는 별로." 그 말을 할 때 뜨끔하긴 했지만 로위나가 어린아이들을 대할 때면 언제나 지루해하거나 불편해하는 것은 사실이다. 어머니는 우리를 기꺼이 유모의 손에 맡겼고 나중에는 기숙학교로 보내버렸다. 아버지가 사망한 후에야 우리는 어머니에게 흥미로운 대상이 되었다.

그나마 키트가 어머니의 관심을 독차지했지만.

"오." 알레시아가 말했다.

"나와 어머니의 관계는 조금… 서먹해. 난 어머니가 아버지를 떠난 걸 절대 용서하지 못할 거야."

"어머니가 아버지를 떠났어요?" 놀란 목소리였다.

"어머니는 우리 모두를 떠났어. 내가 열두 살 때."

"괜한 걸 물었네요."

"더 젊은 남자를 만났거든. 그래서 아버지의 가슴을 찢어놓았지."

"오."

"괜찮아. 오래전 일이야. 지금은 휴전 중이야. 키트가 죽은 이후로 쭉." 이런 이야기는 우울하다. "다른 곡을 골라봐." 라흐마니노프가 끝나서 내가 요청했다. "신나는 걸로."

그녀가 웃더니 목록을 뒤졌다. "〈멜로디〉?"

나는 웃음을 터뜨렸다. "롤링 스톤스? 좋아. 그거 틀어." 그녀는 스크린을 톡톡 두드렸고 카운트다운이 시작됐다. 둘. 하나, 둘, 셋. 블루스 피아노 등장. 알레시아가 씩 웃었다. 좋은 모양이다. 그녀와 함께 나누고 싶은 음악이 무궁무진하다.

길은 조용했다. 우리는 좋은 시간을 보내며 스윈던으로 향하는 교차로를 지났다. 첼시에 도착하려면 13킬로미터를 더 가야 했다. 기름을 넣어야 해서 나들목을 타고 주유소로 갔다. 알레시아의 태도가 돌변했다. 그녀는 문손잡이를 꽉 움켜쥐고 두려워 부릅뜬 눈으로 나를 보았다.

"주유소에 와서 불안하구나. 기름만 넣고 갈 거야. 괜찮지?" 나는 그녀를 안심시키려고 그녀의 무릎을 꽉 쥐었다. 그녀는 고개를 끄덕였지만 불안함을 완전히 거두지는 못했다. 나는 주유 펌프 앞에 차를 세웠다. 그녀는 차에서 내린 뒤 내가 기름을 넣는 동안 옆에 붙어 있었다. "나 계속 따라다니려고?"

그녀가 고개를 끄덕이고는 추워서 발을 동동 굴렀다. 그녀의 입김이 성긴 구름처럼 주위에 피어올랐다. 그녀의 시선이 주변을 둘러보다가 주차된 트럭들에 고정됐다. 경계심이 강했고 신경이 곤두서 있었다. 그녀의 이런 모습을 보니 마음이 아팠다. 오늘 아침엔 그렇게 느긋했었는데.

"넌 안전해. 경찰이 놈들을 잡아갔잖아." 나는 그녀를 안심시키려 말했지만 주유 펌프가 철컥 하는 요란한 쇳소리와 함께 멈추는 바람에 우리 둘 다 펄쩍 뛰었다. 기름 탱크가 꽉 찼다. "돈 내러 가자." 나는 노즐을 걸이에 다시 걸어놓고 그녀의 어깨를 감쌌다. 우리는 가게 안으로 향했다. 그녀는 의기소침해서 나와 나란히 걸었다.

"괜찮아?" 우리는 줄을 서서 기다렸다. 그녀는 불안한 기색이 역력했고 가게 안의 모든 사람들을 몰래 흘끔거렸다.

"그건 어머니의 생각이었어요." 그녀가 불쑥 말을 꺼냈다.

빠르고 조용한 말투였다. "그게 나를 돕는 길이라고 생각하신 거예요." 나는 잠시 생각한 끝에 그녀가 무슨 말을 하는지 깨달았다.

젠장. 그녀가 드디어 그 이야기를 꺼냈다. 긴장감이 등줄기를 따라 흘렀다. 왜 하필 지금? 기름값을 치러야 하는 이 상황에. "그 생각은 잠깐 접어둬." 나는 집게손가락을 올리고 나서 점원에게 신용카드를 건넸다. 그의 시선이 몇 번 알레시아에게로 향했다.

꿈도 꾸지 마, 이 친구야.

"비밀번호 누르세요." 그가 말하며 알레시아에게 웃음을 흘렸다. 그녀는 그에게 눈길조차 주지 않았다. 주유 펌프를 쳐다보며 거기 누가 있는지 살피는 중이었다.

나는 계산을 마치고 그녀의 손을 잡았다. "차 안에서 그 이야기 마저 할까?"

그녀가 고개를 끄덕였다.

같이 재규어에 올라탈 때 그녀가 왜 고백 장소로 주유소와 주차장을 골랐을까 궁금해졌다. 나는 주유 펌프에서 차를 빼서 숲을 향해 세웠다. 엔진이 꺼졌다. "됐다. 이야기해볼래?"

알레시아는 우리 앞의 헐벗은 나무들을 바라보다가 고개를 끄덕였다. "내 정혼자. 그는 난폭한 남자예요. 어느 날…" 그녀의 목소리가 흔들렸다.

나는 가슴이 철렁했다. 두려웠다.

그 자식이 네게 무슨 짓을 한 거야?

"그는 내가 피아노 치는 걸 좋아하지 않았어요. 내가…
음… 주목받는 걸 좋아하지 않았거든요."

나는 놈이 더 싫어졌다.

"화를 냈어요. 내가 그만두지 않는다고…"

내 손이 운전대를 꽉 움켜잡았다.

알레시아의 목소리는 간신히 알아들을 만큼 작았다. "날
때렸어요. 내 손가락을 부러뜨리려 했어요."

"뭐라고?"

그녀는 자기 손을 내려다보았다. 그녀의 소중한 손을. 그
녀는 한 손으로 다른 손을 가만히 감싸 쥐었다.

그 개자식이 때렸구나.

"난 달아나야 했어요."

"당연히 그랬겠지."

내 손길이 필요할 것 같았다. 내가 그녀의 편이라는 걸 알
려주기 위해서라도. 나는 두 손으로 그녀의 두 손을 꼭 쥐었
다. 그녀를 무릎에 앉히고 포옹하고 싶은 충동이 강하게 일
었지만 참았다. 그녀가 이야기를 하게 놔둬야 했다. 그녀는
내게 주저하는 표정을 지었고 나는 가만히 있었다. "작은 버
스를 타고 슈코더르(알바니아 북서부의 도시-옮긴이)로 갔어
요. 거기서 우린 큰 트럭으로 갈아탔어요. 거기에 단테와 일
리가 다른 여자 다섯 명을 데리고 있었어요. 그들 중 한 명
은… 겨우 열일곱 살이었어요."

나는 흠칫 놀랐다. 충격적이었다. 너무 어리잖아.

"그 애 이름은 블러리아나예요. 트럭 안에서 같이 이야기를 나눴어요. 그 애도 알바니아 북부, 피에르자에서 산다고 했어요. 우린 친구가 됐어요. 같이 일자리를 찾기로 했죠." 그녀가 말을 멈추었다. 말을 계속하기가 너무 두렵거나 친구가 어떻게 됐을지 생각하는 것 같았다.

"그들이 우리 물건을 모두 가져갔어요. 입고 있는 옷과 신발만 빼고. 그리고 뒤편에 양동이 하나만 남겨졌어요…" 그녀의 목소리가 흐려졌다.

"끔찍하다."

"네. 그 냄새." 그녀가 진저리를 쳤다. "우리가 가진 건 물병 하나였어요." 그녀의 다리가 후들거리기 시작했고 얼굴은 창백해졌다. 처음 만났을 때 그녀의 모습이 떠올랐다.

"괜찮아. 나 여기 있어. 너한텐 내가 있어. 나 더 알고 싶어."

그녀는 고통에 젖은 짙은 눈망울을 내게 돌렸다. "정말이에요?"

"응. 네가 말하고 싶다면."

그녀의 시선이 내 얼굴을 살피며 나를 분석했다. 나를 발가벗겼다. 내 집 복도에서 처음 마주쳤을 때처럼.

나는 왜 알고 싶은 걸까?

그녀를 사랑하니까.

그녀는 그녀가 겪은 일들의 총합이고 이 일도 그 경험들 중 하나이기 때문이다.

그녀는 숨을 크게 들이마신 뒤 말을 계속했다. "우린 트럭 안에서 사흘인가 나흘쯤 있었어요. 정확히는 모르겠어요. 잠시 멈추었다가 트럭이… 그게 뭐더라… 연락선으로 들어갔어요. 자동차랑 트럭을 싣는 배. 우린 빵을 받았어요. 검은 비닐봉지도. 그걸 머리에 뒤집어써야 했어요."

"뭐라고?"

"입국과 관련이 있는 것 같았어요. 그들이 그걸 측정했거든요, 그… dioksidin e karbonit?" 그녀는 적당한 말을 찾느라 머뭇거렸다.

"이산화탄소?"

"맞아요. 그거."

"트럭 운전석에서?"

그녀가 어깨를 으쓱거렸다. "모르겠어요. 하지만 수치가 너무 높으면 공무원들이 트럭 안에 사람이 많다는 걸 알게 된대요. 그들이 그걸 측정했어요. 어떤 식으로든. 우리 트럭은 연락선으로 들어갔어요. 소음이 컸어요. 굉장히. 엔진 소리. 다른 트럭들… 우린 깜깜한 어둠 속에 있었어요. 난 머리에 비닐봉지를 쓰고 있었어요. 그러다가 트럭이 멈췄어요. 엔진이 꺼지고 나서 삐걱거리고 웅웅거리는 금속과 타이어 소리가 들렸어요. 바다가 거칠게 일렁였어요. 심하게. 모두들 바닥에 누워 있었어요." 그녀의 손가락이 목에 걸린 작은 십자가로 움직여 만지작거리기 시작했다. "숨 쉬기가 힘들었어요. 죽을 것만 같았어요."

나는 목에 뭐가 걸린 것처럼 잔뜩 쉰 목소리로 말했다. "그래서 어둠을 그렇게 싫어하는구나. 얼마나 두려웠을까."

"여자 하나가 토하는 바람에 냄새가 진동했어요." 그녀는 말을 멈추고 헛구역질을 했다.

"알레시아…"

하지만 그녀는 말을 계속했다. 멈출 수 없는 것처럼. "연락선에 오르기 전에 빵을 먹었거든요. 단테가 영어로 말하는 소리가 들렸어요. 내가 알아듣지 못하는 줄 알고 영어로 이야기한 거죠. 우리가 누워서 돈을 벌게 될 거라고 하더군요. 그 말을 듣고 나니까 우리의 운명을 알 것 같았어요."

분노의 불길이 일어나 내 혈관을 활활 태웠다. 기회만 된다면 젠킨스의 제안대로 그 개자식을 죽여 시체를 갖다버리고 싶었다. 몹쓸 짓이라는 생각은 조금도 들지 않았다. 알레시아가 고개를 떨구었다. 나는 그녀의 턱을 손가락으로 살짝 들었다. "정말 안타깝다."

그녀가 고개를 들어 나를 마주 보았다. 그녀의 눈 속에 불길이 있었다. 그것은 내 안의 슬픔이 전염된 것도 아니었고 자기 연민도 아니었다. 그녀는 분노하고 있었다. 몹시 분노하고 있었다. "전에 소문을 들은 적이 있었어요. 우리 마을과 이웃 마을 여자들이 사라지고 있다는. 코소보에서도. 버스에 오를 때 그 생각을 어렴풋이 했지만… 희망이 늘 앞서는 법이죠." 그녀는 침을 삼켰다. 나는 분노로 이글거리는 그녀의 눈빛에서 고통을 보았다. 그녀는 자괴감에 싸여 있었다.

"알레시아, 네 잘못이 아니야. 어머님 잘못도 아니고. 어머님은 좋은 뜻에서 그렇게 하신 거야."

"알아요. 어차피 난 거기서 달아나야 했어요."

"이해해."

"단테가 한 말을 여자들에게 해줬는데 세 명만 내 말을 믿었어요. 블러리아나도 내 말을 믿었고요. 탈출할 기회가 생겼을 때 우리는 달아났어요. 달렸어요. 다른 여자들이 성공했는지는 모르겠어요. 블러리아나가 무사히 도망쳤는지도." 그녀의 목소리에 죄책감이 어려 있었다. "난 마그다의 집 주소가 적힌 쪽지를 가지고 있었어요. 사람들은 크리스마스를 축하하고 있었어요. 난 며칠 동안 걸었어요… 엿새나 이레쯤 지났을까. 모르겠어요. 그렇게 마그다의 집에 도착했고, 마그다가 나를 돌봐주었어요."

"마그다가 있어서 천만다행이었네."

"맞아요."

"걸어갈 때 잠은 어디서 잤어?"

"안 잤어요. 거의. 너무 추워서. 가게 같은 데서 잠깐 눈만 붙였죠." 그녀가 눈을 내리깔았다.

"네가 얼마나 힘들었을지 난 짐작도 안 돼. 미안해."

"당신이 미안해할 필요는 없어요." 그녀는 내게 희미한 미소를 지었다. "당신을 만나기 전의 일인걸요. 이제 당신도 알게 됐네요. 모든 걸."

"말해줘서 고마워." 나는 고개를 내밀어 그녀의 이마에 키스했다. "넌 용감해. 용감한 여자야."

"들어줘서 고마워요."

"언제든 들어줄게, 알레시아. 언제든. 이제 집으로 갈까?"

그녀는 마음이 놓인 듯 고개를 끄덕였고, 나는 시동을 걸고 그곳을 빠져나가 고속도로를 타려고 나들목으로 향했다.

"알고 싶은 게 있어." 나는 그녀에게 방금 들은 끔찍한 이야기를 곱씹다가 말을 꺼냈다.

"뭔데요?"

"그 남자도 이름 있지?"

"누구요?"

"너의… 정혼자." 나는 그 말을 내뱉었다. 그자를 혐오했다.

그녀가 고개를 저었다. "난 그 사람 이름을 입에 담지 않아요."

"볼드모트처럼?" 내가 숨죽여 중얼거렸다.

"해리 포터?"

"해리 포터 알아?"

"오, 물론이죠. 우리 할머니가…"

"설마 할머님이 그 책도 알바니아로 몰래 들여오셨나?"

알레시아가 웃음을 터뜨렸다. "아뇨. 마그다가 할머니에게 보내줬어요. 나 어릴 때 어머니가 그 책을 읽어주곤 하셨어요. 영어로."

"아, 그래서 네가 그렇게 영어를 잘하는구나. 어머니도 영어 잘하시나?"

"엄마요? 네. 아버지는… 엄마랑 내가 영어로 대화하는 걸 싫어하세요."

"그러시겠지." 이야기를 들으면 들을수록 나는 그녀의 아버지가 싫어졌지만 내색하지 않았다. "다른 노래 찾아볼래?"

그녀가 스크린을 스크롤했다. RY X를 발견했을 때 그녀의 눈빛이 반짝였다. "우리가 춤출 때 들었던 곡이네요."

"우리의 첫 춤이었지." 나는 그 기억에 미소를 지었다. 오래전 일처럼 느껴졌다. 우리는 편안한 침묵 속으로 안착해 음악에 귀를 기울였다. 그녀는 리듬에 푹 빠진 듯 이리저리 몸을 기울였다. 나는 고생한 사연을 털어놓고 나서 평정심을 되찾은 그녀를 보니 기분이 좋았다.

그녀가 다른 곡을 고르는 동안 나는 생각에 잠겼다. 그 남자, 그녀를 때린 그 빌어먹을 자식, 그녀의 정혼자. 그놈에 관한 모든 걸 알고 싶었다. 그녀를 놈에게서 보호하기 위해서라도. 한시라도 빨리 알레시아의 법적 상태를 알아봐야 하는데 그 방법을 알 수 없었다. 그녀와 결혼하는 것이 도움이 되겠지만 그러려면 그녀는 합법적으로 여기 체류해야 할 것이다. 나는 최대한 빨리 라자에게 전화를 하기로 했다.

메이든헤드(런던 남부의 도시로 단어로는 처녀막을 뜻한다-옮긴이) 교차로를 지날 때 나는 큭큭 웃음이 났다. 실없는 생각이 들어 고개를 절레절레 흔들었다. 내 안에는 아직 열두 살짜리 소년이 살고 있는 모양이다. 나는 알레시아를 흘끔 보았지만 그녀는 모르는 눈치였다. 골똘히 생각에 잠겨 손가락으로 입술을 톡톡 두드리고 있었다.

"그 남자 이름은 아나톨리예요. 아나톨리 타치." 그녀가 말했다.

뭐? "이름을 부르면 안 되는 그 남자 말이지?"

"네."

나는 그 머저리의 이름을 단단히 외워두었다. "내게 말하기로 한 거야?"

"네."

"왜?"

"이름이 없으면 더 많은 힘을 갖게 되니까요."

"볼드모트처럼?"

그녀가 고개를 끄덕였다.

"무슨 일을 하지?"

"정확히는 몰라요. 아버지가 그 사람에게 큰 빚을 졌어요. 그 사람이 하는 일과 관련된 것 같은데 잘은 몰라요. 아나톨리는 유력 인사예요. 부자고."

"그래?" 내 목소리가 건조해졌다. 나는 내 은행계좌의 금액이 그자의 것보다 더 크기를 신께 간청했다.

"그가 하는 일은… 음… 합법이 아닌 것 같아요. 이 말 맞죠?"

"응. 이 경우엔 사기꾼이라는 말을 쓰지."

"깡패."

"너랑 깡패랑 가당키나 해?" 내가 인상을 구기자 그녀가 킥킥거렸다. 세상에서 가장 매력적이면서 가장 뜬금없는 소리였다. "뭐가 그리 재밌어?"

"당신 얼굴."

"아." 나는 빙긋 웃었다. "그럼 말 되지."

"당신 얼굴 사랑스러워요."

"그럼 계속 이런 얼굴을 해야겠네."

그녀가 다시 웃음을 터뜨렸다가 진지해졌다. "당신 말이 맞아요. 그 남자 얘긴 전혀 웃기지 않아요."

"물론. 하지만 그자는 멀리 있어. 여기 있으면 그자는 널 해치지 못해. 곧 집에 도착할 거야. 우리 라흐마니노프 다시 들을까?"

"좋아요." 그녀가 다시 스크린을 뒤졌다.


나는 재규어를 사무실 밖에 세웠다. 올리버가 나를 맞이하러 밖으로 나와 내 아파트의 새 열쇠를 주었다.

"여긴 내 여자 친구, 알레시아 데마치." 나는 몸을 뒤로 젖혔고 올리버가 알레시아와 악수하려고 차창 안으로 손을 넣었다.

"처음 뵙겠습니다." 그가 말했다. "더 좋은 일로 뵈었으면 좋았을 텐데요." 그가 그녀에게 따뜻한 미소를 지었다.

그녀가 황홀한 미소로 응답했다.

"험한 일은 빨리 잊으세요."

알레시아가 고개를 끄덕였다.

"일 봐줘서 고마워요." 내가 말했다. "내일 사무실에서 봅시다." 그가 손을 흔들었고 나는 재규어를 빼서 차들 속으로 들어갔다.


맥심은 차에서 가방들을 꺼내 들고 엘리베이터로 갔다. 그녀와 같이 살 생각으로 집에 돌아오니 기분이 이상했다. 엘리베이터 문이 열렸고 그들은 안으로 들어갔다. 맥심은 그녀의 가방을 떨어뜨리고 그녀를 품에 안았다. "집에 온 걸 환영해." 그가 속삭였다. 그녀는 두근거리는 가슴으로 그에게 키스하려고 고개를 들었다. 그의 입술이 먼저 그녀의 입술을 찾았다. 그의 거센 키스가 오래도록 계속되었다. 그녀가 자신의 이름마저 잊을 때까지.

엘리베이터 문이 열렸을 때 둘 다 가쁜 숨을 몰아쉬었다.

한 노부인이 엘리베이터로 난 출입구 쪽에 서 있었다. 그녀는 짙은색 큰 선글라스와 튀는 빨간 모자, 귀걸이, 귀걸이 색깔과 같은 외투 차림으로 조그만 털북숭이 개를 안고 있었다. 맥심은 알레시아를 놓으며 말했다. "안녕하세요, 벡스트롬 부인."

"어머, 맥심. 반갑구려." 벡스트롬 부인이 높은 음성으로 대답했다. "이제 작위를 붙여 불러야 하려나?"

"그냥 맥심으로 해주세요, 부인." 그는 알레시아를 엘리베이터에서 빼내고 나서 노부인을 위해 엘리베이터를 잡아두었다. "여긴 제 여자 친구 알레시아 데마치예요."

"안녕하세요." 벡스트롬 부인이 알레시아에게 활짝 웃었지만 알레시아의 응답을 기다리지도 않고 계속 지껄였다. "현관문을 고쳤구려. 도둑맞은 물건이 많지 않아야 할 텐데."

"복구할 수 없는 건 잃어버리지 않았어요."

"놈들이 다시 오진 않겠지?"

"이미 경찰에 잡혔어요."

"됐네요, 그럼. 그런 놈들은 교수형을 시켜야 해."

교수형? 여기서는 교수형을 시키나?

"난 헤라클레스 산책시키려고. 드디어 비가 그쳤지 뭐야."

"산책 잘 하고 오세요."

"하던 거 마저 해요, 아가씨도!" 노부인은 그러면서 알레시아를 곁눈질로 보았고, 알레시아는 어쩔 수 없이 얼굴을 붉혔다. 엘리베이터 문이 닫히고 벡스트롬 부인은 사라졌다.

"평생 옆집에 사신 분이야. 수천 살은 됐을걸. 그리고 살짝 맛이 갔어."

"맛이 갔다고요?"

"제정신이 아니야." 그가 설명했다. "그리고 저 개한테 속지 마. 몸집은 작아도 아주 독한 놈이니까."

알레시아가 미소를 지었다. "여기서 얼마나 살았어요?"

"열아홉 살 때부터."

"난 당신이 몇 살인지 짐작도 안 돼요."

그가 웃음을 터뜨렸다. "먹을 만큼 먹었어."

그녀가 인상을 쓸 때 맥심은 잠긴 현관문을 열었다.

"스물여덟 살이야."

알레시아가 씩 웃었다. "나이 많네!"

"많지. 나이 많은 게 뭔지 보여주지!" 그가 느닷없이 몸을 숙이는 바람에 그녀는 깜짝 놀랐다. 그는 멍이 든 부위를 피해 그녀를 어깨에 들쳐 멨다. 그녀는 꺅 소리를 지르며 웃어 댔고 그는 왈츠를 추며 아파트 안으로 들어갔다.

경보 장치가 빽빽 울려서 맥심이 돌아섰다. 경보기 패널이 알레시아의 눈앞에 있었다. 그녀는 헐떡거리면서 그가 알려준 새 비밀번호를 눌렀다. 빽빽대는 소리가 멈추었을 때 맥심은 그녀를 앞에 내려놓았고 그녀는 다시 그의 품에 안겼다.

"네가 나랑 같이 여기 있어서 정말 좋다." 그가 말했다.

"나도 좋아요."

그는 주머니 안에서 올리버한테 받아온 열쇠를 꺼냈다. "네 거야."

알레시아는 그것을 받았다. 열쇠는 쇠줄에 매달려 있었는데 쇠줄에 달린 파란 가죽 줄에 '앵윈 하우스'라는 글자가 새

겨져 있었다.

"왕국으로 가는 열쇠네요." 그녀가 말했다.

맥심이 빙그레 웃었다. "집에 온 걸 환영해." 그가 고개를
숙여 그녀에게 키스했다. 그의 입술이 그녀의 입술을 취했
다. 그녀는 신음으로 반응했고 그들은 서로에게 빠져들었
다.


알레시아가 절정에서 신음을 내질렀다. 그 소리에 내 물
건이 단단해졌다. 그녀의 손가락이 침대 시트를 움켜쥐었
다. 머리는 뒤로 젖혀지고 입은 활짝 열렸다. 그녀가 내 밑에
서 꿈틀거리는 동안 나는 그녀의 클리토리스에 키스하다가
아랫배로, 배꼽으로, 윗배로, 흉골로 올라갔다. 그녀가 자지
러졌다. 나는 그녀가 울부짖는 소리를 내 입으로 막아버리
고 그녀 안으로 천천히 들어갔다.


내 휴대폰이 웅웅거렸다. 발신자 정보를 보지 않아도 누
군지 뻔했다. 캐럴라인. 만나자고 내 입으로 약속을 했으니
당연했다. 나는 전화를 무시하고 내 옆에서 졸고 있는 알레
시아를 내려다보았다. 그녀는 갈수록 침대에서 적극적으로
요구하는 일이 늘어났고 나는 그것이 좋았다. 나는 고개를
숙여 그녀의 어깨에 키스했다. 그녀가 잠에서 깼다.

"나갔다 와야 해." 내가 속삭였다.

"어디 가는데요?"

"형수 만나러."

"아."

"형수를 오랫동안 만나질 못했는데 만나서 할 이야기가 있어. 오래 안 걸려."

알레시아가 일어나 앉았다. "알았어요." 그녀는 창문 밖을 내다보았다. 어두웠다.

"저녁 6시야."

"내가 저녁 만들어놓을까요?"

"먹을거리가 있는지 찾아봐."

그녀가 미소를 지었다. "그럴게요."

"마땅한 게 없으면 나가서 먹자. 한 시간 뒤에 돌아올게." 나는 마지못해 퀼트 이불을 걷어내고 침대를 벗어나서 나를 감상하는 알레시아의 시선을 즐기며 옷을 입기 시작했다.

알레시아에게 말하진 않았지만 사실 캐럴라인을 만날 생각에 눈앞이 캄캄했다.

# 26

"안녕하십니까, 미로드." 블레이크가 트리벨런 하우스의 현관문을 열고 말했다.

"안녕, 블레이크." 그가 또 경칭을 붙였지만 나는 지적하지 않았다. 듣기 거북한 만큼 내가 백작이라는 건 명백한 사실이었다. "백작 부인 집에 계시죠?"

"모닝룸(조식을 하는 곳으로 주방 옆에 만들어놓은 전망 좋은 방-옮긴이)에 계실 겁니다."

"그렇군요. 올라가보죠. 아, 참, 블레이크 부인이 도둑들이 어지른 집을 정리해줬더군요. 고맙다고 전해줘요. 아주 감쪽같이 잘 치웠어요."

"그러죠, 미로드. 참 불미스런 일이 일어났어요. 외투 받아드릴까요?"

"고마워요." 내가 외투를 벗어주자 그가 그것을 받아 자기 팔에 걸쳤다.

"마실 것 드릴까요?"

"아뇨. 괜찮아요. 고마워요, 블레이크."

나는 계단을 올라가 왼쪽으로 방향을 틀었다. 심호흡을 하면서 숨을 고르고 나서 모닝룸 문을 열었다.


알레시아는 맥심의 침실에 딸린 어지러운 옷방을 살폈다. 서랍이고 선반이고 그의 옷으로 가득해서 그녀의 옷을 놓아 둘 공간이 없었다. 그래서 더플백을 빈방으로 가져가서 짐을 풀고 새 옷들을 작은 장식장 안에 걸었다.

화장품이 든 가방은 침대 위에 놓아두고 아파트 안을 돌아다녔다. 모든 것이 너무나 익숙했지만 이제는 새로운 시각으로 보게 되었다. 그동안 그녀에게 맥심의 아파트는 언제나 일터였었다. 여기서 그와 함께 사는 것을 감히 상상이나 했을까. 이렇게 근사한 집에서 살기를 바란 적도 없었다. 그녀는 주방 문간에서 들뜬 마음으로 빙그르 돌았다. 고맙고 행복했다. 소중하고 귀한 느낌이었다. 아직 해결하지 못한 문제들이 많았지만 오랜만에 희망에 부풀었다. 맥심이 곁을 지켜주는 한 넘지 못할 장애물은 없을 것 같았다. 그가 한 시간 뒤에 돌아올지 궁금했다. 벌써 그가 그리웠다.

그녀는 손가락으로 복도의 벽을 쓸어보았다. 걸려 있던 사진들은 모두 사라지고 없었다. 도둑이 들었을 때 도둑맞았는지도 몰랐다.

피아노!

그녀는 거실로 달려갔다. 피아노는 그대로 있었다. 상처 하나 입지 않고. 그녀는 안도의 한숨을 내쉬고 전등 스위치를 올렸다. 방은 정갈하고 깨끗해 보였고 그가 수집한 레코드판들도 제자리에 있었다. 하지만 책상은 텅 비어 있었다. 컴퓨터와 사운드 장비가 사라지고 없었다. 벽에 걸려 있던 사진들도 모두 없었다. 그녀는 조마조마한 마음으로 피아노로 다가가서 구석구석 뜯어보았다. 샹들리에 불빛 아래 피아노는 반들반들 윤이 났다. 새로 광을 냈구나. 그녀는 한 손을 검은 몸체에 얹고 굽이진 곡선을 어루만지며 녀석의 주위를 빙 돌았다. 한 바퀴 돌았을 때 그녀는 그가 작곡한 곡의 악보가 없어진 것을 발견했다. 접어서 치워둔 걸까. 그녀는 뚜껑을 열고 가운데 도를 눌렀다.

음이 황금빛 파문으로 퍼져 나가며 그녀를 유혹했다. 그녀의 마음을 어루만지고… 파고들었다. 그녀는 스툴에 앉아 외로움을 털어내고 바흐의 전주곡 23번 B장조를 연주하기 시작했다.


캐럴라인은 타탄체크 무늬 담요를 두른 채 불 가에 앉아 불꽃을 바라보고 있었다. 내가 들어갔지만 눈길도 주지 않았다.

"안녕." 내가 조용히 건넨 인사말은 장작이 타닥대는 소리보다 크지 않았다. 캐럴라인이 내 쪽으로 고개를 돌렸다. 쓸쓸한 표정이었고 입꼬리는 슬픔에 젖어 축 처져 있었다.

"왔구나." 그녀가 말했다.

"내가 아니면 누구겠어?" 그녀는 나를 맞이하러 일어서지도 않았다. 푸대접을 받는 기분이 들기 시작했다.

그녀가 한숨을 내쉬었다. "미안해. 키트가 살아 있다면 지금쯤 무얼 할까 생각하는 중이었어." 슬픔이 별안간 솟구쳐 까슬한 양모 담요처럼 나를 괴롭혔다. 나는 그 느낌을 떨쳐 내고 목 안에 달라붙은 응어리를 삼켰다. 가까이 다가가서 보니 그녀는 울고 있었다.

"아, 캐로…" 나는 그녀가 앉아 있는 의자 옆에 쪼그리고 앉았다.

"맥심, 난 남편을 잃었어. 스물여덟 살인데 과부가 됐다고. 이렇게 될 줄 꿈에도 몰랐어."

나는 그녀의 손을 잡았다. "알아. 누구도 몰랐을 거야. 키트조차도."

고통에 젖은 파란 눈이 내 눈과 만났다. "모르겠어." 그녀가 말했다.

"무슨 소리야?"

그녀가 고개를 내밀어 내 얼굴과 마주하고 비밀을 말하듯 속삭였다. "그이가 자살한 거 같아."

나는 그녀의 손을 꼭 쥐었다. "캐로. 그건 사실이 아니야. 그런 생각은 하지 마. 그냥 끔찍한 사고였을 뿐이야." 내 눈과 그녀의 눈이 마주쳤다. 나는 가장 진실한 표정을 끌어냈지만 사실은 나도 똑같은 생각을 한 적이 있었다. 하지만 그녀에게 그것을 내색할 수는 없었고 나 스스로도 믿고 싶지 않았다. 남겨진 우리에게 자살은 너무 가혹한 고통이었다.

"그날을 돌이켜봤어." 그녀는 대답을 구하듯 내 얼굴을 살피며 말했다. "하지만 난 도무지 이유를 모르겠어…"

그건 나도 마찬가지였다.

"사고였어." 나는 반복했다. "나 좀 앉을게." 나는 그녀를 놓고 벽난로를 바라보는 맞은편 의자에 주저앉았다.

"뭐 마실래? 어차피 여긴 네 집이잖아." 그녀의 목소리는 비꼬는 투였지만 나는 무시했다. 싸우고 싶지 않았다.

"아까 블레이크가 묻길래 됐다고 했어."

그녀는 한숨을 내쉬고 다시 고개를 돌려 불꽃을 바라보았다. 우리 둘은 불을 바라보며 키트를 잃은 고통에 빠져들었다. 나는 그녀의 고문이 시작되기를 기다렸지만 그녀는 포문을 열지 않았고, 우리는 불편한 침묵 속에 앉아 있었다. 잠시 후 불길이 사그라들었다. 나는 일어나서 난로 안에 장작을 하나 던져넣고 불길을 일으켰다.

"나 그만 갈까?" 내가 물었다.

그녀가 고개를 저었다.

그러자, 그럼.

나는 다시 의자에 앉았다. 그녀가 고개를 옆으로 기울이자 머리카락이 그녀의 얼굴을 덮었다. 그녀가 머리를 귀 뒤로 넘겼다. "집에 도둑 들었단 얘기 들었어. 중요한 거 잃어버린 거 아냐?"

"아니. 그냥 노트북이랑 음향 기기만. 아이맥도 놈들 손에 박살 났어."

"쓰레기 같은 놈들."

"그러게."

"콘월에선 뭐 했어?"

"이것저것…" 나는 농담을 섞으려 했다.

"어렵하시겠어." 그녀가 어이없어했다. 내가 아는 당찬 캐 럴라인의 모습이 언뜻 보인 듯했다. "정확히 콘월에서 뭘 했 는데?"

"꼭 알아야겠다면 말해줄게. 깡패들을 피해 도망갔어."

"깡패?"

"응… 그리고 사랑에 빠졌어."


알레시아는 주방의 찬장과 서랍을 살펴보면서 저녁거리 가 있나 찾아보았다. 전에는 어떤 식으로든 이곳들을 뒤진 적은 한 번도 없었다. 하지만 하나하나 살펴보니 주방 기구 들은 모두 깨끗했고 그릇이며 프라이팬은 새것이었다. 사용 한 적이 없는 것 같았다. 프라이팬 두 개는 가격표가 그대로 붙어 있었다. 그녀는 식품 보관실에서 먹을거리를 몇 개 찾 아냈다. 파스타, 페스토 소스, 말린 토마토, 허브와 향신료 병들. 이 재료만 가지고도 그럭저럭 먹을 만한 걸 만들 수는 있지만 만족스럽지가 않았다. 그녀는 주방 시계를 쳐다보았다. 맥심이 돌아오려면 아직 시간이 있었다. 근처 가게에 가면 그녀의 남자가 감탄할 만한 걸 찾을 수 있을 것 같았다.

바보 같은 미소가 그녀의 얼굴로 번져나갔다.

내 남자.

나의 미스터.

그녀는 장식장 아래에서 지퍼백을 찾아냈다. 원래 마이클의 낡은 럭비 양말을 담아두던 것이었는데 지금은 그녀가 저축한 소중한 돈이 담겨 있었다. 그녀는 20파운드 지폐를 하나 꺼내 청바지 뒷주머니에 넣은 뒤 외투를 집어 들고 경보 장치를 켠 다음 집을 나섰다.


"뭐라고?" 캐럴라인이 내뱉었다. "네가? 사랑에 빠져?"

"그게 무슨 불가능한 일이라도 돼?" 그녀는 깡패에 대해선 아무것도 묻지 않았다.

"맥심, 네가 사랑하는 건 네 아랫도리뿐이잖아."

"그렇지 않아!"

그녀가 킥킥 웃었다. 그녀가 웃는 걸 보니 기분이 좋았지만 나를 제물로 삼아 웃는 건 썩 유쾌하지 않았다. 그녀는 내 시큰둥한 반응을 보고 웃음을 삼켰다. "알았어. 대체 그 불나방이 누군데 그래?" 그녀가 거침없이 말했다.

"그렇게 막말할 건 없잖아."

"대답이나 해."

나는 그녀를 쳐다보았다. 그녀의 얼굴에서 따뜻함과 장난기가 서서히 빠져나가고 있었다.

"누군데 그래?" 그녀가 재촉했다.

"알레시아."

그녀는 잠시 얼굴을 찌푸렸다가 눈썹을 쓱 추켜올렸다. "말도 안 돼!" 그녀가 입을 딱 벌렸다. "네 청소부?"

"말도 안 된다니 무슨 뜻이야?"

"맥심. 그 여잔 빌어먹을 네 청소부야, 말 그대로!" 먹구름이 그녀의 얼굴을 뒤덮었다. 태풍이 발달하는 중이었다.

나는 그녀의 반응이 불쾌해 앉은 자리에서 꿈지럭거렸다. "그녀는 이제 내 청소부가 아니야."

"내 이럴 줄 알았어! 네 집 부엌에서 그 여자를 만난 순간에 딱 알아봤어. 어쩐지 이상하게 굴면서 그 여자한테 엄청 신경을 쓰더라니." 그녀는 악에 받쳐 한 마디 한 마디 독하게 내뱉었다. 섬뜩했다.

"호들갑 떨지 마. 너답지 않아."

"나 원래 이래."

"언제부터?"

"빌어먹을 내 남편이 느닷없이 자살을 했을 때부터." 그녀가 표독스럽게 말했다. 그녀의 눈이 적개심으로 번뜩였다.

젠장.

선을 넘는군. 그녀는 키트의 죽음을 말싸움에 이용하고 있었다.

나는 충격과 슬픔을 삼켜버렸다. 우리는 서로를 노려보았고 우리를 둘러싼 공기가 말하지 않은 생각들로 달아올랐다.

갑자기 그녀가 주의를 난롯불로 돌렸다. 고집스러운 그녀의 턱선에서 분노가 엿보였다. "그 여자를 네 삶에서 쫓아내." 그녀가 투덜거렸다.

"그 여자를 내 삶에서 쫓아낼 생각 전혀 없어. 그러고 싶지 않아. 나 그 여자 사랑해." 나는 차분히 말했지만 그 말은 캐럴라인의 대답을 기다리며 공중에서 맴돌았다.

"너 미쳤구나."

"왜?"

"왜긴! 그 여잔 빌어먹을 네 청소부니까!"

"그게 중요해?"

"그래, 중요해!"

"아니, 그렇지 않아."

"역시나. 그게 중요하지 않다니 넌 역시 미쳤어."

"사랑에 미치긴 했지." 나는 어깨를 으쓱거렸다. 사실이었다.

"도우미를 사랑한다고!"

"캐로, 속물처럼 굴지 마. 넌 사랑을 선택할 수 없어. 사랑이 널 선택하지."

"웃기지 마!" 그녀가 벌떡 일어서서 나를 굽어보았다. "그런 케케묵은 설교 따위 집어쳐. 그 여잔 그저 초라하고 추레한 무임승차자일 뿐이야, 맥심. 그걸 모르겠어?"

"닥쳐, 캐럴라인!" 나는 억울하고 분해서 일어섰다. 우리 사이의 거리는 서로 코가 맞닿을 정도로 가까웠다. "넌 그 여자에 대해 아무것도 몰라…"

"그런 타입 내가 잘 알아."

"무슨 수로? 네가 무슨 수로 아냐고. 그런. 타입을. 설명해 보시죠, 백작 부인?" 내가 또박또박 발음한 말이 파란 페인트를 칠한 벽과 작은 거실의 액자 그림에 반사되어 울려 퍼졌다.

나는 부글부글 끓었다.

감히 알레시아를 재단해? 캐럴라인은 나처럼 특권에 찌든 삶을 살아왔다.

그녀는 해쓱한 얼굴로 내가 따귀라도 때린 것처럼 뒤로 물러섰다.

젠장.

하! 점점 걷잡을 수 없이 흘러가는데.

나는 손가락으로 머리카락을 쓸어넘겼다.

"캐럴라인. 세상 망할 것처럼 굴지 마."

"난 세상이 무너져."

"왜?"

그녀는 상처 입고 분노한 표정으로 나를 노려보았다. 나는 고개를 저었다. "이해가 안 되네. 왜 이렇게 큰일 난 것처럼 난리를 치는 거야?"

"그럼 우리는 어쩌고?" 그녀가 물었다. 목소리는 떨렸고 눈은 커다랬다.

"'우리'란 존재하지 않아." 아, 얘가 진짜 짜증 나게 구네. "우리가 잠자리는 했지. 슬픔에 취해서. 여전히 슬퍼하고 있고. 난 마침내 나를 일으켜줄 사람을 만났어. 그 사람 덕분에 미래를 생각하게 된 거야. 그리고…"

"내 생각엔…" 그녀가 끼어들었지만 내가 던진 표정에 그녀의 말은 쪼그라들었다.

"무슨 생각을 했는데? 우리? 우리가 함께하는 생각? 이미 지난 일이야! 이미 해봤잖아! 그리고 넌 내 형을 선택했어!" 내가 소리쳤다.

"우린 어렸어." 그녀가 속삭였다. "그리고 키트가 죽고 나서…"

"그만. 그만. 그만해. 이러지 마. 내게 책임 전가하려 들지 말라고. 둘 다 잘못한 거야, 캐럴라인. 우리 둘 다 공허하고 슬픔에 시달릴 때 네가 먼저 다가왔어. 다 핑계일지도 모르지. 모르겠어. 하지만 우린 잘 맞지 않아. 한 번도 맞은 적이 없어. 기회는 얼마든지 있었지만 네가 판을 엎고 형과 잠자리를 했잖아. 형과 형의 작위를 차지하려고. 난 너의 꿩 대신 닭이 아니야."

그녀는 경악하는 얼굴로 입을 딱 벌렸다.

돌겠네.

"나가." 그녀가 중얼거렸다.

"내 집에서 나를 내쫓는 거냐?"

"개자식! 당장 꺼져. 나가!" 그녀가 비명을 지르더니 빈 유리잔을 집어 내게 던졌다. 유리잔이 내 허벅지에 맞고 마룻바닥에 떨어져 박살이 났다. 우리는 숨 막히는 침묵 속에서 서로를 노려보았다.

그녀의 눈에 눈물이 차올랐다.

더는 참을 수 없었다. 나는 뒤돌아 나와 문을 힘껏 닫아버렸다.


알레시아는 샛길을 부리나케 걸어 로열 호스피털 로드에 있는 편의점을 향해 걸어갔다. 춥고 어두운 밤이었다. 그녀는 두 손을 주머니에 찔러넣고 맥심이 사준 따뜻한 코트에 감사했다. 소름이 등줄기를 따라 돋으면서 몸의 털들이 목덜미까지 쭉 곤두섰다.

그녀는 순간 불안해서 흘끔 돌아보았다. 가로등 불빛 아래 사방이 고요했고 큰 개를 데리고 길 반대 방향으로 지나가는 어떤 여자뿐 그녀는 혼자였다. 알레시아는 고개를 저으며 과민반응하지 말라고 자신을 꾸짖었다. 알바니아에서 살 때는 밤마다 해가 진 뒤 땅 위를 배회한다는 악마 '진'이 두려워 떨곤 했었다. 미신이라는 걸 알면서도. 단테와 알리를 만난 뒤로는 깜짝깜짝 놀라는 일이 잦았다. 하지만 그녀는 속도를 높여 종종걸음으로 길 끝에 도달해서 모퉁이를 돌아 테스코 익스프레스로 갔다.

가게는 평소보다 붐볐다. 고맙게도 많은 손님들이 통로를 돌아다니고 있었다. 그녀는 바구니를 들고 농산물 코너로

가서 채소를 고르기 시작했다.

"안녕, 알레시아. 잘 지냈어?" 알레시아는 알바니아어로 건넨 그 나직하고 익숙한 목소리의 정체를 단번에 알아챘다. 순간 두려움이 그녀의 심장과 영혼을 쥐어짰다.

안 돼! 그가 여기 있어!


나는 트리벨런 하우스 밖에 서서 격앙된 감정을 다스리려 노력했다. 2월의 쌀쌀한 날씨에 대비해 외투 단추를 끝까지 채웠다.

일이 틀어져버렸다.

나는 주먹을 쥔 손을 주머니에 넣었다.

화가 나서 돌아버릴 것 같았다. 이대로 알레시아가 있는 집으로 가기엔 너무 화가 났다. 걸으면서 화를 누그러뜨려야 했다. 나는 분노와 생각에 사로잡혀 오른쪽으로 돌아 첼시 임뱅크먼트를 걸어 올라갔다.

대체 캐럴라인은 어떻게 나와 잘해볼 생각을 한 거지?

우리는 서로를 너무 잘 안다. 친구가 아니면 이상할 만큼. 그녀는 나의 가장 친한 친구다. 그리고 죽은 형의 아내다.

일 한번 더럽게 꼬였군.

하지만 솔직히 말해서 그녀가 나를 잠자리 상대 이상으로 마음에 두고 있는 줄 내가 어찌 알았겠나.

젠장. 캐럴라인이 질투를 하고 있다.

알레시아를.

망할.

머릿속이 복잡했다. 나는 인상을 쓴 채 오클리 스트리트를 건너가서 메르세데스 벤츠 매장을 지났다. 구석에 있는 친숙한 '돌고래와 소년' 조형물이 우아하고 아름다웠지만 기분이 나아지지 않았다.

밤처럼 검은 분노가 가시지를 않았다.


알레시아는 돌아섰다. 심장이 날뛰었고 두려움이 번개처럼 그녀의 핏줄을 관통했다. 별안간 머리가 핑 돌고 입안이 말랐다. 아나톨리가 그녀의 공간을 침범해 들어와 그녀를 굽어보며 서 있었다. 가까웠다. 너무 가까웠다. "널 찾아다녔어." 그가 그들의 모국어로 말했다. 뒤틀린 입술이 가식적인 미소를 끌어냈지만 그 미소는 냉혹한 연파란색 눈에 미치지 못했다. 그는 그녀를 뜯어보며 대답을 찾았다. 선이 굵은 얼굴은 전보다 더 야위었고 금발의 머리카락은 더 자랐다. 이탈리아제로 보이는 값비싼 외투를 걸치고 그녀 앞에 우뚝 선 그는 여전히 위협적이었다.

그녀는 몸을 떨기 시작했다. 어떻게 그녀를 찾아냈을까. "아, 아, 아, 안녕, 아나톨리." 그녀는 말을 더듬었다. 덜덜 떠는 목소리에 두려움이 가득했다.

"반응이 영 시원찮군, 자기야. 결혼할 남자에게 웃지도 않아?"

안 돼. 안 돼. 안 돼.

알레시아는 절망에 휩싸여 가게 바닥에 얼어붙었다. 온갖 생각들이 난무했다. 어떻게 도망치지? 주변에 장을 보는 사람들이 있었지만 어느 때보다 막막하고 외로웠다. 사람들은 눈앞에서 무슨 일이 일어나는지 까맣게 몰랐다.

아나톨리는 장갑을 낀 손으로 그녀의 뺨을 톡톡 두드렸고 그녀는 간이 오그라들었다.

날 건드리지 마.

"널 집으로 데려가려고 왔어." 그가 어제 이야기를 나눈 사람처럼 아무렇지 않게 말했다. 알레시아는 말문이 막혀 그를 응시했다. "다정한 말 한마디가 없네? 내가 반갑지 않아?" 그의 눈에 발끈하는 빛이 스쳤다. 더 깊고 더 탁한 뭔가가 있었다. 추측? 감탄? 도전 의식?

알레시아는 솟구치는 욕지기를 삼켰다. 그가 그녀의 팔꿈치를 움켜잡고 비틀었다. "나랑 같이 가. 널 찾느라고 돈이 많이 들었어. 네가 사라져서 네 부모님이 속상해하고 계셔. 아버님 말씀으로는, 잘 지낸다는 연락 한번 안 했다면서."

알레시아는 혼란스러웠다. 그것은 사실이 아니었다. 어머니가 도망치는 걸 도와준 사실을 알지 못하는 걸까? 어머니가 뭐라고 말한 걸까?

그가 그녀의 팔을 단단히 움켜잡았다. "창피한 줄 알아. 하지만 그건 나중에 따지기로 하고 일단 가자. 물건 챙겨. 내가 집으로 데려다줄 테니."

# 27

나는 체인 워크를 성큼성큼 걸어갔다.

빌어먹을. 술이라도 한잔 들이켜야 이 더러운 기분을 가라앉힐 수 있을 것 같았다. 손목시계를 보았다. 알레시아는 내가 7시가 넘어야 돌아온다고 알고 있으니 시간은 있었다. 나는 뒤돌아 오클리 스트리트의 쿠퍼스 암스를 목적지로 정하고 그곳을 향해 걸어갔다.

바람이 휘몰아쳤지만 그리 춥지는 않았다. 속이 워낙 부글부글 끓었다. 캐럴라인의 반응은 정말 어처구니가 없었다.

어쩌면 나는 이렇게 악화될 걸 알았던 게 아닐까.

그랬을까? 이렇게 악화될 줄 알았다고? 내 집에서 쫓겨나는 사태를?

알 게 뭐람.

대개는 나를 이 정도로 열받게 만드는 사람은 어머니뿐이다.

둘 다 못 말리는 속물들이다.

나처럼.

망할.

난 아니야! 절대.

내가 알레시아와 결혼할 거라고 하면 캐럴라인은 뭐라고 할까?

어머니는 뭐라고 할까?

돈 있는 사람과 결혼하거라.

키트는 현명하게 선택했어.

나는 갈수록 더 우울해지는 심정으로 밤길을 걸어갔다.


"난 당신이랑 같이 안 가요." 알레시아가 말했다. 벌벌 떨리는 목소리가 두려운 마음을 드러냈다.

"나가서 이야기하지." 아나톨리가 그녀의 팔꿈치를 아프게 힘껏 쥐었다.

"싫어!" 알레시아가 외쳤다. 그녀는 팔을 비틀어 그의 손을 뿌리쳤다. "손대지 마요!"

그가 그녀를 노려보았다. 목은 벌게졌고 눈은 얼음 구멍처럼 작아졌다. "왜 이따위로 행동하지?"

"왜인지 알잖아요."

그의 입이 냉혹한 선을 그렸다. "너를 찾아 먼 길을 왔어.

너 없이 혼자 갈 순 없어. 네 아버지와의 약속에 따라 넌 내 여자니까. 왜 아버지의 명예를 더럽히려 하지?"

알레시아는 얼굴을 붉혔다.

"그 남자 때문인가?"

"남자?"

알레시아의 심장 박동이 더 빨라졌다. 설마 맥심을 알고 있나?

"그렇다면 내가 그놈을 죽여주지."

"남자 따윈 없어요." 그녀는 재빨리 속삭였다. 두려움의 회오리가 걷잡을 수 없이 일어나 더 깊은 절망 속으로 그녀를 빨아들였다.

"네 어머니의 친구 말이야. 그 여자가 이메일을 보냈어. 그 여자 말이 어떤 남자가 있다고 했거든."

알레시아는 말문이 막혔다.

마그다가?

아나톨리는 그녀의 손에서 장바구니를 빼앗고는 다시 그녀의 팔꿈치를 잡았다.

"가자." 그는 그녀를 자동문으로 이끌면서 장바구니는 근처에 쌓인 장바구니 더미 위에 떨궜다. 알레시아는 그의 갑작스런 등장에 얼떨떨한 상태로 그에게 이끌려 거리로 나갔다.


나는 바 앞에 서서 제임슨 위스키를 만지작거렸다. 호박

색 액체가 내 목구멍을 태웠지만 위장으로 흘러들어가 배 속의 격렬한 폭풍을 잠재웠다.

난 바보다.

남근에 휘둘리는 바보.

뒤탈이 날 걸 잘 알면서 캐럴라인과 잠자리를 하다니.

망할.

그녀 말이 맞다. 난 내 아랫도리 위쪽으로 생각할 줄을 모른다. 알레시아를 만나기 전엔 그랬지. 그 뒤로 모든 것이 바뀌었다.

더 나은 쪽으로 바뀌었다.

그녀처럼 가진 게 아무것도 없는 사람은 만난 적이 없었다. 그녀는 재능과 지혜, 아름다운 얼굴 외에 가진 것이 없다. 더 평범한 환경에서 태어났다면 나는 어떤 삶을 살았을까. 세파에 시달리는 음악가가 되었겠지. 악기를 배울 수나 있었을지 의문이지만. 젠장. 나는 너무 많은 걸 당연히 여기며 평생 순탄하게 살아왔다. 손가락 하나 까딱하지 않아도 모든 것이 접시에 담겨 내 앞에 놓이고 내 뜻대로 이루어졌다. 이제는 나도 일을 해야 한다. 수백 명의 사람들이 나와 내 결정에 의지하고 있다. 내 삶을 계속 살아가려면 그 벅찬 임무, 그 버거운 책임을 받아들이는 수밖에 없다.

그 혼란의 와중에서 나는 알레시아를 발견했고 짧은 시간에 누구를 이처럼 좋아한 적 없을 만큼 그녀를 좋아하게 되었다. 나 자신보다 더 그녀를 좋아하게 되었다. 나는 그녀를 사랑한다. 그녀도 나를 사랑하고 나를 좋아한다. 그녀는 진귀한 선물 같은 사람, 아름다운 여인이고, 그녀에겐 내가 필요하다. 나도 그녀가 필요하다. 그녀는 나를 더 나은 존재로 일으켜 세우는 여인이다.

더 나은 사람이 되고 싶게 만드는 여인이다.

사람들이 평생의 반려자에게 바라는 게 이런 걸까?

그리고 내겐 캐럴라인이 있다. 나는 우울하게 유리잔을 바라보았다. 캐럴라인과 다투는 건 정말 질색이다. 그녀는 나의 가장 친한 친구다. 평생 나의 절친이었다. 우리가 심하게 다툴 때마다 내 세상은 삐거덕거렸다. 예전에 가끔 그런 일이 벌어지면 키트가 중재에 나섰는데 그녀가 나를 집에서 내쫓은 것은 이번이 처음이다.

캐럴라인에게 알레시아가 영국에서 합법적으로 체류할 방법을 찾아달라고 부탁할 생각이었는데. 캐럴라인의 아버지는 내무성의 고위 관리였다. 그 사람보다 이 일에 더 적임자는 없다.

그 문제는 당분간 어려워졌다.

나는 잔을 들이켰다. 캐럴라인은 이성을 찾을 것이다.

제발 이성을 찾아야 할 텐데.

나는 잔을 카운터에 탁 내려놓고는 바텐더에게 고개를 끄덕였다. 7시 15분. 가야 할 시간이다. 내 여자에게 돌아가야 했다.

아나톨리는 알레시아의 팔꿈치를 움켜쥐고 맥심의 건물로 이어진 거리를 걸어갔다. "네가 그놈의 가정부란 말이지?"

"네." 그녀가 무뚝뚝하게 대답했다. 그녀는 애써 두려움을 몰아내면서 어떻게 해야 할지 방법을 궁리했다.

맥심이 집에 있으면 어쩌지?

아나톨리는 그를 죽이겠다고 위협했다.

아나톨리가 맥심에게 무슨 짓을 할까 생각하자 덜컥 겁이 났다.

마그다가 어머니에게 편지를 쓴 게 분명했다. 왜 그랬을까? 그러지 말라고 그토록 부탁했는데.

어떻게든 달아나야 했지만 아나톨리보다 더 빨리 뛸 자신이 없었다.

생각을 해, 알레시아, 생각을 해.

"그럼 놈이 너의 고용주로구나?"

"네."

"그게 다야?"

알레시아는 고개를 획 저었다. "물론이죠!" 그녀가 분개한 목소리로 말했다.

그는 걸음을 멈추고 그녀를 거칠게 끌어당겨 가늘게 뜬 눈으로 그녀를 뜯어보았다. 조용히 빛나는 가로등 불빛에 의심이 가득한 그의 눈이 번뜩였다. "그놈이 내 걸 가져간 건 아니겠지?"

알레시아는 잠시 생각한 후에야 그가 무슨 말을 하는지 알아들었다. "아뇨." 그녀는 헐떡이며 재빨리 대답했다. 2월의 차디찬 공기 속에서도 그녀의 뺨은 달아올랐다. 아나톨리는 그녀의 대답을 믿는다는 듯 고개를 한 번 끄덕였고, 그녀는 잠시나마 마음을 놓았다.

그가 그녀를 따라 아파트 안으로 들어왔다. 알레시아는 삑삑거리는 경보 장치 소리에 맥심이 아직 돌아오지 않았음을 알고 감사했다. 아나톨리는 복도를 둘러보았다. 그녀는 곁눈질로 그의 이마가 쓱 올라가는 것을 보았다. 집이 마음에 든 모양이었다.

"돈깨나 있나보군, 이 남자?" 그가 중얼거렸다. 그녀는 그가 혼잣말을 한 건지 그녀에게 물은 건지 알 수 없었다. "너도 여기 살아?"

"네."

"잠은 어디서 자고?"

"저 방에서." 알레시아는 빈 침실 문을 가리켰다.

"그 남잔 어디서 자고?"

그녀는 고갯짓으로 큰 침실 쪽을 가리켰다. 아나톨리는 그 문을 열고 안으로 들어갔다. 알레시아는 겁에 질려 복도에 얼어붙었다. 도망칠까? 하지만 그가 작은 쓰레기통을 들고 돌아왔다. "이건 뭐야?" 그가 으르렁거렸다.

알레시아는 눈, 코, 입을 총동원해 인상을 쓰면서 쓰레기통에 든 콘돔이 역겹다는 듯 코를 찡그렸다. 그러고는 어깨를 으쓱거리며 필사적으로 내 알 바 아니라는 식으로 연기했다. "여자 친구가 있어요. 지금은 같이 외출했고요."

그는 쓰레기통을 내려놓았다. 그녀의 대답에 만족한 눈치였다. "물건 챙겨. 난 여기서 기다릴게."

그녀는 서서 움직이지 않았다. 심장이 질주했다.

"가. 당장. 그자가 돌아오기 전에. 시끄러워지는 건 원치 않아." 그는 외투를 벗고 재킷 안에 손을 넣어 권총을 꺼냈다. "허튼 말 아니야."

알레시아는 총을 보고 하얗게 질렸다. 두려움으로 숨이 가빠졌다. 그가 맥심을 죽일 것이다. 그것만은 분명했다. 눈앞이 아찔해졌다. 그녀는 제발 맥심이 돌아오지 않게 해달라고 할머니의 신에게 조용히 기도했다.

"난 널 구하려고 여기 온 거야. 왜 네가 여기 있는지는 모르겠지만. 그건 나중에 따지기로 하지. 당장 짐 싸. 떠날 거니까."

그녀의 운명은 정해졌다. 아나톨리와 같이 가는 것으로. 사랑하는 남자를 지키려면 그럴 수밖에 없었다. 선택의 여지가 없었다. 어째서 아버지의 베사를 피할 수 있다고 생각했을까?

분노의 눈물이 눈에 차올랐다. 알레시아는 빈 침실로 들어가서 조용하고 능숙하게 짐을 쌌다. 두 손이 덜덜 떨렸고 마음속에서는 분노와 두려움이 다툼을 벌였다. 맥심이 돌아오기 전에 떠나고 싶었다. 아니, 그래야 했다. 그를 지키려면.

아나톨리가 문간에 나타났다. 그의 눈이 그녀와 빈방을 훑었다. "많이 이상해… 너. 서구적이야. 마음에 들어."

알레시아는 말없이 더플백의 지퍼를 올렸지만 무슨 이유에서인지 외투를 계속 입고 있는 게 든든하게 느껴졌다.

"왜 우는지 모르겠군." 그가 영문을 모르겠다는 말투로 말했다.

"난 영국이 좋아요. 여기서 살고 싶어요. 여기서 내내 행복하게 살았어요."

"그만하면 놀 만큼 놀았잖아. 이제 집에 가서 네 할 일을 해야지, 자기." 그는 외투 주머니에 권총을 넣고 나서 그녀의 가방을 들었다.

"쪽지라도 남겨야겠어요."

"왜?"

"그게 올바른 일이니까요. 고용주가 걱정할 거예요. 나한테 잘해줬거든요." 그녀는 목이 메 간신히 말했다.

아나톨리는 그녀를 바라보았다. 그녀는 그가 무슨 생각을 하는지 알 수 없었다. 그녀의 말을 가늠하는 것 같았다. "그렇게 해." 마침내 그가 말했다. 그러고는 그녀를 따라 부엌으로 왔다. 부엌 전화기 옆에 메모지와 펜이 놓여 있었다. 알레시아는 맥심이 행간을 읽어주길 바라는 간절한 마음으로 단어 선택에 고심하면서 재빨리 글을 써 내려갔다. 아나톨리가 영어를 얼마나 잘 말하고 읽는지 몰랐기 때문에 모험

243

은 할 수 없었다. 정말 하고 싶은 말이 있었지만.

날 지켜줘서 고마워요.

사랑의 의미를 가르쳐줘서 고마워요.

하지만 내 운명에서 벗어날 수가 없네요.

사랑해요. 언제까지나 당신을 사랑할 거예요. 죽는 날까지.

맥심. 내 사랑.

"뭐라고 썼지?"

그녀는 그것을 그에게 보여주고 그의 눈이 글을 따라 움직이는 것을 바라보았다. 그가 고개를 끄덕였다. "됐군. 가자." 그녀는 새 열쇠를 편지 위에 놓았다. 그것을 소유했던 소중한 몇 시간도.


고요하고 추운 밤이었다. 갓 내린 서리가 가로등 불빛 아래 하얗게 반짝거렸다. 모퉁이를 돌았을 때 거리에 적막감이 돌았다. 멀리서 한 남자가 내 건물 앞에 주차된 검은 벤츠 S 클래스의 문을 닫았다.

"맥심!"

돌아보니 캐럴라인이 나를 향해 달려오고 있었다.

캐럴라인? 무슨 일이지?

하지만 나는 벤츠를 탄 남자가 신경이 쓰였다. 이상한 광경이었다. 그가 조수석 쪽으로 돌아갔기 때문이다(영국은 운전석의 위치가 다른 유럽 국가와 반대다-옮긴이). 이상하다. 내가 뭔가를 놓치고 있나. 온몸의 감각이 별안간 경계 태세에 돌입했다. 캐럴라인의 구두굽 소리가 들려오면서 그녀가 가까이 다가왔다. 겨울의 냄새와 차가운 산들바람에 실려 온 템스 강의 냄새가 났다. 나는 눈에 힘을 주어 차 번호판을 쳐다보았다. 멀리서도 외국 차 번호판이라는 것을 한눈에 알 수 있었다.

남자가 차 문을 열었다. 그쪽이 운전석인 게 분명했다.

"맥심!" 캐럴라인이 다시 불렀다. 내가 돌아섰을 때 그녀가 달려와 내 품에 와락 뛰어들더니 두 팔을 감았다. 나는 그 기세에 휘청하며 같이 땅으로 쓰러지지 않으려고 두 팔로 그녀를 붙들며 균형을 잡았다. "정말 미안해." 그녀가 흐느꼈다.

나는 아무 말 하지 않았다. 내 신경은 온통 그 차로 쏠렸다. 운전자가 차에 올라타고 문을 탁 닫는 동안 캐럴라인이 사과의 말을 늘어놓았지만 하나도 귀에 들어오지 않았다. 차 표시등이 깜빡거리기 시작하더니 차가 인도 옆에서 빠져나와 가로등 불빛 속으로 들어갔다.

그때 그것이 보였다. 번호판 위에 빨간색과 검은색으로 된 알바니아의 작은 국기가 있었다.


알레시아는 거리 저편에서 누군가 맥심의 이름을 부르는 소리를 들었다. 그녀가 조수석에서 고개를 돌렸을 때 아나톨리가 운전석 문을 열었다. 맥심이 이 구역 끝에 서 있었고,

어떤 금발 여자가 그의 품에 뛰어들어 그를 끌어안았다.

저 여자 누구지?

그가 손으로 그녀의 머리를 감쌌다.

안 돼!

그가 그녀의 허리를 감았다.

그제야 그녀는 기억을 떠올렸다. 그의 셔츠를 입고 그의 집 부엌에 서 있던 여자.

'알레시아, 여기는 내 친구이자 형수, 캐럴라인.'

아나톨리가 문을 탁 닫는 소리에 알레시아는 화들짝 놀라 할 수 없이 앞을 보았다.

그의 형수? 그에게는 형수가 있고 그의 형은 죽었어.

캐럴라인은 죽은 형의 아내야.

알레시아는 터지는 울음을 삼켰다.

결국 그는 출발한 곳으로 돌아갔다. 캐럴라인에게로. 지금 그들은 거리에서 포옹을 하고 있다. 그는 그녀를 끌어안고 있다. 배신감이 격렬히 솟구쳐 알레시아를 산산조각 냈다. 그녀 자신에 대한 신뢰와 그에 대한 신뢰도 박살이 났다.

그가, 그녀의 미스터가 어떻게.

눈물이 그녀의 뺨을 흘러내릴 때 아나톨리가 시동을 걸었다. 그는 매끄럽게 차를 주차장에서 빼내 알레시아를 그녀의 유일한 행복 밖으로 데리고 나갔다.


"제기랄!" 나는 섬찟한 느낌에 사로잡혀 소리쳤다. 캐럴라인이 흠칫 놀랐다. "왜 그래?"

"알레시아!" 나는 캐럴라인을 버려두고 거리를 달려갔지만 그 차는 멀리 사라져갔다.

"젠장. 젠장. 젠장. 또야!" 나는 무기력하게 두 손으로 머리카락을 움켜쥐었다. 무기력하게. 속수무책이었다.

"맥심, 왜 그러는 거야?" 캐럴라인이 내 옆에 서 있었다. 우리는 내 건물 출입구 밖에 있었다.

"놈들이 그녀를 데려갔어!" 나는 문을 열려고 열쇠를 더듬어 찾았다.

"누가? 무슨 말을 하는 거야?"

"알레시아." 나는 문을 박차고 들어갔다. 엘리베이터는 포기했다. 캐럴라인을 계단 발치에 내버려두고 계단을 뛰어올라 6층 내 아파트로 갔다. 잠긴 문을 열었을 때 경보 장치가 삑삑 울어대며 나의 가장 큰 두려움을 부채질했다.

알레시아가 없었다.

나는 경보기를 끄고 귀를 기울였다. 내가 오해한 것이기를 부질없이 바라면서. 물론 바람에 복도 천창이 달그락거리는 소리뿐이었다. 맥박이 귓속을 둥둥 울렸다.

나는 미친 듯이 모든 방을 뒤졌다. 별별 생각이 다 들었다. 놈들이 그녀를 데려갔다. 또 그녀를 데려갔다. 나의 사랑스럽고 용감한 여인을. 그 괴물들이 그녀에게 무슨 짓을 할까? 그녀의 옷들이 내 침실에 없었다. 빈방에도 없었다…

나는 부엌에서 그녀의 열쇠와 쪽지를 발견했다.

미스터 맥심

내 정혼자가 왔어요. 그를 따라 알바니아의 고향으로 돌아
갑니다.

고마웠어요, 모두 다.

알레시아

"안 돼!" 나는 절망에 휩싸여 소리쳤다. 전화기를 집어 들
어 벽에 내던졌다. 전화기가 박살이 날 때 나는 바닥에 주저
앉아 손으로 머리를 감쌌다.

1주일도 안 됐는데 벌써 두 번째다. 정말이지 울고 싶었다.

# 28

"맥심, 대체 무슨 일이야?"

나는 머리에서 손을 내렸다. 캐럴라인이 문간에 서 있었다. 바람을 맞아 매무새가 흐트러져 보였지만 몇 분 전보다 더 차분했다.

"놈이 그녀를 데려갔어." 분노와 절망을 제어하느라 쉰 목소리가 나왔다.

"누가?"

"그녀의 약혼자."

"알레시아에게 약혼자가 있어?"

"복잡해."

그녀는 팔짱을 끼고 인상을 썼다. 진심으로 걱정하는 얼굴이었다. "충격받았구나."

나는 이글거리는 눈으로 그녀를 보았다. "당연하지." 그러고는 천천히 일어섰다. "결혼하고 싶은 여자가 방금 납치됐는데."

"결혼?" 캐럴라인이 하얗게 질렸다.

"그래. 빌어먹을 결혼!" 내 목소리가 벽에 반사되어 울려 퍼졌다. 우리는 서로를 노려보았고, 그 말이 우리 사이를 맴돌며 후회와 원망을 잉태했다. 캐럴라인은 눈을 감고 머리카락을 귀 뒤로 넘겼다. 그녀가 눈을 떴을 때 결심이 어린 냉정한 파란색의 눈이 드러났다.

"그럼 가봐, 그녀를 따라가." 그녀가 말했다.


알레시아는 멍하니 앞 유리창을 바라보며 멈추지 않는 눈물을 삼켰다. 비참한 마음이 슬픔에 갈기갈기 찢기면서 눈물이 줄줄 흘러내렸다.

맥심과 캐럴라인.

캐럴라인과 맥심.

그와 함께한 시간들은 모두 거짓이었나?

아니야! 그런 생각은 견딜 수 없었다. 그녀를 사랑한다더니. 그의 말을 믿었는데. 그녀는 여전히 그를 믿고 싶었지만 이제 상관없는 일이 되어버렸다. 그를 다시는 만나지 못할 테니까.

"왜 울지?" 아나톨리가 물었지만 그녀는 대꾸하지 않았다. 그가 그녀에게 무슨 짓을 하든 상관없었다. 그녀의 마음은 이미 갈가리 찢겼고 절대 낫지 않을 것이다. 그가 라디오를 틀자 스피커에서 쿵쿵거리는 팝 음악이 쏟아져 나와 알레시아의 신경을 긁어댔다. 그는 소리 없이 우는 그녀가 거슬려 라디오를 튼 것 같았다. 아나톨리는 소리를 줄이고 그녀에게 휴지 곽을 건넸다. "여기. 눈 닦아. 그만 질질 짜, 아예 눈물을 펑펑 쏟게 만들기 전에."

그녀는 휴지를 한 장 뽑아 들고 무기력하게 창밖을 내다보았다. 그를 쳐다볼 엄두가 나지 않았다.

이대로 가면 그의 손에 죽게 될 게 분명했다.

그런데 방법이 없었다.

도망치면 어떨까. 유럽으로. 그럼 적어도 죽는 방법은 그녀의 뜻대로 선택할 수 있을 것이다… 그녀는 눈을 감고 지옥 속으로 침전했다.


"그녀를 따라가라고?" 나는 물었다. 머리가 어지러웠다.

"그래." 캐럴라인이 가엾다는 투로 말했다. "정말 궁금해서 묻는 건데, 그 여자가 왜 납치를 당했다고 생각하는 거야?"

"그녀가 쪽지를 남겼어."

"쪽지?"

"이거." 나는 그녀에게 구겨진 종이를 건네고 돌아서서 얼굴을 문지르며 어지러운 생각들을 정리했다.

놈이 그녀를 어디로 데려갔을까?

그녀가 자발적으로 갔을까?

아니. 그녀는 그놈을 혐오한다.

그녀의 손가락을 부러뜨리려 했던 놈이다!

분명 놈이 강제로 그녀를 데려갔을 것이다.

대체 놈은 어떻게 그녀를 찾아냈을까?

"맥심, 이 쪽지로 보면 그 여자가 납치를 당한 것 같진 않아. 그 여자가 스스로 고향에 갔다는 생각은 안 들어?"

"캐로, 그녀가 스스로 떠났을 리 없어. 내 말 믿어."

어떻게든 그녀를 되찾아야 했다.

망할.

나는 캐럴라인을 지나 거실로 들어갔다.

"아, 진짜 환장하겠네!"

"또 왜?"

"빌어먹을, 컴퓨터가 있어야 뭘 하지!"


"네 여권 줘." 런던의 거리를 달리는 차 안에서 아나톨리가 말했다.

"네?"

"차 타고 유로터널 기차에 오를 거야. 네 여권이 필요해."

유로터널. 안 돼!

알레시아는 침을 삼켰다. 이건 현실이다. 실제로 일어난. 그는 그녀를 알바니아로 다시 데려가려 한다.

"나 여권 없어요."

"여권이 없다니 무슨 소리야?"

252

알레시아는 그를 쳐다보았다.

"왜, 알레시아? 말해! 깜빡하고 두고 온 거야? 이해를 못하겠네." 그가 인상을 썼다.

"어떤 남자들이 나를 이 나라로 밀입국시켜줬는데 그 남자들이 가져갔어요."

"밀입국? 남자들?" 그의 턱이 꽉 조였고 뺨의 근육이 씰룩거렸다. "뭐가 어떻게 된 거야?"

그녀는 그 이야기를 하기에는 너무 피곤했고 너무 비참했다. "나 여권 없어요."

"빌어먹을." 아나톨리는 손바닥으로 운전대를 탁 내려쳤고, 알레시아는 그 소리에 움찔했다.


"알레시아, 일어나."

뭔가 이상했다. 알레시아는 혼란스러웠다.

맥심?

그녀는 눈을 떴다. 심장이 나락으로 떨어졌다. 그녀의 옆에는 아나톨리가 있었고 길가에 세워진 자동차 안이었다. 어두웠지만 그녀는 전조등 불빛에 그들이 시골길에 있고 사방이 얼어붙은 들판이라는 걸 알 수 있었다.

"차에서 내려." 그가 말했다. 알레시아는 그를 쳐다보았다. 그녀의 가슴에 작은 희망이 피어났다.

나를 여기 버리고 가려나보다. 그럼 걸어가면 된다. 이미 그런 적이 있었다.

"내려." 그가 다시 명령했다.

그가 차 문을 열고 내리더니 그녀 쪽으로 돌아와 차 문을 열어젖혔다. 그리고 그녀의 손을 잡아 끌어내린 뒤 차 뒤편으로 데려간 다음 트렁크를 열었다. 그 안에는 바퀴 달린 작은 여행가방과 그녀의 더플백 외에 아무것도 없었다.

"여기 들어가."

"뭐라고요? 싫어요!"

"선택의 여지가 없어. 여권 없다며. 들어가."

"제발, 아나톨리. 나 어두운 거 싫다구요. 제발요."

그가 인상을 썼다. "들어가, 내가 욱여넣기 전에."

"아나톨리. 제발. 싫다구요. 나 어두운 거 싫어!" 그는 그녀를 휙 안아 들고는 트렁크 안에 떨어트린 뒤 문을 탁 닫아버렸다. 알레시아가 저항할 틈도 없었다.

"싫어!" 그녀가 소리쳤다. 안은 칠흑처럼 깜깜했다.

그녀는 발길질을 하며 비명을 질러댔다. 어둠이 그녀의 폐부로 스며들어와 영국 해협을 건널 때 뒤집어썼던 검은 비닐봉지처럼 숨통을 조였다.

숨 막혀. 숨 막혀. 그녀는 비명을 질렀다.

어둠은 싫어. 싫어. 어둠은 싫어. 어둠은 싫다고.

얼마 뒤 트렁크 문이 휙 열리더니 눈부신 불빛이 그녀의 얼굴을 비추었다. 그녀가 눈을 깜빡였다. "여기. 이거 받아." 아나톨리가 그녀에게 손전등을 건넸다. "배터리가 얼마나 버틸지 모르겠지만. 다른 방법이 없어. 기차에 타면 트렁크

열어줄게."

알레시아는 얼이 빠져서 손전등을 받아 가슴에 꼭 품었다. 그는 그녀가 가방을 베개처럼 벨 수 있도록 위치를 조정하고 나서 외투를 벗어 그녀 위에 덮었다. "추울지 모르니까. 여기도 히터가 되는지 모르겠군. 다시 자. 그리고 조용히 해." 그는 엄한 표정을 짓고 나서 트렁크 문을 다시 닫았다.

알레시아는 손전등을 움켜쥐고 눈을 질끈 감고는 호흡을 가다듬었다. 그사이 차가 출발했다. 그녀는 머릿속에서 바흐의 전주곡 6번 D단조를 연주하기 시작했고—새파란색과 터키옥 색깔이 피어나 머릿속을 물들였다—손전등 불빛 속에서 그녀의 손가락이 움직이며 각각의 음들을 눌렀다.


알레시아는 화들짝 놀라며 잠에서 깨어나 졸린 눈으로 아나톨리를 올려다보았다. 그는 트렁크 문을 잡고 그녀를 내려다보고 있었다. 주차장에 하나 있는 전등 불빛에 입김에 휘감긴 그의 모습이 보였다. 그의 얼굴은 냉혹한 잿빛이었다. "왜 이렇게 꾸물거리면서 깨는 거야? 의식이 없는 줄 알았잖아!" 그가 안도하는 목소리로 말했다.

안도를 해?

"오늘 밤은 여기서 묵을 거야." 그가 말했다.

알레시아는 눈을 깜빡이며 외투 속으로 몸을 웅크렸다. 추웠다. 울어서 머리가 웅웅 울렸고 눈은 퉁퉁 부어 있었다.

그와 같이 밤을 보내고 싶지 않았다.

"내려." 그가 퉁명스럽게 말하고는 손을 내밀었다. 알레시아는 한숨을 내쉬고 일어나 앉았다. 차가운 바람이 몰아쳐 얼굴이 머리카락에 뒤덮였다. 그녀는 뻣뻣한 몸을 일으켜 차에서 내렸다. 아나톨리의 손은 거부했다. 그의 손이 몸에 닿는 것이 싫었다. 그는 그녀를 지나 외투를 집어 몸에 걸쳤다. 그러고는 그의 가방을 들고 그녀의 옷이 든 더플백을 그녀에게 건넨 뒤 트렁크 문을 닫았다. 주차장은 다른 차 두 대 외에 텅 비어 있었다. 멀지 않은 곳에 간판이 없고 납작한 건물이 한 채 있었는데 호텔 같았다.

"따라와." 그가 건물 출입구를 향해 성큼성큼 걸어갔다. 알레시아는 조용히 가방을 땅에 내려놓고 돌아서서 뛰었다.


나는 천장을 바라보았다. 알레시아가 납치되는 바람에 모든 계획들이 어그러졌다. 내일 비행기로 알바니아로 날아갈 생각이다. 톰 알렉산더가 동행할 것이다. 급한 일정이라 전용 비행기가 여의치 않아 일반 비행기를 타야 한다. 마그다 덕분에 알레시아의 부모님 집 주소를 확보했다. 알레시아의 약혼자가 그녀를 찾은 것도 마그다 때문이었지만. 그 사소한 일은 잊기로 했다. 곱씹어봐야 분노만 격렬해진다.

진정해, 인마.

우리는 차를 몰고 티라나로 가서 그곳에 있는 플라자 호텔에서 하룻밤을 묵을 것이다. 다음 날 우리와 만나 쿠커스까지 동행할 통역사는 톰이 구해두었다.

쿠커스에서 얼마나 있게 될지 알 수 없다. 우리는 거기서 알레시아와 그녀의 납치범을 기다릴 것이다.

오늘 저녁 나는 그녀에게 휴대폰을 사주지 않은 것을 다시 한 번 후회했다. 그녀와 연락이 되지 않으니 속이 타 죽겠다.

제발 무사해야 할 텐데.

눈을 감자 끔찍한 상상들이 난무했다.

나의 사랑스러운 여인.

나의 사랑스럽고 사랑스러운 알레시아.

내가 데리러 갈게. 너에겐 내가 있어.

사랑해.


알레시아는 쏟아지는 아드레날린의 힘으로 정신없이 어둠 속으로 달아났다. 아스팔트를 건너 거친 풀밭으로 들어갔다. 뒤에서 고함이 터져 나왔다. 그의 목소리였다. 얼어붙은 땅을 때리는 그의 발소리가 들려왔다. 점점 가까워졌다.

더 가까워졌다.

고요해졌다.

그가 풀밭 위에 있었다.

안 돼.

그녀는 발이 그녀를 멀리 데려가주길 바라며 더 힘차게 몸을 날렸지만 그의 손에 붙잡혀 휘청거렸다. 쓰러지겠어.

그대로 그에게 밀려 얼어붙은 풀에 얼굴을 긁히며 땅에 나동그라졌다. 아나톨리가 그녀의 등 위에 엎어져 거친 숨을 몰아쉬었다. "이 멍청한 년. 이 시간에 어디 갈 데나 있냐?" 그가 그녀의 귀에 대고 으르렁거렸다. 그가 무릎을 일으키더니 그녀의 몸을 돌려 똑바로 눕히고 그녀 위에 올라탔다. 그리고 그녀의 뺨을 세게 후려쳤다. 그 기세에 그녀의 머리가 옆으로 휙 돌아갔다. 그가 그녀 위로 몸을 숙이더니 목을 졸랐다.

나를 죽이려는 거야.

그녀는 반항하지 않았다.

그녀는 그를 바라보았다. 그녀의 눈이 그의 눈을 만났다. 그녀는 그 냉혹한 파란색 눈에서 그의 검은 마음을 보았다. 그의 증오. 그의 분노. 그의 무능. 그의 손이 조여들었다. 그가 그녀의 생명을 앗아가고 있었다. 정신이 아득해졌다. 그녀는 손을 올려 그의 팔을 쥐었다.

이렇게 죽게 되네…

끝이 보였다. 여기서 끝나는구나. 프랑스 어딘가에서 이 난폭한 남자의 손에. 죽고 싶었다. 기꺼이. 어머니처럼 평생 두려움에 찌들어 살고 싶지 않았다. "죽여줘." 그녀의 입이 말했다.

아나톨리가 알아들을 수 없는 말을 중얼거리고는 그녀를 놓았다.

알레시아는 숨을 크게 들이마신 뒤 두 손을 목에 대고 기침을 하고 침을 뱉었다. 그녀의 몸이 그녀를 배신하고 살기 위해 몸부림치며 소중한 공기를 빨아들여 그녀를 살렸다.

그녀는 숨을 몰아쉬었다. "이게 내가 당신과 결혼하고 싶지 않은 이유야." 멍이 든 후두 속에서 거칠고 작은 목소리가 간신히 흘러나왔다.

아나톨리는 그녀의 턱을 움켜쥐고 그녀를 굽어보았다. 서로의 얼굴이 가까워 그의 후텁지근한 숨이 그녀의 뺨에 닿았다. "'여자는 가만히 인내하는 자루야.'" 그가 딱딱거렸다. 그의 눈에서 잔인한 빛이 번뜩였다.

알레시아는 그를 쳐다보았다. 뜨거운 눈물이 얼굴에 난 상처를 태우며 흘러내려 귓속에 고였다. 그녀는 자기가 울고 있다는 것도 의식하지 못했다. 그의 말은 알바니아 봉건 군주 렉 두카지니의 율법을 인용한 것인데 수 세기 동안 알바니아 북동쪽 산악 마을을 지배해온 미개한 봉건적 관념의 소산이었다. 아나톨리가 상체를 일으켰다.

"당신과 함께하느니 차라리 죽는 게 나아." 그녀의 목소리는 담담했다.

그가 난감해서 인상을 찌푸렸다. "바보 같은 소리 마." 그가 천천히 몸을 일으켜 그녀 위로 우뚝 섰다. "일어나."

알레시아는 다시 기침을 하고 나서 고통스럽게 비틀비틀 일어섰다. 그는 그녀의 팔꿈치를 움켜쥐고 주차장 안 그녀의 가방이 버려진 곳으로 그녀를 데려갔고 그녀의 가방을 줍고 나서 거기서 몇 걸음 떨어진 데 있는 그의 여행가방을 들었다.

그는 간단히 숙박 절차를 마쳤다. 그가 여권과 신용카드를 건네는 동안 알레시아는 뒤로 물러나 있었다. 아나톨리는 프랑스어를 유창하게 구사했는데, 그녀는 너무 지치고 몸이 아파서 놀랄 기운도 없었다.

그들이 빌린 스위트룸은 방이 두 개였다. 거실에는 진회색 가구가 있었고 작은 주방이 딸려 있었다. 소파 뒤 벽은 여러 종류의 줄무늬가 뒤섞여 발랄한 분위기를 자아냈다. 알레시아는 열린 문틈으로 안쪽에 더블 베드 두 개가 있는 것을 보고 안도의 한숨을 내쉬었다. 침대가 두 개였다. 하나가 아니라 두 개.

아나톨리는 그녀의 더플백을 바닥에 떨구고 외투를 벗어 소파 위로 던졌다. 알레시아는 그를 쳐다보았다. 귓속에서 맥박이 쿵쿵 요동쳤다. 방을 점령한 침묵에 귀가 먹을 것 같았다.

그가 이제 무얼 하려 할지 궁금했다.

"얼굴 꼴이 말이 아니야. 가서 좀 씻어." 아나톨리가 욕실을 가리켰다.

"누구 때문에 이렇게 됐는데요?" 알레시아가 쏘아붙였다.

그가 그녀를 노려보았다. 처음으로 그의 붉어진 눈가와 창백한 안색이 그녀의 눈에 들어왔다. 그는 지쳐 보였다. 그녀는 침실을 지나 욕실로 들어가서 문을 세차게 닫았다가 문이 쾅 닫히는 소리에 펄쩍 뛰었다.

욕실은 작고 우중충했지만 거울 위에서 빛나는 밋밋한 불빛에 알레시아는 자신의 모습을 보고 입을 딱 벌렸다. 한쪽 얼굴은 그에게 맞아 부어올랐고, 반대편 광대뼈에는 땅에 쓰러질 때 생긴 상처가 있었다. 게다가 목에는 붉고 선명한 그의 손가락 자국이 나 있었다. 내일이면 멍이 들 게 분명했다. 하지만 가장 충격적인 것은 부어오른 눈꺼풀 아래에서 그녀를 마주 보는 생기 없는 눈이었다.

그녀는 이미 죽은 사람이었다.

그녀는 반사적으로 재빨리 얼굴을 씻었다. 비눗물이 상처에 닿을 때는 따가워 얼굴을 찡그렸다. 그녀는 수건으로 물기를 닦았다.

그녀가 거실로 나왔을 때 아나톨리는 재킷을 걸어두고 미니바 안을 살펴보고 있었다.

"배 안 고파?" 그가 물었다.

그녀는 고개를 저었다.

그가 자기가 마실 잔에 술을—스카치 같았다—따른 뒤 단숨에 잔을 비우고는 눈을 감고 맛을 음미했다. 눈을 다시 떴을 때 그는 더 차분해 보였다. "외투 벗지."

알레시아는 꼼짝하지 않았다.

그가 자기 콧등을 꼬집었다. "알레시아, 너랑 싸우고 싶지 않아. 나 피곤해. 방 안이 따뜻하잖아. 내일 다시 추운 데로 나가야 하지만. 외투 좀 벗어."

그녀는 주저하며 외투를 벗었다. 그녀가 민망해질 만큼

아나톨리가 그녀를 빤히 쳐다보았다. "청바지 입으니까 예쁘군." 그가 말했지만 알레시아는 그를 쳐다볼 수가 없었다. 그의 칭찬을 들으니 시장에 팔려 온 양이 된 듯한 기분만 들었다. 병이 짤랑대는 소리가 들렸지만 이번에 아나톨리는 냉장고에서 페리에 생수를 하나 꺼냈다. "이거, 목마를 거야." 그가 물을 잔에 따라 그녀에게 내밀었다. 그녀는 잠시 망설이다가 그것을 받아 들이켰다.

"자정이 다 됐어. 그만 자야 해."

그녀의 눈이 그의 눈과 마주쳤다. 그가 큭큭 웃었다. "아, 자기야. 아까 밖에서 널 붙잡았을 때 내 것으로 만들 걸 그랬지." 그가 손을 내밀어 그녀의 턱을 만졌다. 그의 손가락이 그녀의 피부를 스칠 때 그녀는 움찔거렸다.

만지지 마.

"너 정말 아름다워." 그가 혼잣말을 하듯 중얼거렸다. "하지만 지금은 너와 싸울 기운이 없어. 널 가지려면 싸워야 하겠지?"

그녀는 눈을 감고 배 속을 휘젓는 역겨운 느낌과 싸웠다. 아나톨리가 킬킬 웃더니 그녀의 이마에 가볍게 입을 맞추었다. "넌 나를 사랑하게 될 거야." 그가 속삭였다. 그러고는 그들의 가방을 들어 침실 안으로 옮겼다.

어림없지.

저 남자는 착각이 망상 수준이다.

그녀의 마음은 다른 남자의 것이었다. 언제까지나 맥심의

262

것이다.

"가서 잠옷으로 갈아입어." 그가 말했다.

그녀는 고개를 저었다. "그냥 이대로 잘래요." 이 남자를 믿을 수가 없었다.

아나톨리가 고개를 기울이며 냉혹한 표정을 지었다. "안 돼. 옷 벗어. 알몸으론 달아나지 못하겠지."

"아뇨." 그녀가 팔짱을 꼈다.

"달아나지 않겠다는 뜻이야, 아니면 옷을 벗지 않겠다는 뜻이야?"

"둘 다예요."

그는 짜증도 나고 피곤해서 한숨을 내쉬었다. "네 말은 못 믿겠어. 하지만 난 네가 왜 도망치려는지 이해가 안 가."

"왜냐하면 당신은 툭하면 화내고 폭력을 쓰는 남자니까요, 아나톨리. 내가 왜 평생을 당신과 보내고 싶겠어요?" 그녀의 목소리에는 아무런 감정이 담겨 있지 않았다.

그가 어깨를 으쓱거렸다. "이제 말할 기운도 없어. 침대로 들어와." 그가 마음을 바꿀까봐 그녀는 얼른 침대로 가서 부츠를 벗고 침대 위쪽 가장자리에 웅크리고 누워 그에게 등을 돌렸다.

그가 방 안을 돌아다니고 옷을 벗고, 벗은 옷을 개는 소리가 들렸다. 동작 하나하나, 소리 하나하나에 그녀의 불안감은 커져갔다. 영원 같은 시간이 지나고 그가 맨발로 침대를 향해 다가오는 소리가 들렸다. 그녀에게 꽂힌 그의 시선이 느껴졌다. 그의 시선이 그녀의 온몸을 훑었다. 그녀는 눈을 꼭 감고 자는 척을 했다.

그가 쯧 혀를 찼다. 시트와 이불이 사각거리는 소리가 들리고 나서 놀랍게도 그가 담요를 그녀 위에 덮어주었다. 그가 전등을 끄자 방 안이 어둠에 잠겼다. 침대가 푹 꺼지면서 그가 침대에 누웠다.

안 돼! 다른 침대에 눕지, 왜 여기 누워.

그녀는 긴장했지만 그는 이불 밑에 있었고 그녀는 이불 위에 있었다. 그가 팔을 그녀에게 두르고 더 가까이 끌어당겼다. "침대를 벗어나면 내가 알게 될 거야." 그가 말하고는 그녀의 머리에 키스했다.

그녀는 몸을 웅크리고 작은 황금 십자가를 쥐었다.

이내 그의 호흡이 규칙적으로 변하며 그가 잠이 들었다는 것을 알려주었다.

알레시아는 두려운 어둠 속을 바라보며 차라리 어둠이 그녀를 삼켜주기를 바랐다. 눈물도 나오지 않았다. 너무 울어 눈물이 말라버렸다.

맥심은 뭘 하고 있을까?

내가 보고 싶을까?

캐럴라인과 같이 있을까?

맥심의 품에 안긴 캐럴라인과 그녀를 끌어안은 그의 모습이 떠올라 알레시아는 비명을 지르고 싶었다.

너무 더웠다. 뒤쪽에서 웅얼거리는 목소리가 들려왔다. 알레시아는 잠시 한쪽 눈을 떴지만 그곳이 어디인지 잠시 혼란스러웠다.

안 돼. 안 돼. 안 돼.

기억이 떠오르면서 두려움과 절망감이 그녀를 고통으로 채웠다.

아나톨리.

그는 다른 방에서 전화통화 중이었다. 알레시아는 일어나 앉아 귀를 기울였다.

"알레시아는 괜찮아요… 아뇨. 그건 아닙니다… 집에 안 가려고 해요. 나도 이해가 안 가요." 그는 알바니아어로 누군가와 이야기를 나누고 있었는데 혼란스럽고 화가 난 말투였다. "모르겠어요… 어쩌면… 남자가 있는지도. 고용주. 이메일에서 언급됐던 그 남자."

맥심 이야기를 하고 있어!

"알레시아는 그냥 청소부라고 하는데, 난 모르겠어요, 재크."

재크! 아버지랑 통화 중이잖아!

"따님을 정말 사랑합니다. 따님은 정말 아름다워요."

뭐? 사랑의 뜻을 알지도 못하면서!

"아직 나한테 말 안 했어요. 하지만 나도 알고 싶습니다. 왜 도망쳤는지." 그의 목소리가 갈라졌다. 감정이 북받친 것 같았다.

난 당신 때문에 도망친 거야!

그녀가 도망을 친 것은 그와 최대한 멀리 떨어지기 위해서였다.

"네. 아버님께 곧장 데려가죠. 다치지 않게 조심하겠습니다."

알레시아는 아직 욱신거리는 목에 두 손을 댔다. 뭐? 다치지 않게 한다고?

저 남자는 거짓말쟁이다.

"따님은 저와 있으면 안전할 겁니다."

하! 알레시아 그 말이 함축한 엄청난 아이러니에 실소를 터뜨릴 뻔했다.

"내일 밤쯤… 네… 그럼 이만." 그녀는 그가 방을 돌아다니는 소리를 들었다. 별안간 그가 바지와 내의 차림으로 문 옆에 나타났다.

"깼어?"

"안타깝지만 그런 것 같네요."

그는 그녀를 이상하다는 눈빛으로 쳐다보더니 그녀의 말을 무시하는 쪽을 택했다. "아침 식사 준비해뒀어."

"배고프지 않아요." 알레시아는 무모하고 대담해졌다. 이제 아무래도 좋았다. 맥심이 위험한 상황에서 벗어난 이상 무슨 상관이랴 싶었다.

아나톨리는 턱을 문지르더니 생각에 잠겨 그녀를 바라보았다. "좋을 대로 해." 그가 말했다. "20분 뒤에 떠날 거야.

갈 길이 멀어."

"당신이랑 같이 안 가요."

그가 어이없다는 듯 말했다. "자기야, 네겐 선택권이 없어. 이러면 둘 다 피곤해져. 아버지와 어머니 보고 싶지 않아?"

엄마.

그의 눈썹이 조금 올라갔다. 그녀의 갑옷에 뚫린 작은 틈을 발견한 그는 승기를 잡고 결정타를 날렸다. "어머님이 널 보고 싶어 하셔."

그녀는 침대에서 일어나 부루퉁한 얼굴로 가방을 들고 그를 멀찍이 피해 씻고 옷을 갈아입으러 욕실로 들어갔다.

샤워를 할 때 묘안이 떠올랐다.

그녀에겐 모아둔 돈이 있다. 일단 알바니아로 돌아간다. 새 여권을 얻어―비자도 발급받아―영국으로 돌아간다.

그때까지 살아 있다면.

수건으로 서둘러 머리를 말리는데 새로운 목적의식이 생겼다.

어떻게든 맥심에게 돌아가자. 그리고 직접 확인하는 거야. 우리가 나눈 그 모든 것들이 거짓이었는지.

# 29

알레시아는 앞 좌석에 꾸벅꾸벅 졸았다. 그들은 독일의 고속도로 아우토반을 대단히 빠른 속도로 달리고 있었다. 벌써 몇 시간을 달리고 달려 프랑스와 벨기에를 통과했고 지금은 독일 어딘가를 지나는 중이었다. 춥고 축축한 겨울 날이었다. 그 단조롭고 쓸쓸한 풍경에 알레시아의 기분도 덩달아 쓸쓸해졌다. 쓸쓸한 정도가 아니라 황량했다.

아나톨리는 최대한 빨리 알바니아로 돌아가기로 작심한 듯했고 지금은 알레시아가 알아듣지 못하는 독일 라디오 토크쇼를 듣고 있었다. 단조로운 목소리들, 끊임없이 웅웅거리는 바깥의 소음, 을씨년스런 시골 풍경 모두 그녀의 감각을 무디게 만들었다. 잠이 왔다. 잠이 들면 지직거리는 라디오의 잡음처럼 그녀의 고통은 낮게 들끓었다. 깨어 있을 때 가슴을 후벼 파는 타는 듯한 고통과는 달랐다.

그녀의 마음은 맥심에게 흘러갔다.

그러면 고통은 증폭되었다.

그만. 못 견디겠어.

그녀는 피곤한 눈으로 '정혼자'를 살폈다. 그는 굳은 얼굴로 벤츠를 운전해 남은 거리를 줄이는 데 집중했다. 북부 이탈리아 혈통답게 피부색은 밝았고 곧은 콧대에 입술은 도톰했다. 그리고 그녀의 마을에선 보기 드문 금발이 길고 덥수룩했다. 냉정한 눈으로 보면 미남이라 할 만했다. 하지만 그녀를 노려볼 때면 입술은 뒤틀리고 눈은 매섭고 차가웠다.

그녀는 처음 그를 만났을 때를 기억했다. 첫인상은 대단히 매력적이었다. 그녀의 아버지는 아나톨리를 국제적인 사업가라고 소개했다. 처음 만났을 때 그는 상당히 늠름하고 아는 것이 많아 보였다. 여행도 많이 다녔다. 그녀는 그가 크로아티아, 이탈리아, 그리스 등 멀리까지 여행 다닌 이야기를 넋 놓고 들었다. 수줍어하면서도 아버지가 이토록 박식한 남자를 골랐다는 것이 기뻤다.

아무것도 모르고.

몇 번 만나니 그의 본모습이 조금씩 보이기 시작했다. 그는 호기심 때문에 그의 차 주변으로 몰려든 동네 아이들에게 짜증을 부렸고, 정치 문제로 아버지와 언쟁을 벌이다가 발끈하기도 했다. 또한 아버지가 라키를 조금 쏟았다고 어머니를 나무랄 땐 은근히 동조했다. 분명 심상치 않은 조짐이었다. 그는 알레시아도 몇 번이나 면박을 주었지만 이내

에티켓으로 본성을 억제했다.

아나톨리의 못된 본성은 알레시아가 지역 유지의 결혼식장에서 피아노를 연주하던 날 드러났다. 그녀가 연주를 마쳤을 때 같이 학교를 다녔던 청년 둘이 그녀의 주위를 맴돌았다. 그녀가 그 남자들과 시시덕거리고 있을 때 아나톨리는 그녀를 그 남자들과 축제의 현장에서 떼어내 옆방으로 몰아넣었다. 알레시아는 그가 몰래 키스를 하려나 싶어 내심 마음이 설렜다. 단둘이 한 공간에 있는 것은 처음이었다. 그녀의 예상은 빗나갔다. 아나톨리는 분개하며 그녀의 뺨을 후려쳤다. 두 번. 충격이었다. 아버지도 분노를 체벌로 분출할 때는 마음의 준비를 할 여유를 주었다.

두 번째 사건은 학교에서 터졌다. 그녀가 연주회를 마친 후 한 청년이 두세 가지를 물어보러 그녀에게 다가왔다. 아나톨리가 그 청년을 내쫓고 나서 그녀를 휴대품 보관실로 끌고 갔다. 거기서 그는 그녀를 두 번 때리고 나서 그녀의 손을 움켜쥐더니 손가락을 꺾으면서 다른 남자랑 시시덕거리는 걸 다시 보게 되면 손가락을 부러뜨려버리겠다고 위협했다. 그녀가 그만하라고 애원하자 그는 자비롭게 손을 풀었지만 그녀를 바닥에 팽개치더니 흐느끼는 그녀를 그 방에 혼자 두고 나가버렸다.

처음 일이 터졌을 때 그녀는 그가 손찌검한 것을 혼자 간직했다. 그리고 용서했다. 한 번뿐일 거라고 생각했다. 그녀가 잘못했다고. 그녀가 젊은 남자들에게 웃음을 흘려 그들을 부추긴 거라고.

두 번째 같은 일이 일어났을 때 알레시아는 충격에 빠졌다. 어머니를 옭아맨 폭력의 올가미를 끊을 수 있을 거라 생각했건만. 바닥에 웅크리고 누워 떨면서 흐느끼는 그녀를 어머니가 발견했다.

난 네가 평생 난폭한 남자와 사는 꼴은 못 보겠다.

그들은 같이 눈물을 흘렸다.

그리고 어머니는 행동에 나섰다.

하지만 모든 것이 원점으로 돌아왔다.

지금 그녀는 그와 함께 있었다.

아나톨리가 그녀를 곁눈질로 보았다. "왜 그래?"

알레시아는 그의 말을 무시하고 그의 눈을 피해 차창 밖을 보았다.

"쉬었다 가자. 배고파서 안 되겠어. 너도 먹은 게 없고." 그가 말했다.

그녀는 허기로 위장이 요동쳤지만 계속 그의 말을 무시하며 브렌트퍼드까지 엿새 동안 걸어간 일을 떠올렸다.

"알레시아!" 그가 버럭 고함을 지르는 바람에 그녀는 기겁했다.

그녀가 그에게 고개를 돌렸다. "왜요?"

"내가 말하고 있잖아."

그녀가 어깨를 으쓱거렸다. "당신이 날 납치했잖아요. 난 당신이랑 있기 싫은데 당신은 나와 대화를 바라는 거예요?"

"네가 이렇게 심하게 반항할 줄은 몰랐어." 아나톨리가 툴툴거렸다.

"아직 시작도 안 했어요."

아나톨리의 입이 뒤틀렸다. 놀랍게도 재밌어하는 눈치였다. "이거 하난 확실해, 자기야, 넌 지루하지가 않아."

그가 깜빡이등을 켰고 그들은 아우토반을 빠져나가 휴게소로 향했다. "저기 카페가 있군. 뭘 좀 먹자."

아나톨리는 블랙커피와 설탕 봉지 몇 개, 물 한 병, 치즈 바게트 하나가 든 쟁반을 그녀 앞에 놓았다. "음식을 갖다 바쳐야 하다니 믿을 수가 없네." 그가 앉으면서 중얼거렸다. "먹어."

"지금은 21세기예요." 알레시아는 반발심이 들어 팔짱을 끼며 쏘아붙였다.

그의 턱이 굳게 다물렸다. "두 번 말 안 해."

"약하게 나오네요, 아나톨리. 난 안 먹어요. 당신이 샀으니까 당신이 먹어요." 그녀는 꼬르륵거리는 위장을 무시하고 쏘아붙였다. 그는 놀라 눈을 둥그렇게 떴다가 입술을 꾹 다물었다. 어쩐지 웃음을 참고 있는 것 같았다. 그는 한숨을 쉬고는 손을 내밀어 그녀 몫의 바게트를 집어 들고 과장되게 한 입 큼직하게 베어 물었다. 음식을 입안에 가득 넣고 씹는 모습이 우스꽝스러운 데다 어이없게 만족한 듯 보여서 알레시아는 자기도 모르게 피식 웃고 말았다.

아나톨리가 미소를 지었다. 웃음기가 눈까지 이어진 진짜 미소였다. 그의 눈이 그녀를 따뜻하게 바라보았다. 그는 더 이상 즐거운 기색을 숨기지 않았다. "이거." 그가 그녀에게 남은 바게트를 내밀었다. 하필 그때 그녀의 위장이 요동을 쳤고 그가 그 소리를 들었다. 그의 미소가 더 커졌다. 그녀는 바게트와 그를 쳐다보고는 한숨을 내쉬었다. 배가 너무 고팠다. 먹어서는 안 된다는 생각이 들었지만 그것을 그에게서 받아먹기 시작했다.

"그래, 그래야지." 그가 말하고는 자기 걸 먹기 시작했다.

"여기가 어디죠?" 알레시아가 몇 입 먹고 나서 물었다.

"프랑크푸르트를 막 지났어."

"알바니아에는 언제 도착해요?"

"내일. 내일 오후에는 고향에 도착했으면 좋겠는데."

그들은 조용히 음식을 마저 먹었다.

"난 다 먹었어. 그만 일어나지. 화장실 가야 하나?" 아나톨리가 그녀 옆에 서서 얼른 가고 싶어 조바심을 냈다. 알레시아는 커피 잔을 들었다. 커피에 설탕은 넣지 않았다.

맥심처럼.

커피가 썼지만 쭉 들이켜고 나서 물병을 집어 들었다.

휴게소에 딸린 널찍한 주차장과 감도는 디젤 차량의 연기가 익숙하게 다가왔다. 그녀는 맥심과 같이 떠났던 여행을 떠올렸다. 하지만 그때는 맥심과 같이 있어서 좋았다는 점이 지금과는 달랐다. 알레시아는 가슴이 미어졌다. 그녀는

273

맥심에게서 점점 더 멀어지고 있었다.

나는 개트윅 공항의 브리티시 에어웨이 비즈니스석 라운지에 앉아 티라나행 오후 비행기를 기다리고 있다. 톰은《타임》지를 뒤적이며 샴페인 잔을 홀짝였지만 나는 생각을 멈출 수가 없었다. 알레시아가 내 곁을 떠난 후 내내 극심한 불안 상태가 이어졌다.

혹시 그녀는 자발적으로 그를 따라간 게 아닐까.

그녀가 우리의 관계에 대해 생각을 바꾼 거라면.

그랬을 거라고 믿고 싶진 않지만, 의심이 내 마음을 파고들었다.

조금씩 조금씩.

그녀의 마음이 변했다면 다시 돌려야 할 것이다. 나는 불안한 생각을 떨쳐보려고 사진을 몇 장 찍어 인스타그램에 올렸다. 사진을 올리고 나니 오늘 아침의 일들이 생각났다.

가장 먼저 나는 알레시아에게 줄 휴대폰을 샀다. 그것은 지금 내 배낭 안에 있다. 그리고 올리버를 만나 영지와 관련된 현안들을 간단히 훑었는데 다행히 모든 것이 순조롭게 흘러가고 있었다. 나는 변호사 라자의 입회 아래 귀족 명부 등재를 위해 관청에서 요구한 서류에 서명했다. 그리고 두 사람에게 지난 주말 알레시아와 관련해 일어난 일들을 요약해 설명해주고 라자에게는 알레시아가 정식으로 비자를 얻어 영국에 체류할 수 있도록 이민 전문 변호사를 추천해달

274

라고 부탁했다.

그 일을 마친 다음 벨그레이비어에 있는 거래 은행에 들렀다. 그곳에는 트리비딕 가문의 소장품이 보관돼 있다. 나는 알레시아를 무사히 되찾으면 그녀에게 청혼할 생각이다. 수 세기 동안 우리 선조들은 당대 최고의 장인들이 제작한 보석들을 대량으로 사들여 소장해왔다. 전 세계 박물관에 대여되지 않은 소장품들은 벨그레이비어 은행 금고에 안전하게 보관된다.

반지가 하나 필요했다. 알레시아의 아름다움과 재능에 걸맞은 것으로. 소장품 중에 마땅한 것이 두 개 있었는데 나는 백금과 다이아몬드로 만든 1930년대 카르티에 반지를 골랐다. 내 할아버지 휴 트리벨런이 1935년 내 할머니 알레그라에게 주었던 반지였다. 이 정교하고 단순하면서도 우아한 2.79캐럿 다이아몬드 반지의 현재 가치는 4만 5천 파운드에 달한다.

이 반지가 알레시아의 마음에 들기를. 계획대로 된다면 그녀는 그것을 끼고 영국으로 돌아오게 될 것이다. 내 약혼자의 자격으로.

나는 다시 주머니를 톡톡 건드려 반지가 잘 있는지 확인하고는 톰에게 인상을 썼다. 톰은 입안에 땅콩을 한가득 넣고 씹다가 눈을 들어 나를 보았다. "좀 참아, 트리비딕. 너 지금 얼굴에 '나 열받았다'고 쓰여 있어. 알레시아는 괜찮을 거야. 우리가 구해내면 돼." 내가 전화해서 일어난 일들을 이야기해주었을 때 톰은 나와 동행하겠다고 자원했다. 마그다에게는 경호원을 한 명 붙여두고 나를 따라나섰다. 모험을 마다하지 않는 놈이다. 과거에 입대한 것도 순전히 이러한 성향 때문이었는데 지금도 비유하자면 군마를 타고 출전한 장수의 마음으로 이 일에 임하고 있다.

"제발 그랬으면 좋겠다." 나는 대답했다. 알레시아도 우리를 불청객이 아니라 구출자로 생각해줄까? 모르겠다. 한시라도 빨리 비행기에 올라 그녀의 부모님 집으로 가고 싶었다. 거기서 어떤 일과 맞닥뜨릴지 알 수 없지만 내 여자를 만나게 되기를 간절히 바랐다.


"왜 알바니아를 떠났지?" 다시 아우토반으로 들어섰을 때 아나톨리가 물었다. 그의 목소리가 부드러워서 알레시아는 그가 그녀의 경계심을 풀려고 수를 쓰는구나 의심했다. 그녀도 호락호락하지 않았다.

"왜인지 알잖아요. 그 이유는 이미 말했어요." 그녀는 그렇게 말하면서도 그가 그녀의 말을 어떻게 받아들였는지 가늠할 수 없었다. 이제라도 그 진실을 잘 포장한다면 좋게 넘어갈 여지는 있었다. 그럼 그녀도 그녀의 어머니도 큰 곤욕은 치르지 않아도 될 것이다. 하지만 관건은 마그다가 어떤 말을 했느냐였다. "어머니의 친구가 뭐라고 말했죠?"

"네 아버지가 중간에 그 이메일을 발견하셨어. 이메일에서 네 이름을 보시고 내게 보여주시면서 읽어달라고 하셨지."

"뭐라고 쓰여 있던가요?"

"네가 무사히 잘 지내고 있고 어떤 남자를 위해 일하러 떠날 거라고."

"그게 전부예요?"

"그런 셈이지."

마그다가 단테와 일리의 이야기는 하지 않는 모양이다. "우리 아버지는 뭐라고 하셨는데요?"

"널 데려오라고 하셨어."

"우리 어머니는요?"

"어머님과는 이야기 나누지 않았어. 어머님이 상관할 일이 아니니까."

"당연히 상관이 있지 뭐가 아니에요! 원시인 같은 소리 그만해요!"

그는 버럭하는 그녀에게 놀라 곁눈질로 그녀를 쳐다보았다. "원시인?"

"그래요. 당신은 공룡이야. 어머니는 이야기를 들을 권리가 있다구요."

영문을 몰라 찌푸린 아나톨리의 얼굴은 많은 것을 시사했다. 도무지 그녀가 무슨 말을 하는지 이해할 수 없다는 얼굴이었다. 한번 포문을 열자 알레시아는 멈추지 않았다. "당신은 다른 세상에서 온 남자 같아. 다른 나라에서 여자한테 그렇게 네안데르탈인처럼 행동하다간 이상한 사람 취급받기 딱 좋아요."

그가 고개를 저었다. "우리 애인이 서유럽에 너무 오래 있었군."

"난 서유럽이 좋아요. 우리 할머니도 영국 사람이에요."

"그래서 런던에 간 거야?"

"아뇨."

"그럼 왜?"

"아나톨리, 당신도 그 이유를 알잖아요. 난 당신에게 똑똑히 보여주고 싶었어요. 내가 당신과의 결혼을 원치 않는다는 걸."

"때가 되면 정신 차리게 될 거야, 알레시아." 그는 그녀의 거절을 가볍게 일축하듯 손을 흔들었다.

알레시아는 열이 뻗쳤다. 괴롭기도 했지만 용기도 났다. 어차피 운전하는 중인데 무얼 어쩌겠나? "난 내가 선택한 사람과 결혼하고 싶어요. 내 요구는 단순해요."

"네 아버지를 욕되게 할 셈이야?"

알레시아는 얼굴을 붉혔다. 그녀의 이러한 태도는—그녀의 반항, 그녀의 자기주장은—집안의 명예에 큰 부담이 될 것이 분명했다.

그녀는 고개를 창문 쪽으로 돌렸지만 이 대화는 그녀의 머릿속에서 계속되었다. 그녀는 아버지에게 다시 한 번 간청을 해보기로 결심했다.

그녀는 잠시 맥심의 생각에 빠졌다. 격렬하고 생생한 슬품이 다시 밀려왔다. 등등하던 기세가 수그러들면서 절망 속으로 곤두박질쳤다. 심장은 여전히 뛰었지만 가슴이 공허했다.

그를 다시 볼 수 있을까?


오스트리아의 어딘가에서 아나톨리는 다시 휴게소에 들렀지만 이번에는 기름만 넣었다. 같이 가게에 들어가자고 그가 고집을 부려서 그녀는 그를 따라다녔지만 주변은 신경 쓰지 않았다.

아우토반으로 돌아갔을 때 그가 선언했다. "이제 곧 슬로베니아야. 크로아티아에 도착하면 다시 트렁크로 들어가야 해."

"왜요?"

"크로아티아는 쉥겐 조약 가입국이 아니라 국경이 있어서 그래."

알레시아는 해쓱해졌다. 트렁크에 들어가기 싫었다. 어둠은 질색이다.

"아까 기름 넣으러 갔을 때 손전등 배터리 더 사왔어."

그녀는 아나톨리를 쳐다보았다. 그의 눈이 그녀의 시선을 붙잡았다. "네가 싫어하는 거 알아. 하지만 어쩔 수 없어." 그가 주의를 도로로 다시 돌렸다. "이번엔 오래 걸리지 않을 거야. 저번에 덩케르크에서 멈췄을 때는 이산화탄소 중독 때문에 의식을 잃었던 거야." 그러고 나서 그가 인상을 썼는데 알레시아의 눈엔 걱정하는 것처럼 보였다. 오늘 오후 식당에서는 그녀를 따뜻하게 대해주었다.

"왜 그러지?" 그가 묻는 바람에 그녀는 생각에서 깨어났다.

"당신이 걱정을 해주니까 낯설어서요." 그녀가 말했다. "늘 난폭하게 굴더니만."

아나톨리의 손이 운전대를 꽉 쥐었다. "알레시아, 그건 네가 말을 안 들어서 생기는 결과야. 난 네가 얌전한 알바니아 아내가 되기를 바라는 거야. 넌 그것만 알면 돼. 너 런던에 있는 동안 지나치게 자기주장이 늘었어."

그녀는 대답하지 않고 고개를 돌려 지나가는 시골 풍경을 바라보았다. 그녀가 쓰라린 마음을 홀로 달래는 동안 그들의 차는 오후의 풍경 속으로 달려갔다.


우리 비행기는 현지 시각으로 20시 45분에 차디찬 비가 퍼붓는 티라나에 착륙했다. 톰과 나는 손에 든 가방 외에 짐이 없었기 때문에 곧장 세관을 통과해 불이 환히 밝혀진 현대적 느낌이 나는 공항 터미널로 나왔다. 기대한 바 없이 마주한 공항은 유럽의 여느 작은 공항과 다를 바 없었고 필요한 시설은 고루 갖춘 것 같았다.

하지만 우리가 빌린 렌터카는 생소한 차였다. 좋은 차를 빌릴 수 없을 거라던 여행사의 경고대로 내가 운전대를 잡은 차는 한 번도 들어본 적 없는 '다치아'라는 브랜드였다.

이렇게 기본만 갖춰진 아날로그 자동차는 처음이었다. 그나마 라디오와 USB 포트가 있어서 우리는 내 아이폰을 연결해 구글맵을 사용할 수 있었다. 놀랍게도 나는 실용적이고 튼튼한 이 차가 마음에 들었다. 톰은 이 차에 '다아시'라는 별명을 지어주었다. 우리는 주차장 출입구에서 주차 요원과 얼마간 협상을 벌이고 약간의 뇌물을 준 끝에 출발할 수 있었다.

밤길 운전은 만만치 않았다. 비가 억수같이 퍼붓고 차도가 영국과 반대인 데다 1990년대 중반까지 자동차를 소유한 개인이 드물었던 시골길을 달려야 했기 때문이다. 하지만 40분 뒤 다아시와 구글맵은 티라나 중심부에 위치한 플라자 호텔로 우리를 무사히 데려다주었다.

"후, 진짜 짜릿했어." 호텔 정면에 차를 세울 때 톰이 말했다.

"왜 아니겠냐."

"난 이보다 더 열악한 환경에서도 운전을 해봤지." 그가 중얼거렸다. 나는 시동을 껐다. 톰은 아프가니스탄에서 보낸 시절을 에둘러 말하고 있었다. "그 여자의 고향 마을까지 얼마나 걸린다고 했지?"

"그녀의 이름은 알레시아야." 내가 툴툴거렸다. 벌써 열 번째 반복하는 말이라 과연 톰을 데려온 것이 잘한 짓일까 하는 의문이 들었다. "운전해서 한 세 시간은 가야 할걸." 톰은 유사시엔 쓸모가 많았지만 확실히 말본새는 없는 놈이었다.

"미안, 친구. 그래, 알레시아." 그가 이마를 톡톡 두드렸다. "알아들었어. 내일은 비가 그쳐야 할 텐데. 체크인하고 어디 가서 한잔하자."

손전등을 움켜쥔 알레시아를 트렁크에 태우고 달리던 벤츠가 별안간 멈췄다. 크로아티아 국경에 도착한 게 분명했다. 그녀는 아나톨리의 외투를 머리 위로 뒤집어쓰고 손전등을 껐다. 붙잡히고 싶지 않았다. 집에 가고 싶었다. 목소리들이 들려왔다. 나직하고 절제된 음성이었다. 차가 다시 움직이기 시작했다. 그녀는 안도의 한숨을 내쉬고 스위치를 올려 밝은 빛을 되살렸다. 맥심과 같이 작은 용을 가지고 함께 이불을 덮어썼던 기억이 떠올랐다. 그의 크고 호화로운 침대에 앉아 이야기를 나눴던 일, 맞닿은 무릎… 갑자기 날카로운 고통이 솟구쳐 그녀의 영혼 깊숙이 스며들었다.

곧 벤츠가 속도를 줄이더니 멈춰 섰다. 엔진이 꺼지고 나서 얼마 뒤 아나톨리가 트렁크 문을 열었다. 알레시아는 손전등을 끄고 일어나 앉아 어둠 속에서 눈을 깜빡였다.

그들은 인적이 없는 교외의 도로에 있었다. 맞은편에 작은 방갈로 한 채가 음산하게 자리하고 있었다. 자동차 후미등 불빛에 아나톨리의 모습이 드러났다. 지옥불 같은 붉은 빛이 그의 얼굴에 드리웠고 입김이 으스스한 구름처럼 그의 몸을 감쌌다. 그는 그녀가 일어나게 도와주려고 손을 내밀었다. 그녀는 지친 데다 몸이 뻣뻣해서 그의 손을 받아들였다. 그녀가 비틀대며 트렁크 밖으로 나왔을 때 그가 그녀를 홱 끌어당겨 품에 안았다.

"왜 이렇게 적대적이야?" 그의 입김이 그녀의 관자놀이에 닿았다. 그는 그녀의 허리를 단단히 감은 채 다른 손으로는 그녀의 뒤통수를 받치고 머리카락을 움켜쥐었다. 추운 날 씨였지만 뜨겁고 육중한 그의 숨결이 두 사람 사이를 채웠다. 알레시아가 미처 정신을 차릴 틈도 없이 그의 입술이 그녀의 입술을 거칠게 뒤덮었다. 그가 혀를 그녀의 입에 넣으려 했지만 그녀는 저항했다. 두려움과 혐오감이 한데 뒤섞여 그녀의 몸을 휘저었다. 그녀는 그의 팔을 밀치고 미친 듯이 몸을 뒤틀면서 그의 품을 벗어나려 몸부림쳤다. 그가 상체를 젖히고 그녀를 내려다보았을 때 그녀는 자기도 모르게 그의 뺨을 후려쳤다. 때린 손바닥이 얼얼했다. 그가 충격을 받고 물러났다. 그녀는 가쁜 숨을 몰아쉬었다. 아드레날린이 혈관을 질주하며 두려움을 몰아내고 유용한 분노만 남겨두었다. 아나톨리는 그녀를 노려보며 뺨을 문지르다가 눈 깜짝할 사이에 그녀의 뺨을 세게 후려쳤다. 한 번. 두 번. 그녀의 고개가 오른쪽에서 왼쪽으로 홱홱 돌아갔다. 그녀는 가격당할 때마다 휘청거렸다. 그가 아무렇게나 그녀를 들어 올렸다가 트렁크에 다시 떨구는 바람에 그녀는 어깨와 등허리, 머리를 부딪쳤다. 그녀가 항의하기도 전에 그가 트렁크 문을 쾅 닫아버렸다.

"얌전히 예의 바르게 행동할 때까지 그 안에 있어!" 그가 소리쳤다. 알레시아는 욱신거리는 머리를 부여잡았다. 분노로 목구멍과 눈 안쪽이 뜨겁게 달아올랐다.

이것이 그녀가 처한 현실이었다.


나는 네그로니 칵테일을 한 모금 마셨다. 톰과 나는 호텔 옆의 바에 있었다. 현대적이고 세련된 분위기에 편안한 곳이었고 직원들도 과도하지 않게 적당히 친절하게 손님을 응대했다. 게다가 네그로니의 맛은 기가 막혔다.

"용케 이런 곳을 다 찾았네." 톰이 술잔을 천천히 기울이며 말했다. "솔직히 난 아무 기대 없이 왔거든. 염소랑 흙벽만 있을 줄 알았어."

"그러게 말이야. 여긴 모든 예상을 뛰어넘는 곳이야."

톰이 살피는 눈으로 나를 응시했다. "용서해라, 트리비딕. 하지만 나도 좀 알아야겠다. 너 왜 이러는 거냐?"

"뭐?"

"여자를 쫓아 유럽 대륙으로 건너온 이유가 뭐야? 왜 이러는 거야?"

"사랑하니까." 나는 세상에서 가장 타당한 이유를 대듯 선언했다.

이 자식은 어째서 이걸 이해 못 하지?

"사랑한다고?"

"응. 더 이상 무슨 말이 필요하냐."

"네 청소부를 말이야?"

284

나는 어이가 없었다. 알레시아가 내 집에서 청소를 했다고 해서 뭐가 달라지나? 그녀는 여전히 날 위해 청소를 하고 싶어 한다. "그냥 받아들여, 톰. 난 그녀와 결혼할 거야."

톰이 술을 들이켜다가 컥컥거리며 빨간 액체를 테이블 위에 뱉어냈고 나는 이 녀석을 이 여행에 데려온 나의 판단력에 다시금 의문을 제기했다. "천천히 가, 트리비딕. 내가 기억하기로 예쁜 여자이긴 해. 그렇다고 해서 이게 현명한 짓일까?"

나는 어깨를 으쓱거렸다. "난 그녀를 사랑해."

톰이 어이없다는 듯 고개를 저었다.

"톰, 네가 네 짐을 질 용기가 없어서 널 만나주는 성녀 같은 헨리에타에게 빌어먹을 청혼을 못 한다고 해서 함부로 재단하진 마라."

톰이 인상을 썼다. 그의 눈이 전투 욕구로 번뜩였다. "잘 들어, 인마. 내가 이 뻔한 사실을 지적하지 않으면 난 의리없는 놈이 되는 거니까."

"뻔한 사실?"

"넌 지금 상중이야, 맥심." 그의 목소리는 놀랍도록 점잖았다. "이 벼락같은 열병이 네가 형의 죽음에 대처하는 방식이라는 생각은 안 해봤어?"

"이건 키트와 아무 상관 없어. 내가 빌어먹을 열병에 걸린 것도 아니고. 넌 나만큼 그녀를 몰라. 그녀는 특별한 여자야. 여자라면 수없이 만나봤지만 그녀는 달라. 사소한 건 개

285

의치 않는 여자야… 똑똑하고. 재미도 있어. 그리고 용감해. 그녀의 피아노 연주를 네가 못 들어봐서 그래. 그녀는 진짜 천재야."

"정말이냐?"

"그래. 나 진지해. 그녀를 만난 후로 온 세상이 달라 보인 단 말이다. 그리고 세상 안에서의 내 위치를 자문하게 됐 어."

"그래도 천천히 가."

"아냐, 톰. 너나 천천히 가. 그녀에겐 내가 필요해. 누군가 에게 필요한 사람이 된다는 건 좋은 거 아니겠냐. 그리고 나 도 그녀가 필요해."

"하지만 그게 관계의 기본은 아니지."

나는 이를 악물었다. "그렇게 단순한 게 아니야. 넌 조국을 위해 싸웠어. 지금은 성공적인 사업체를 운영하고. 그동안 난 무슨 일을 했냐?"

"이제부터 트리비딕 가문 역사 속에 네 자리를 잡게 되겠 지. 그리고 이후 세대를 위해 그 유산을 지킬 테고."

"알아." 나는 한숨을 쉬었다. "난 그게 부담스러워. 그래서 내 옆에 누군가 믿을 수 있는 사람이 필요해. 나를 사랑하는 사람. 내 재산과 작위보다 나 자체를 더 소중히 여길 사람. 내가 너무 무리한 욕심을 부리는 거냐?"

톰이 얼굴을 찌푸렸다.

"너도 그런 사람을 찾았어." 내가 덧붙였다. "그런데 헨리에타를 당연히 여기고 있지."

톰이 한숨을 내쉬고는 남은 술을 내려다보았다.

"네 말이 맞다." 그가 중얼거렸다. "나 헨리 사랑해. 나도 내 짐을 져야겠지."

"그래야지."

톰이 고개를 끄덕였다. "그래. 한 잔 더 하자." 그가 웨이터에게 술을 한 잔씩 달라고 손짓했다. 친구들마다 전부 알레시아에 대해 이런 식의 의문을 제기할 테고 나는 매번 그들의 이런 의문을 상대해야 할 것이다… 내 가족들이 제기하는 의문까지도.

"더블로." 내가 외쳤다.


알레시아는 잠에서 깼다. 자동차가 멈춰 있었다. 엔진이 잠잠했다. 트렁크 문이 열리고 아나톨리가 다시 그녀를 굽어보며 서 있었다. "이제 예의범절을 좀 배웠겠지?"

알레시아는 그에게 쌀쌀맞은 표정을 지어 보이고는 일어나 앉아 주먹 쥔 손으로 눈을 비볐다.

"내려. 오늘 밤 여기서 묵을 거니까." 그는 그녀에게 손도 내밀지 않고 그녀에게서 자기 외투를 홱 집어서 몸에 걸쳤다. 매서운 바람이 그녀를 휘감았다. 그녀는 몸이 벌벌 떨렸다. 온몸이 아팠지만 트렁크에서 겨우 내렸다. 비참한 기분으로 한쪽에 서서 그의 다음 행동을 기다렸다.

아나톨리의 시선은 그녀를 따라 움직였고 그의 입술은 얇은 선을 그리며 분노를 표출했다. "이제 고분고분하게 굴 거야?" 그가 비웃었다.

알레시아는 아무 말도 하지 않았다.

그는 코웃음을 치고 나서 짐을 들었다. 알레시아는 주변을 둘러보았다. 그들은 도심 속 주차장 안에 있었다. 가까운 곳에 웅장한 호텔 건물이 보였다. 높은 고층 건물이었고 할리우드 영화의 한 장면처럼 현관 지붕 위에 불이 켜진 '웨스틴'이라는 글자가 반짝거렸다. 아나톨리가 느닷없이 그녀의 손을 움켜쥐더니 그녀를 호텔 출입구로 이끌었다. 그가 성큼성큼 걷는 바람에 그녀는 종종걸음으로 따라가야 했다.

대리석과 거울로 장식된 현대풍 로비에서 알레시아는 작은 간판을 보고 그곳이 웨스틴 자그레브 호텔이라는 것을 알았다. 아나톨리는 완벽한 크로아티아어를 구사해 체크인을 했고, 몇 분 뒤 그들은 엘리베이터를 타고 15층으로 올라갔다.

아나톨리가 잡은 방은 크림색과 갈색 가구가 비치된 호화로운 스위트룸이었다. 소파와 책상, 작은 탁자가 하나씩 있었다. 알레시아는 미닫이문 사이로 침대를 보았다.

하나뿐이었다.

안 돼!

그녀는 피곤하고 무력한 몸으로 문 바로 안쪽에 서 있었다.

아나톨리는 외투를 벗어 소파 위에 던졌다. "배고프지?"

그가 텔레비전 밑 수납장 문을 열며 물었다. 그가 미니바를 발견하고 재차 물었다. "안 고파?" 그가 딱딱거렸다.

알레시아가 고개를 끄덕였다.

아나톨리는 고갯짓으로 책상 위의 가죽으로 장정된 책자를 가리켰다 "룸 서비스 시킬 거야. 골라봐. 외투는 벗어." 알레시아는 책장을 넘기다가 룸서비스 목록을 찾았다. 표제어가 크로아티아어와 영어로 쓰여 있었다. 그녀는 메뉴를 쭉 훑다가 얼른 가장 비싼 음식을 선택했다. 아나톨리가 돈을 쓰는 것에 대해 눈곱만큼도 미안하지 않았다. 그녀는 맥심이 돈을 쓰려 했을 때 극구 사양한 일이 기억나 얼굴을 찌푸렸다… 아나톨리가 스카치위스키 두 병을 꺼내 놓고 뚜껑을 차례로 따고 있었다. 알레시아는 아무런 죄책감도 느끼지 못했다. 그녀는 납치 피해자였고, 그는 이미 그녀의 몸에 여러 번 신체적 학대를 가한 상황이었다. 그녀에게 빚을 진 것이다. 하지만 맥심에게는… 큰 빚이 있다. 그녀는 맥심에게 빚을 졌다. 너무 큰 빚을. 그녀의 미스터. 그녀는 그를 그녀의 마음속에서 조용히 놓아주고는 슬픔은 나중으로 미뤄두었다.

"뉴욕스테이크 먹을래요." 그녀가 말했다. "샐러드랑 감자 튀김도. 레드 와인도 한 잔." 아나톨리가 놀라서 그녀를 돌아보았다.

"와인?"

"네. 와인."

그는 잠시 그녀에 대해 생각했다. "서유럽 사람 다 됐군."

그녀는 몸을 더 꼿꼿이 세웠다. "프랑스산 레드 와인으로 할래요."

"게다가 프랑스산?" 그가 이마를 추켜올렸다.

"네." 그녀는 잠시 생각한 뒤 덧붙였다. "부탁해요."

"그래, 한 병 시키지, 뭐." 그가 덤덤하게 어깨를 으쓱거렸다. 자기는 말이 잘 통하는 사람이라는 것처럼.

하지만 그것은 사실이 아니다. 그는 괴물이다.

그는 잔에 위스키를 따른 뒤 그녀를 바라보면서 전화기로 손을 뻗었다. "매력이 흘러넘치는군, 알레시아."

그녀는 얼어붙었다. 어쩌려고 그러지?

"너 아직 처녀야?" 그의 목소리가 달래듯 부드러웠다.

그녀는 너무 놀라 눈앞이 아찔해졌다. "당연하죠." 그녀는 분노와 수줍음을 동시에 느끼는 것처럼 연기하면서 말했다.

이 남자가 진실을 알 리 없었다.

그의 눈빛이 냉혹해졌다. "너 달라 보여."

"당연하죠. 난 눈을 떴거든요."

"누구 때문에?"

"그냥… 겪어서 아는 거예요." 그녀는 중얼거렸다. 차라리 반응하지 말 걸 후회가 됐다. 그녀가 상대하는 것은 뱀 같은 남자였다.

아나톨리는 룸서비스로 전화를 걸어 식사를 주문했고 그 동안 알레시아는 외투를 벗고 소파에 앉아 지친 눈으로 그를 지켜보았다. 그는 통화를 끝낸 뒤 텔레비전 리모컨을 집어 지역 뉴스를 틀고 나서 술잔을 들고 책상 앞에 앉았다. 잠시 그녀를 무시하고 뉴스만 보면서 가끔씩 위스키를 홀짝거렸다. 알레시아는 그의 주의가 다른 데 팔린 것을 보고 마음을 놓고 같이 텔레비전을 보았다. 아나운서가 하는 말을 가만히 들어보니 몇 마디 알아들을 수 있었다. 생각이 다른 곳으로 흘러갈까봐 뉴스에 집중했다. 방심하면 생각은 분명 맥심에게로 흘러갈 것이다. 아나톨리 앞에서 맥심을 잃은 상실감에 슬퍼하고 싶지 않았다.

뉴스가 끝났을 때 그는 주의를 다시 알레시아에게 돌리고 말했다. "그러니까 나 때문에 도망친 거라고?"

어제 일 말인가?

"알바니아를 떠났을 때 말이야." 그가 남은 스카치를 마저 삼켰다.

"당신이 내 손가락을 부러뜨리겠다고 위협했잖아요."

그가 턱을 문지르며 잠시 생각에 잠겼다. "알레시아… 나는…" 그가 말을 멈추었다.

"변명은 듣기 싫어요, 아나톨리. 당신이 나를 대하는 방식으로 사람을 대하는 건 변명의 여지가 없어요. 내 목을 봐요." 그녀는 스웨터를 끌어내려 어제 생긴 멍 자국을 드러내면서 똑똑히 보라고 턱을 치켜들었다.

그가 얼굴을 붉혔다.

문을 가만히 두드리는 소리가 났다. 아나톨리는 짜증스런

눈초리로 알레시아를 흘끔 보고는 문을 열었다. 웨스틴 호
텔 제복을 입은 젊은 남자가 식사 카트를 가지고 밖에 서 있
었다. 아나톨리는 그에게 들어오라고 손짓하고는 물러섰고
청년은 카트를 탁자 쪽으로 옮겼다. 하얀 리넨 탁자보가 덮
힌 카트 위에 두 사람 분의 식기 세트가 놓여 있었고, 도자기
꽃병에 꽂힌 명랑한 노란색 장미꽃 하나가 잔잔한 로맨스를
상징했다.

아이러니하네.

슬픔이 고개를 쳐들고 알레시아의 가슴을 갉아먹기 시작
했다. 그녀가 눈물을 삼키는 동안 웨이터는 와인을 땄다. 그
가 코르크 마개를 도자기 그릇에 놓고 나서 카트 아래 보온
서랍에서 접시들을 꺼낸 뒤 금속 덮개를 벗겼다. 맛있는 냄
새가 훅 퍼졌다. 아나톨리는 크로아티아어로 몇 마디 하고
나서 웨이터에게 10유로짜리로 보이는 지폐를 주자 웨이터
가 감격한 표정을 지었다. 청년이 방을 나갔을 때 아나톨리
는 알레시아를 탁자로 불렀다. "와서 먹어." 시무룩한 목소
리였다.

알레시아는 배도 고프고 싸울 힘도 없어서 상이 차려진
탁자 앞에 앉았다. 결국 이렇게 되는가 싶었다. 그녀의 의지
는 끊임없이 서서히 깎여나갈 테고 결국 때가 되면 이 남자
에게 굴복하게 될 것이다.

"대단히 서구적이로군, 응?" 그가 맞은편에 앉으면서 말
하고는 와인병을 들어 그녀의 잔에 와인을 따랐다.

알레시아는 조금 전 그가 한 말을 곰곰 생각해보았다. 아나톨리가 전형적인 알바니아인 아내를 원한다면 그렇게 해주리라 마음먹었다. 그와 같이 먹지 않을 것이다. 섹스를 원한다면 모를까 잠도 같이 자지 않으리라. 물론 그도 그것은 원치 않을 것이다. 그녀는 저녁 식사를 내려다보았다. 사방의 벽이 좁혀 들어와 가슴을 짓눌렀다.

"Gëzuar(건배), 알레시아." 그가 말했고 그녀는 고개를 들었다. 아나톨리가 잔을 들고 그녀에게 조용히 건배를 청했다. 큰 눈에 따뜻한 빛이 어려 있었다. 그녀는 머리카락이 쭈뼛 섰다. 예상하지 못한… 대접이었다! 그녀는 잔을 들어 그를 향해 멈칫멈칫 건배를 하고 한 모금 마셨다.

"음." 그녀는 와인의 풍미에 유혹당해 눈을 감고 맛을 음미했다. 그녀가 다시 눈을 떴을 때 아나톨리가 그녀를 바라보고 있었다. 그녀는 그의 탁해진 눈을 보며 불길한 예감을 느꼈다.

식욕이 싹 달아났다.

"다시는 달아나지 마, 알레시아. 넌 내 아내가 될 거니까." 그가 말했다. "이제 먹도록 해."

그녀는 접시 위의 스테이크를 내려다보았다.

# 30

아나톨리는 다시 그녀의 잔을 채웠다. "음식에는 거의 손을 안 댔군."

"배고프지 않아요."

"그럼 그만 잠자리에 들지." 그의 목소리에 그녀는 눈을 반사적으로 들었다. 그는 의자에 앉아 그녀를 바라보고 있었다. 기다렸다. 포식자처럼. 그는 생각에 잠긴 것처럼 집게손가락으로 아랫입술을 톡톡 두드렸다. 눈이 반짝거렸다. 그는 와인을 석 잔째 마시고 있었다. 위스키도. 그가 남은 술을 삼키며 잔을 비우더니 자리에서 천천히 일어섰다. 그녀를 향한 시선이 강렬하고 혼탁했다. 그녀는 그의 시선에 꼼짝하지 못했다.

안 돼.

"결혼식 날 밤까지 기다려야 할 이유가 없지." 그가 더 가까이 다가왔다.

"안 돼요. 아나톨리." 그녀가 말했다. "제발. 싫어요." 그녀가 탁자를 움켜잡았다.

그가 손가락으로 그녀의 뺨을 쓸었다. "아름다워." 그가 속삭였다. "일어나. 어차피 할 건데 너나 나나 힘 빼지 말자고."

"기다려요." 알레시아는 방법을 찾아 머리를 굴리며 속삭였다.

"기다리기 싫어. 너랑 싸워야 한대도 어쩔 수 없어." 그가 갑자기 움직여 그녀의 어깨를 움켜잡더니 그녀를 자리에서 거칠게 일으키는 바람에 의자가 뒤로 넘어졌다. 두려움과 분노가 그녀의 온몸을 휘감았다. 그녀는 몸을 비틀고 발길질을 했다. 그녀의 발이 그의 정강이를 차고 나서 탁자를 치는 바람에 그릇과 커틀러리가 뒤흔들리고 그녀의 잔이 쓰러지며 남은 와인이 쏟아졌다.

"이런. 젠장!" 그가 소리쳤다.

"싫다고!" 그녀는 소리치며 그를 겨냥해 발을 차고 주먹을 휘둘렀다. 그가 그녀에게 덤벼들어 허리를 움켜잡아 그녀를 획 끌어안았다. 그가 그녀를 들어 올렸을 때 그녀는 그를 때리려고 마구잡이로 발길질을 해댔다.

"싫어!" 그녀가 소리쳤다. "제발, 아나톨리!"

그는 아랑곳하지 않고 그녀를 꽉 끌어안은 채 끌다시피 해서 그녀를 침대로 데려갔다.

"싫어. 싫어. 그만해!"

"조용히 해!" 그는 소리를 지르며 그녀를 흔들고는 내던졌고 그녀는 침대로 엎어졌다. 그는 그녀 옆에 앉아서 한 손으로 그녀의 등을 찍어 누르고 다른 손으로 그녀의 부츠를 벗기기 시작했다.

"싫어!" 그녀가 다시 소리쳤다. 몸을 비틀고 그를 걷어찼다. 한 번, 두 번. 그리고 그의 손에서 빠져나오려고 주먹으로 그를 계속 때렸다.

"젠장, 가만 좀 있어, 알레시아!"

그녀는 사납게 날뛰었다. 분노와 혐오감이 그녀도 모르던 힘을 일깨워 끌어냈다. 그녀는 분노에 사로잡혀 혐오하는 남자를 향해 분노를 쏟아내며 싸웠다.

"돌겠구만." 아나톨리가 그녀의 몸을 덮쳤다. 그녀는 매트리스에 찍어 눌려 숨이 턱 막혔다. 그를 밀어내려 했지만 그는 너무 무거웠다.

"진정해." 그가 헐떡거리며 그녀의 귀에 대고 말했다. "진정하라고." 그녀는 몸부림을 멈추고 무슨 수가 없는지 머리를 굴리면서 공기를 폐 안으로 끌어들였다. 아나톨리가 몸을 들고 그녀를 뒤집자 서로의 코가 마주쳤다. 그는 다리로 그녀의 허벅지를 누른 채 그녀의 두 손을 잡아 머리 위로 끌어 올린 뒤 한 손으로 그녀의 두 손을 찍어 눌렀다.

"널 갖고 싶어. 넌 내 아내야."

"제발. 안 돼." 그녀는 그의 사납고 큰 눈을 바라보았다. 그의 눈에서 흥분한 본능이 보였다. 그의 날씬한 몸이 흥분해 전율했고 그 흥분감이 그녀의 골반에 와 닿았다. 그는 거친 숨을 몰아쉬며 그녀를 내려다보았다. 그의 한 손이 그녀의 몸 위를 움직였다. 젖가슴으로, 배로, 바지 지퍼로.

"안 돼. 아나톨리, 제발. 나 생리 중이에요. 제발. 생리 중이라구요." 그녀는 누워 있었지만 그를 막을 마지막 수를 썼다. 그가 무슨 말인지 모르겠다는 듯 인상을 썼다. 그의 표정이 욕정에서 혐오로 바뀌었다.

"오." 그가 말했다.

그는 그녀의 손을 놓고 그녀에게서 떨어져 천장을 올려다보았다. "기다려야겠군." 그가 투덜거렸다.

알레시아는 옆으로 돌아누운 뒤 무릎을 끌어 올려 몸을 공처럼 말고 잔뜩 웅크렸다. 절망, 역겨움, 두려움. 그것들의 화신이 그녀 옆에 누워 있었다. 두려움이 그녀의 목을 조르기 시작했다. 침대가 움직거리더니 아나톨리가 일어나 거실로 돌아가는 기척이 났다.

얼마나 더 울어야 눈물이 마를까?

시간이 가고 세월이 가야 가능할까.


얼마 뒤 아나톨리가 그녀에게 담요를 덮어주었다. 그녀는 침대가 밑으로 꺼지고 그가 이불 속으로 들어오는 것을 느꼈다. 그가 몸을 움직거려 팔을 그녀에게 두르더니 항복하지 않는 그녀의 몸을 바짝 끌어당겼다. "우린 잘 맞을 거야."

그의 입술이 그녀의 뺨을 스치며 놀랍게도 가벼운 키스를 남겼다.

알레시아는 주먹 쥔 손을 입에 대고 터지는 침묵의 비명을 틀어막았다.


그녀는 화들짝 놀라 잠에서 깼다. 방 안은 밝아오는 잿빛 여명으로 어둑했다. 아나톨리는 옆에서 곤히 자고 있었다. 잠이 든 그의 얼굴은 느긋하고 덜 엄격해 보였다. 알레시아는 천장을 올려다보았다. 온 신경이 곤두섰다. 그녀는 옷을 모두 입고 부츠마저 신고 있었다. 이대로 달아날까.

가. 당장. 그녀는 스스로를 다그쳤다.

천천히, 조금씩 그녀는 침대에서 벗어나 까치발로 방을 빠져나왔다.

어젯밤에 먹다 남은 음식들이 아직 탁자 위에 있었다. 알레시아는 식은 감자 튀김을 몇 개 얼른 집어 입안에 넣었다. 먹으면서 그녀의 가방을 뒤져 돈을 찾아 지폐들을 뒷주머니 안에 넣었다.

그녀는 동작을 멈추고 귀를 기울였다.

그는 아직 잠들어 있었다.

그녀는 더플백 옆에 있는 아나톨리의 여행가방을 쳐다보았다. 혹시 그가 저 안에 돈을 놔두지 않았을까… 만약 그렇다면 탈출은 더 수월해질 것이다. 그녀는 안에 무엇이 있는지 몰랐지만 가만히 가방 지퍼를 열었다.

안은 단정했다. 옷이 몇 개 있었고 그의 권총이 있었다.

그 총이야.

그녀는 그것을 꺼냈다.

이제 그를 죽일 수도 있다.

그가 그녀를 죽이기 전에.

그녀의 심장은 거세게 뛰었고 머릿속은 어지러웠다.

그녀에게 힘이 생겼다. 손안의 권총이 묵직하게 느껴졌다.

그녀는 일어서서 옆걸음질로 침실 문에 다가가 잠이 든 아나톨리를 바라보았다. 그는 움직이지 않았다. 전율이 그녀의 등줄기를 따라 흐르고 숨은 가빠졌다. 그는 그녀를 납치했다. 그녀를 때렸다. 그녀의 목을 졸랐다. 간강하려 했다. 그녀는 그와 그가 의미하는 모든 것을 증오했다. 그가 두려웠다. 그녀는 덜덜 떨리는 손을 들어 그를 겨냥했다. 조용히 안전장치를 풀었다. 머릿속이 쿵쿵 울리고 땀방울이 이마에 맺혔다.

이제부터 시작이다.

그녀의 시간은.

손이 부들부들 떨렸고 눈앞은 눈물로 흐려졌다.

안 돼. 안 돼. 안 돼. 안 돼.

그녀는 눈물을 닦고 손을 떨구었다.

나는 살인자가 아니다.

그녀는 총을 뒤집어 총신을 내려다보았다. 미국 드라마를 많이 봐서 어떻게 쏘는지는 잘 알고 있었다.

맹목적으로 운명에 굴복하고 싶지 않았다. 탈출구는 하나뿐이었다.

모든 걸 끝낼 방법이 있다. 불행도 끝날 것이다.

아무것도 느끼지 못할 것이다. 다시는, 영원히.

괴로워하는 어머니의 얼굴이 떠올랐다.

엄마.

어머니가 얼마나 충격받으실까…?

맥심이 생각났다. 그녀는 그에 대한 생각을 얼른 떨쳐냈다.

다시는 그를 만나지 못할 것이다.

목이 메어왔다. 감정이 북받쳤다. 그녀는 눈을 꽉 감았다. 숨이 가빠졌다.

차라리 스스로 목숨을 끊자. 아나톨리가 아니라…

그럼 누군가가 뒤처리를 해야겠지.

안 돼. 안 돼. 안 돼.

그녀는 바닥에 주저앉았다. 패배했다. 실패했다. 스스로 목숨을 끊을 수도 없었다. 용기가 나지 않았다. 맥심을 다시 보고 싶다는 한 가닥 희망이 마음 깊은 곳에서 살고 싶은 의지를 끌어냈다. 도망칠 수 없었다. 집으로 돌아가야 했다. 자그레브에서 런던까지는 닷새만에 걸어서 갈 거리가 아니었다. 훨씬 멀었다. 그녀는 총을 든 채 자기 몸을 부여안고 앞뒤로 흔들며 조용히 슬픔에 굴복했다. 이렇게 정신이 무너지기는 처음이었다. 이렇게 많은 눈물을 흘린 적도 없었다. 처음이었다. 힘들게 탈출해 마그다네 집까지 오래 걸어갔을 때도 이렇지는 않았다. 할머니가 돌아가셨을 때도 상실감에 슬퍼했지만 이렇게 황폐하지는 않았다. 이것은 감당할 수 없는 슬픔이었다. 그녀는 아나톨리를 죽일 수도 없고 스스로 목숨을 끊을 수도 없었다. 사랑하는 남자를 잃고 증오하는 남자에게 매인 몸이 되었다.

가슴이 찢어졌다. 이럴 수는 없어. 가슴이 찢겨 흩어져버렸다.


태양이 지평선 위로 고개를 내밀었을 때 그녀는 숨죽여 울면서 눈물에 젖은 눈으로 총을 보았다. 아버지의 총과 비슷했다.

그녀가 할 수 있는 일이 있었다. 아버지가 총을 만지는 걸 여러 번 보았기 때문이다. 그녀는 탄창을 뺐다. 놀랍게도 안에 총알이 네 발뿐이었다. 그녀는 총알들을 빼낸 뒤 슬라이드를 뒤로 당겨 약실에 장전된 총알도 빼냈다. 그리고 빈 탄창을 총에 끼워넣고 총알들은 주머니에 넣은 뒤 권총을 아나톨리의 가방 안에 다시 넣고 지퍼를 잠갔다.

그녀는 서서 눈물을 닦았다. 울 만큼 울었어. 스스로를 꾸짖었다. 창문을 보니 이른 아침 햇살에 자그레브의 하늘이 모습을 드러내는 중이었다. 웨스틴 호텔 15층 아래로 적갈색 흙빛 퀼트 같은 도시 풍경이 펼쳐졌다. 매력적인 경치에 눈길이 끌린 순간 티라나도 여기와 비슷할까 하는 생각이 들었다.

"깨어 있었네." 아나톨리의 목소리에 그녀는 흠칫 놀랐다.

"배가 고파서요." 그녀는 남은 음식이 놓여 있는 탁자를 쳐다보았다 "샤워하려던 참이었어요."

그녀는 가방을 들고 욕실로 들어가 문을 잠갔다.


욕실 밖으로 나갔을 때 아나톨리는 일어나 옷을 갖춰 입고 있었다. 그릇이며 남은 음식은 모두 치워지고 없었고, 새 린넨이 깔린 탁자 위에 유럽식 아침 식사가 차려져 있었다.

"도망 안 갔네." 아나톨리가 조용히 말했다. 차분해 보였지만 경계심은 여전했다.

"갈 데가 있어야 말이죠." 알레시아가 지친 목소리로 대답했다.

그가 어깨를 으쓱거렸다. "전엔 그냥 떠났었잖아."

알레시아는 그를 바라보았다. 말없이. 열의도 기운도 없었다.

"내가 좋아서 안 간 거지?" 그가 속삭였다.

"좋을 대로 생각하지 마요." 그녀는 앉아서 빵 바구니에서 오 쇼콜라를 집어 들었다.

그가 그녀의 맞은편에 앉았다. 그녀는 그가 희망이 어린 옅은 미소를 삼키는 걸 보았다.

톰과 나는 호텔에서 가까운 넓은 스칸데르베그 광장을 돌아다녔다. 거대한 광장 바닥의 알록달록한 대리석 타일들이 햇빛에 반짝거리는 청명하고 쌀쌀한 아침이었다. 광장 한쪽에는 말을 탄 15세기 알바니아 영웅의 청동 조각상이 있고 반대편에는 국립역사박물관이 있었다. 어서 알레시아의 고향으로 가서 그녀의 집을 찾아가고 싶어 조바심이 났지만 통역사를 기다려야 했다.

나는 도무지 진정이 되지 않아 가만히 있을 수가 없었다. 톰과 나는 시간을 때울 겸 박물관을 한 바퀴 둘러보기로 했다. 나는 사진들을 찍어서 온라인에 올렸다. 두 번 주의를 들었지만 직원들의 말은 무시하고 몰래몰래 계속 사진을 찍었다. 대영박물관에 비할 바는 아니었지만 고대국가 일리리아의 공예품은 흥미로웠다. 역시나 톰은 전시된 중세 무기에 정신이 팔려 있었다. 알바니아는 피로 얼룩진 역사가 깊었다.

우리는 10시 가로수길을 따라 내려가 통역사를 만나기로 약속한 커피숍으로 갔다. 이렇게 추운데 놀랍게도 많은 남자들이 야외석에 앉아 커피를 마시고 있었다.

그런데 여자들은 다 어디 간 거야?


짙은색 머리와 짙은색 눈의 타나스 체카는 티라나 대학에서 영문학을 전공하는 대학원생이었다. 그는 영어를 유창하게 구사했고 잘 웃고 상냥한 성품이었는데 여자 친구를 데려왔다. 여자 친구의 이름은 드리타였고 역사를 전공하는

학부생이었다. 작고 예쁘장한 외모에 영어 실력은 타나스만
큼 좋지 않았다. 그녀는 우리와 동행하고 싶어 했다.

　일이 복잡해지겠는데.

　톰이 나를 흘끔 보고는 어깨를 으쓱거렸다. 입씨름할 여
유가 없었다. "시간이 얼마나 걸릴지 몰라요." 나는 그렇게
말하면서 커피를 마저 마셨다. 페인트 제거제로 써도 무방
할 커피였다. 이런 초강력 커피는 처음이었다.

　"괜찮아요. 어차피 이번 주에 할 일도 없거든요." 타나스
가 대답했다. "난 쿠커스에 가본 적이 없어요. 드리타는 가
봤지만."

　"쿠커스에 대해 좀 알아요?" 나는 드리타에게 직접 물었
다.

　그녀는 타나스를 초조하게 쳐다보았다.

　"그렇게 험한 곳입니까?" 나는 두 사람을 쳐다보았다.

　"거기 유명해요. 공산주의가 무너졌을 때 알바니아는…"
타나스가 머뭇거리다 말했다. "어려운 시절을 겪었어요."

　톰이 두 손을 비볐다. "난 도전하는 게 좋더라." 그가 말하
자 타나스와 드리타는 예의상 웃어주었다.

　"날씨는 괜찮을 거예요." 타나스가 말했다. "고속도로가
뚫린 데다 지난 2주 동안 눈이 오지 않았거든요."

　"그만 갈까요?" 나는 조바심이 나서 물었다.


　풍경이 바뀌었다. 북부 지방의 음울한 휴경지는 사라지고

없었다. 겨울 햇빛에 드러난 땅은 바위가 많은 삭막한 황무지였다. 아마도 상황이 달랐다면 알레시아는 이 여행을 즐겼을지도 모른다. 유럽 고속도로를 광속도로 체험한 셈이었으니까. 하지만 그녀는 강제로 결혼할 남자 아나톨리와 함께 있었다. 게다가 쿠커스에 도착하면 아버지와 대면해야 했다. 아버지의 분노가 어머니에게 고스란히 돌아갈 것을 생각하면 그 불가피한 충돌이 달갑지 않았다.

그들은 놀라운 속도로 또 다른 다리를 건넜다. 알레시아는 아래쪽에 자리한 광대한 물을 보며 드린 강을 떠올렸다. 그리고 바다가 기억났다.

바다.

맥심.

그가 내게 바다를 주었어.

그를 다시 볼 수 있을까?

"크로아티아의 해안선은 그림 같은 절경이야. 난 여기서 많은 일을 하고 있어." 아나톨리가 자그레브를 떠난 이후 내내 감돌던 침묵을 깼다.

알레시아는 그를 쳐다보았다. 그의 일 따위 관심 없었다. 그가 무슨 일을 하는지 알고 싶지 않았다. 한때 궁금한 적도 있었지만 그 시절은 지나갔다. 게다가 그의 아내라면—선량한 알바니아인 아내라면—질문을 하지 말아야 할 테니까.

"여기 부동산이 좀 있지." 그가 그녀를 보며 탐욕스럽게 웃었다. 처음 만났을 때 그랬듯 그는 그녀에게 잘 보이려 애쓰고 있었다.

그녀는 고개를 돌려 바다를 바라보았고 그녀의 마음은 콘월로 돌아갔다.


차를 타고 티라나를 빠져나가는 과정은 두려움의 연속이었다. 보행자들은 도로로 불쑥불쑥 들어오는 고약한 습관이 있었고 승용차와 트럭과 버스들이 서로 자리다툼하는 교차로는 난장판이 따로 없었다. 거대한 치킨 게임의 현장 같았고 계속 이런 식이라면 쿠커스에 도착할 때쯤 나는 만신창이가 될 것 같았다. 톰은 줄창 대시보드를 쾅쾅 두드리며 보행자들과 운전자들에게 고함을 질렀다. 환장할 지경이었다.

"톰, 이 빌어먹을 자식아, 제발 좀 닥쳐! 집중 좀 하자."

"미안, 트리비딕."

우리는 기적적으로 다친 곳 없이 도심을 빠져나왔다. 큰길로 들어갔을 때 나는 조금 마음을 놓았지만 천천히 운전했다. 이곳에서의 운전은 예측을 불허했다.

길가에 자동차 판매장 몇 곳과 수많은 주유소들이 나타났다. 티라나를 벗어났을 때 웨딩 케이크를 닮은 거대하고 인상적인 네오클래식풍의 건물을 지났다.

"저건 뭐지?" 내가 물었다.

"호텔이에요." 타나스가 말했다. "벌써 여러 해 동안 짓고 있어요." 백미러로 눈이 마주쳤을 때 그가 어깨를 으쓱거렸다.

"아하."

저지대는 지금이 2월임을 고려하면 비옥해 보였고 초록이 무성했다. 옆으로 낮게 퍼진 빨간 지붕 집들이 들판 곳곳에 자리하고 있었다. 내가 운전을 하는 동안 타나스는 알바니아의 간략한 역사를 들려주고 자기 이야기도 했다. 그의 부모님은 공산주의의 몰락을 경험한 세대였고 공산주의 치하에서 금지된 일이었지만 두 분 모두 BBC 월드뉴스로 영어를 배웠다고 했다. 알고 보니 알바니아에서 BBC와 영국적인 것들은 대부분 높이 평가받고 있었다. 영국은 알바니아인 모두가 가고 싶어 하는 나라였다. 영국이나 미국을 가고 싶어 한다고 했다.

톰과 나는 시선을 교환했다.

드리타가 타나스에게 조용히 뭐라 이야기하자 타나스가 그것을 통역했다. 쿠커스는 코소보 분쟁 기간에 피난민 수십 만 명을 받아들여 2000년 노벨상 후보에 올랐다고 했다.

이미 알고 있는 사실이었다. 자긍심이 어린 얼굴로 트리비딕 마을의 펍에서 쿠커스와 알바니아 이야기를 하던 알레시아가 기억났다.

그녀가 떠난 지 이틀째였다. 나는 팔다리를 잃은 것만 같았다.

어디 있어, 내 사랑?


우리는 쿠커스로 향하는 고속도로로 들어갔고 얼마 후에

는 더없이 푸르른 하늘 속으로 날아 들어가 눈 덮힌 장엄한 산봉우리들을 향해 높이높이 올라갔다. 알바니아의 알프스인 샤르 산맥과 코라브 산맥이 풍광을 압도했다. 흰 물결이 넘실대는 강, 바위 골짜기, 험준한 벼랑이 있는 협곡들이 나타났다. 절경이었다. 현대적인 고속도로를 제외하면 우리는 시간의 손길이 미치지 않은 땅에 둘러싸여 있었다. 적갈색 타일 주택들이 모인 작은 마을이 간간이 등장했다. 연기가 피어오르는 굴뚝, 눈이 점점이 쌓인 건초 더미, 빨랫줄에 걸린 빨래, 돌아다니는 염소, 줄에 묶인 염소. 여기는 알레시아의 나라였다.

나의 사랑스런 여인.

제발 무사하기를.

나 지금 너에게 가고 있어.


위로 올라갈수록 기온이 뚝 떨어졌다. 톰이 운전대를 잡는 동안 나는 음악을 틀고 휴대폰으로 사진을 찍을 수 있었다. 타나스와 드리타는 조용히 경치를 즐기면서 내 아이폰을 통해 카스테레오에서 흐르는 허슬 앤 드론의 노래를 들었다. 산악 터널을 빠져나오자 우리는 산봉우리들 한가운데 있었다. 눈으로 덮여 있었지만 놀랍게도 나무가 거의 없는 민둥산이었다. 공산주의 정권이 무너진 뒤 연료 부족 사태가 벌어졌을 때 일부 지방에서 사람들이 나무를 모두 베어 땔감으로 썼다고 타나스가 설명했다.

"난 수목 한계선 위라서 그런 줄 알았지." 톰이 말했다.

바위투성이 야생 한가운데서 우리는 요금소와 마주쳤다. 낡은 자동차와 트럭 몇 대 뒤에 줄을 서 있을 때 내 휴대폰이 웅웅거렸다. 동유럽 고지대의 산속에서 휴대폰이 터진다니 놀라웠다.

"올리버, 무슨 일이에요?"

"방해해서 죄송합니다만, 맥심, 경찰에서 연락이 왔어요. 당신의… 음… 약혼녀, 미스 데마치를 면담하고 싶답니다."

아… 올리버도 알고 있군. 그는 약혼녀 부분은 건너뛰고 말했다. "알다시피 알레시아는 알바니아로 돌아갔기 때문에 면담은 그녀가 런던으로 돌아올 때까지 미뤄야 할 거예요."

"제 생각도 그렇습니다."

"다른 말은 없었어요?"

"노트북과 음향 장비를 찾았답니다."

"희소식이네요!"

"그리고 사건이 런던 경찰청으로 넘어갔어요. 미스 데마치를 공격한 자들은 경찰 기록에 있었고 다른 범죄 혐의로 수배 중이었답니다."

"경찰청? 잘됐군. 낸캐로 경사 말이 그 자식들 전과가 있을 것 같다고 했거든요."

톰이 곁눈질로 나를 보았다.

"그럼 기소된 겁니까?"

"제가 알기론 아직 아니에요."

"새로운 소식 있으면 또 알려줘요. 놈들이 기소되는지, 보석으로 풀려나는지 알고 싶으니까."

"그러죠."

"경찰에게 미스 데마치에 대한 이야기는 이렇게 전해요. 그녀는 집안일로 불가피하게 알바니아로 돌아갔다고. 다른 건 없어요?"

"이상 무예요."

"이상 무?" 내가 코웃음을 쳤다. "누군 좋겠네." 나는 전화를 끊고 톰에게 요금을 내라고 5유로를 건넸다.

단테와 그의 동료가 아직 구금 중이라면 경찰은 이 일을 심각하게 처리할 모양이다. 부디 밀매 건으로 처리하기를. 그 개자식들이 평생 감옥에서 썩기를 바랐다.

얼마 뒤 우리는 쿠커스 도로 표지판을 보았다. 내 기분도 살아났다. 거의 다 왔다. 우리는 거대한 호수를 끼고 달렸다. 구글맵으로 확인해보니 호수가 아니라 강이었다. 드린 강은 피에르자 호수로 흘러들었다. 알레시아가 마을 주변의 경치에 대해 신이 나서 이야기하던 것이 기억났다. 기대감이 급속도로 커졌다. 나는 톰에게 더 빨리 달리라고 재촉했다. 이제 그녀를 만나게 될 것이다. 그리고 그녀를 구할 것이다. 그렇게 되기를.

그녀는 내 도움이 필요 없을 수도 있어.

여기 살고 싶어 할지도 몰라.

그런 생각은 하지 말자!

굽이진 고속도로를 따라가자 드디어 쿠커스가 시야에 들어왔다. 계곡 안쪽에 자리 잡은 마을은 앞쪽에 넓은 청록색 강을 마주하고 산에 둘러싸여 있었다. 대단한 경치였다.

와.

알레시아가 매일 보았던 경치였다.

우리는 물 위에 놓인 견고한 다리를 건넜다. 절벽 위에 버려진 건물 하나가 유령처럼 홀로 보초를 서고 있었다. 저것도 공사가 끝나지 않은 호텔일까 궁금했다.


몬테니그로의 닉시치 외곽에서 아나톨리는 도로변 카페 주차장에 차를 세웠다. 알레시아는 무심하게 차창 밖을 내다보았다.

"난 배고파. 너도 배고플 거야. 가자." 그가 말했다. 알레시아는 실랑이하기 싫어서 그를 따라 쾌적하고 깨끗한 공간으로 들어갔다. 자동차를 테마로 새단장한 발랄한 분위기의 카페였는데 바 위에 체리빛 개조 자동차가 그려져 있었다. 매력적인 곳이었지만 아나톨리에게는 그렇지 않았다. 그는 저기압이었다. 지난 두 시간 동안 다른 운전자들에게 짜증이 나서 운전대를 탁탁 때리고 큰 소리로 욕설을 지껄였으니 그럴 만도 했다. 그는 참을성이 많이 남자가 아니었다.

"우리 둘이 먹을 거 주문해. 화장실 다녀올 테니까. 달아나지 마. 내가 찾아낼 거니까." 그는 알레시아에게 인상을 쓰고 나서 그녀에게 앉을 자리를 고르라고 하고는 가버렸다.

그녀는 한시라도 빨리 집에 가고 싶었다. 어젯밤 아나톨리의 태도를 생각하면 그와 다시 밤을 보내고 싶지 않았다. 차라리 아버지를 상대하는 것이 나았다. 그녀는 메뉴를 훑어보며 영어나 알바니아어와 공통된 말이 있는지 찾아보았지만 너무 피곤해 집중이 되지 않았다. 아나톨리가 돌아왔다. 그도 피곤해 보였다. 몇 시간씩 계속 운전을 했으니 피곤할 만했지만 알레시아는 그를 향한 연민은 떨쳐버렸다.

"뭐 주문했지?" 그가 퉁명스럽게 물었다.

"아직요. 여기 메뉴 있어요." 그녀는 그가 불평하기 전에 얼른 메뉴판을 그에게 건넸다. 웨이터가 왔고 아나톨리는 그녀에게 묻지도 않고 주문을 했다. 놀랍게도 그는 몬테니그로 말도 유창하게 구사했다. 웨이터가 물러가고 아나톨리는 휴대폰을 꺼냈다.

차가운 파란색 눈이 그녀의 눈과 마주쳤다. "입 다물고 있어." 그가 말하고 나서 번호를 눌렀다. "안녕하세요, 쉬프레사, 재크 있어요?"

엄마!

알레시아는 똑바로 앉았다. 온 신경이 쏠렸다. 그가 어머니와 통화하는 중이었다.

"오… 그럼 오늘 저녁 8시쯤 집에 도착할 거라고 아버님에게 전해주세요…" 아나톨리의 눈이 알레시아에게로 흘러갔다. "네, 따님은 저랑 같이 있어요. 건강해요… 아뇨… 화장실 갔어요."

"뭐!"

아나톨리가 집게손가락을 입술에 댔다.

"아나톨리, 엄마 바꿔줘요." 알레시아가 휴대폰으로 손을 내밀며 요구했다.

"그럼 그때 뵙죠. 그럼 이만." 그가 전화를 끊었다.

"아나톨리!" 그녀는 목이 메고 분노의 눈물이 차올랐다. 지금처럼 고향이 그리운 적은 없었다.

엄마.

어떻게 엄마랑 몇 마디 통화하는 것도 못마땅해할 수 있지?

"조금 더 고분고분하고 감사할 줄 알았다면 어머니와 통화했겠지." 그가 말했다. "난 널 위해 먼 길을 달려왔어."

알레시아는 그를 노려보다가 시선을 떨구었다. 그의 승부욕을 자극하고 싶지 않았다. 성질을 부리는 그를 보고 난 터라 그를 똑바로 쳐다볼 수도 없었다. 그는 잔인했고 심술이 난 데다 어린애 같았다. 적개심이 조용히 그녀의 모든 핏줄 속으로 서서히 퍼져 나갔다.

그녀는 그가 한 짓을 절대 용서할 수 없었다.

절대.

이제 유일한 희망은 아버지에게 애원해 이 결혼이 강행되는 걸 막는 것뿐이었다.


쿠커스는 막상 접해보니 예상한 것과 달랐다. 구역마다

소련식 낡은 아파트 건물들이 들어선 특징 없는 마을이었다. 타나스를 통해 드리타에게 들은 바로는 여기는 1970년대에 조성된 곳이었다. 쿠커스의 옛 마을은 호수 밑바닥에 잠겨 있었다. 인근 지역의 전기 공급을 위해 수력 발전 댐이 세워지면서 계곡 쪽은 물에 잠겨버렸다. 길 양쪽으로 전나무가 이어졌고 땅은 눈에 덮여 있었다. 거리는 조용했다. 가정용품과 옷, 농기구를 파는 가게 몇 곳과 슈퍼마켓 두 곳이 있었다. 은행 하나, 약국 하나가 있었고, 카페는 여러 개 있었는데 여기도 추위에 대비해 몸을 단단히 싸맨 남자들이 오후의 햇살을 받으며 야외석에 앉아 커피를 마셨다.

여기도 그러네. 대체 여자들은 어디 있는 거야?

이 마을의 가장 두드러진 특징은 어디를 봐도 거리 양쪽 끝에 드라마의 배경처럼 당당하게 우뚝 서 있는 산들이었다. 우리는 그 장엄한 아름다움에 둘러싸여 있었다. 내 라이카 카메라를 가져오지 않은 것이 아쉬울 정도였다.

여행사를 통해 예약한 호텔은 '아메리카'였다. 우리는 구글맵을 따라 뒷길들을 지나 호텔에 도착했다. 옛것과 현대가 조화를 이룬 흥미로운 곳이었는데 출입구는 눈마저 쌓여 있어 산타클로스의 집 현관 같은 인상을 주었다.

호텔 안은 플라스틱 자유의 여신상을 비롯해 관광객을 끌려는 목적으로 미국에서 공수한 장식품들로 가득해서 더없이 저렴한 분위기를 풍겼다. 실내 장식은 여러 스타일이 뒤죽박죽 섞여 있어 뭐라 규정하기 어려웠지만 전체적으로…

활기차고 정겨웠다. 호텔 주인은 턱수염을 기르고 강단이 있어 보이는 삼십대 남자였다. 주인장이 따뜻하게 우리를 맞이하며 서툰 영어로 인사를 건넨 뒤 작은 엘리베이터를 타고 위층 우리 방으로 안내했다. 톰과 나는 트윈 베드 방을, 타나스와 드리타는 더블 베드 방을 쓰기로 했다.

"여기 어떻게 가는지 물어봐줄래요?" 나는 타나스에게 알레시아 부모님의 집 주소가 쓰인 구겨진 종이를 주었다.

"그러죠. 몇 시에 떠나실 겁니까?"

"5분 뒤. 짐만 풀고 바로."

"천천히, 트리비딕." 톰이 끼어들었다. "목부터 축이자, 응?"

흠… 아버지는 술김에 내는 용기가 항상 도움이 된다고 하셨지.

"얼른 한 잔만 하자. 딱 한 잔만이야. 알았지? 아내가 될 여자의 부모님을 만나러 가는데 술에 취해 갈 순 없잖아." 톰이 열렬히 고개를 끄덕이고 나서 문쪽 침대를 차지했다. "네가 코를 골지 않게 해달라고 신께 기도 좀 올려야겠다." 나는 그렇게 말하며 짐을 풀었다.


한 시간 뒤 우리는 녹슨 두 짝 대문 앞의 일시 정차 구역에 차를 세웠다. 대문은 열려 있었고 대문 안쪽에 난 콘크리트 진입로 위쪽으로 적갈색 지붕의 집 한 채가 드린 강 강둑에 덩그러니 자리하고 있었다. 여기서는 지붕만 보였다.

"타나스, 당신은 나랑 같이 가죠." 내가 말했다. 드리타와 톰은 차에 남기로 했다. 석양빛이 진입로 위로 긴 그림자를 던졌다. 우리가 서 있는 널찍한 터에는 전나무 몇 그루와 잘 가꿔진 텃밭이 있긴 했지만 벌거벗은 나무들에 둘러싸여 있었다. 그 집은 연녹색 페인트가 칠해진 삼층 주택이었는데 강 쪽으로 난 발코니 두 개가 보였다. 오는 길에 본 여느 집들보다 더 큰 집이었다. 잘은 모르지만 알레시아의 부모님은 부유한 편인 듯했다. 겨울 해의 은은한 석양빛에 물든 호수가 장엄해 보였다.

집 밖에 위성 안테나가 한 대 있었다. 알레시아와 나눈 대화가 기억났다.

'미국은 텔레비전을 보면서 가봤어요.'

'미국 방송 말이지?'

'네. 넷플릭스. HBO.'

나는 앞문을 보이는 곳을 두드렸다. 단단한 목재로 만든 문이었다. 다시 노크했다. 이번에는 확실히 들리게 하려고 더 세게 두드렸다. 가슴이 두근거렸고 날이 추운데도 땀방울이 등을 타고 흘러내렸다.

드디어.

당당하게 굴어.

장인과 장모가 될 분들을 만나는 순간이었다. 그분들은 까맣게 모르고 있겠지만.

문이 반쯤 열리더니 가느다란 빛이 안쪽에서 흘러나와 두

건을 쓴 가녀린 중년 여성을 비추었다. 희미한 석양빛에 나를 의아한 눈빛으로 바라보는 그 여성에게서 알레시아의 모습이 보였다.

"데마치 부인?"

"그런데요." 그녀가 당황한 표정을 지었다.

"제 이름은 맥심 트리벨런입니다. 따님 일로 찾아뵀습니다."

데마치 부인은 입을 벌리고 나를 보며 눈을 깜빡거리다가 문을 조금 더 열었다. 날씬한 몸매에 어깨는 좁았고 조금 촌스러운 풍성한 치마와 블라우스 차림이었다. 머리카락을 두건으로 가린 모습은 처음 알레시아를 만났을 때, 내 집 복도에 놀란 토끼처럼 서 있었던 알레시아를 떠올리게 했다.

"알레시아 말인가요?" 그녀가 조용히 말했다.

"그렇습니다."

그녀가 인상을 썼다. "지금은 남편이… 집에 없어요." 영어 발음이 투박하고 억양은 딸보다 더 강했다. 그녀는 불안한 눈빛으로 내 뒤를 쳐다보며 뭔가를 찾는지 진입로를 살피고 나서 나를 똑바로 바라보았다. "여기 계시면 곤란해요."

"왜요?" 내가 물었다.

"남편이 집에 없거든요."

"하지만 알레시아 일로 드릴 말씀이 있는데요. 아마 따님은 집으로 오는 중일 겁니다."

그녀가 고개를 기울이며 갑자기 경계를 했다. "우린 그 아이를 기다리고 있어요. 댁도 우리 애가 돌아온다는 소식을 들은 거예요?"

내 심장이 펄떡거리며 반응했다.

그녀가 집으로 오고 있어. 내 생각이 맞았어.

"네. 제가 찾아뵌 이유는 부인과 남편분께…" 나는 침을 삼켰다. "…따님과의 결혼을 허락받기 위해서입니다."

"마지막 국경선이야." 아나톨리가 말했다. "여기만 지나면 네 고향이야. 조국을 떠났다가 도둑처럼 몰래 숨어들어와 집안을 욕되게 하는 걸 창피한 줄 알아. 집에 돌아가면 걱정 끼친 것에 대해 부모님께 사죄드리도록 해."

그녀는 눈을 피하면서 도망친 것을 그녀의 잘못으로 돌리는 그를 속으로 저주했다. 그녀가 달아난 것은 아나톨리 때문이었다! 많은 알바니아 남자들이 일을 하러 해외로 나간다는 걸 그녀는 알고 있었다. 반면 여자들은 그것이 쉽지 않았다.

"트렁크에 들어가는 건 이번이 마지막이야. 기다려. 먼저 꺼낼 게 있으니까." 그녀는 물러 서서 태양이 언덕 뒤로 사라진 서쪽을 바라보았다. 차가운 냉기가 그녀의 옷 속을 파고들어와 심장을 휘감았다. 그녀의 마음은 영원히 사랑할 한 남자에게 가 있었다. 갑자기 눈에 눈물이 차올라 그녀는 눈을 깜빡여 눈물을 삼켰다.

지금은 안 돼.

아나톨리에게 만족감을 주고 싶지 않았다.

눈물은 오늘 밤으로 미뤄두었다.

어머니와 같이.

그녀는 숨을 들이켰다. 자유의 냄새가 났다. 알싸하고 이국적인 냄새. 다음번 심호흡을 할 때는 고향에 있으리라. 그녀의 모험은 결국… 맥심이 뭐라고 불렀더라? 그래, 한때의 무모한 짓으로 끝날 것이다.

"들어가. 곧 밤이 될 거야." 아나톨리가 트렁크 문을 잡고 툴툴거렸다.

밤은 악마 '진'의 세상이야.

그녀는 눈앞의 '진'을 쳐다보았다. 그것이 그의 정체였다. '진'의 화신. 그녀는 트렁크로 들어갔다. 불평하지도 않았고 그를 건드리지도 않았다. 집이 점점 가까워지고 있었다. 처음으로 어머니를 만나고 싶어 조바심이 났다.

"이따 봐, 자기." 그가 말했다. 그의 눈에 곤혹스런 빛이 스쳤다.

"트렁크 문이나 닫아요." 그녀는 손전등을 움켜쥐고 대답했다.

그의 입꼬리가 올라가며 싸늘한 미소를 지었다. 그가 트렁크 문을 탁 닫았고 그녀는 어둠 속에 홀로 남겨졌다.


데마치 부인은 놀라며 초조한 눈으로 다시 내 뒤쪽을 재빨리 훑어보더니 옆으로 비켜섰다. "들어오세요."

"차 안에서 기다려요." 나는 타나스에게 말하고는 데마치 부인을 따라 현관 곁방으로 들어갔다. 그녀가 신발 선반을 가리켰다.

아. 나는 얼른 부츠를 벗었다. 양발을 짝짝이로 신고 오지 않아서 다행이었다.

이게 다 알레시아 덕분이지…

복도는 하얀 칠이 되어 있었고 반짝거리는 타일 바닥에는 밝은색의 깔개가 깔려 있었다. 그녀는 손짓으로 나를 옆방으로 데려갔다. 그곳에는 화려한 색감과 대담한 무늬의 담요에 덮힌 낡은 소파 두 개가 서로 마주 보고 있었고, 그 사이에는 역시 풍성한 문양의 천이 덮힌 작은 탁자가 있었다. 벽난로 위 선반에 옛날 사진들이 놓여 있었다. 나는 알레시아의 사진이 있을까 해서 실눈을 뜨고 그쪽을 쳐다보았다. 커다랗고 진지한 눈을 한 아가씨가 피아노 앞에 앉은 사진이 있었다.

내 여자다!

추운 날인데도 난로 안쪽에 타지 않는 장작들이 쌓여 있었다. 여기가 손님을 맞을 때 쓰는 응접실인 듯했다. 벽에 붙어 서 있는 오래된 피아노가 방의 자존심을 세워주었다. 소박하고 낡은 피아노였지만 완벽하게 조율되어 있을 게 분명했다. 여기는 그녀가 피아노를 연주하는 방이었다.

내 여자는 재능이 뛰어나지.

피아노 옆 높다란 책장에는 손때 묻은 책들이 가득했다.

알레시아의 어머니는 내게 외투를 벗으라고 권하지 않았다. 나를 오래 집 안에 두지 않을 모양이었다.

"앉아요." 그녀가 손짓했다.

나는 소파에 앉았고 그녀는 긴장한 기색으로 맞은편 소파 끝에 걸터앉았다. 그리고 두 손을 맞잡고는 기대에 찬 눈으로 나를 바라보았다. 알레시아와 같은 짙은색 눈이었지만 신비로운 빛을 띠는 알레시아의 눈과 달리 슬픔만이 가득했다. 딸에 대한 걱정 때문에 그런 것 같았다. 주름진 얼굴과 반백의 머리카락은 그녀가 평탄한 삶을 살아오지 않았음을 말해주었다.

'어떤 여자들에게 쿠커스는 살기 힘든 곳이에요.'

알레시아가 조용히 했던 말이 생각났다.

그녀의 어머니가 눈을 몇 번 깜빡였다. 나 때문에 초조하고 불안해하는 것 같아서 조금 죄책감이 들었다.

"내 친구 마그다가 편지에서 우리 알레시아와 마그다를 도와준다는 남자 이야기를 했는데 그게 당신인가요?" 그녀가 망설이며 나긋한 목소리로 물었다.

"그렇습니다."

"내 딸은 괜찮나요?" 그녀는 알레시아 소식에 목마른 열띤 눈으로 나를 보았다.

"제가 마지막으로 봤을 땐 괜찮았어요. 괜찮은 정도가 아니라 행복해했었죠. 따님이 저를 위해 일하러 왔을 때 따님을 만나게 되었습니다. 따님이 제 집에 청소를 하러 왔었거든요." 나는 알레시아의 어머니가 내 말을 알아듣기를 바라며 단순한 영어로 말했다.

"영국에서 여기까지 온 거예요?"

"그렇습니다."

"알레시아 때문에?"

"네. 따님을 사랑하고 있어요. 따님도 저를 사랑한다고 생각합니다."

그녀의 눈이 커졌다. "우리 애가?" 놀란 것 같았다.

이건⋯ 내가 기대한 반응이 아니다.

"네. 따님이 저에게 그렇게 말했습니다."

"그래서 우리 딸과 결혼하고 싶은 거예요?"

"그렇습니다."

"우리 딸이 댁과 결혼하고 싶어 한다고 어떻게 확신하죠?"

아차!

"사실은, 데마치 부인, 그건 모릅니다. 따님에게 물어볼 기회가 없었으니까요. 따님은 납치되어 본인의 의지와 상관없이 알바니아로 끌려오는 중일 겁니다."

그녀는 고개를 치켜들고 격한 눈으로 나를 뜯어보았다.

젠장.

"내 친구 마그다가 댁 칭찬을 많이 했어요. 하지만 난 당신을 몰라요. 내 남편이 댁과 우리 딸의 결혼을 허락할 이유가 뭐죠?"

"그게, 따님은 아버님이 따님의 남편감으로 선택하신 남자와 결혼하고 싶어 하지 않습니다."

"우리 딸이 그러던가요?"

"따님이 제게 모든 걸 말해줬습니다. 제가 똑똑히 들었어요. 저는 따님을 사랑합니다."

데마치 부인은 윗입술을 깨물었다. 그 모습이 딸과 판박이여서 나는 웃음을 참아야 했다. "곧 남편이 돌아올 거예요. 알레시아를 어떻게 할지는 남편이 결정할 거예요. 남편은 딸애의 정혼자에게 마음을 두고 있어요. 약속을 했거든요." 그녀가 맞잡은 두 손을 내려다보았다. "한 번 딸애를 떠나보냈었는데 가슴이 무너졌어요. 다시는 그 애를 떠나보낼 수 없을 것 같네요."

"따님을 폭력과 학대가 난무하는 결혼 생활에 가둬두고 싶으십니까?"

그녀의 시선이 내 눈으로 날아왔다. 나는 그녀의 눈에서 고통과 깨달음, 그리고 충격을 보았다. 그것은 바로 그녀의 삶이었다.

알레시아가 아버지에 대해 한 말들이 머릿속에 떠올랐다.

데마치 부인이 말했다. "그만 가세요. 얼른." 그녀가 일어섰다.

망했다.

내 말에 상처받은 게 분명했다.

"죄송합니다." 나는 일어서면서 말했다.

데마치 부인이 인상을 썼다. 혼란스럽고 갈피를 못 잡는 얼굴이었다. 별안간 그녀가 불쑥 말을 했다. "알레시아는 오늘 저녁 8시에 정혼자와 함께 집에 올 거예요." 그러고는 잠시 내 눈을 피했다. 이 비밀을 알려주는 것이 잘하는 짓인지 생각하는 것 같았다.

나는 감사한 마음에 손을 내밀어 부인의 손을 꼭 쥐었다가 신체 접촉을 꺼려 할 것 같아 손을 뗐다. 대신 나는 진심으로 감사하는 미소를 지었다. "감사합니다. 따님은 제게 세상 전부나 마찬가집니다."

순간 부인의 태도가 부드러워지며 희미한 미소로 응답했고, 나는 그 모습에서 알레시아를 보았다.

그녀는 나를 문으로 안내했고 나는 부츠를 신었다. 그녀가 나를 서둘러 밖으로 내보내고 말했다. "잘 가요."

"제가 왔었다는 말을 남편분께 하실 건가요?"

"아뇨."

"그렇군요. 알겠습니다." 나는 그녀가 안심하길 바라며 미소를 짓고는 차로 돌아갔다.


나는 호텔로 돌아와 안절부절못했다. 텔레비전을 보려고 했지만 톰도 나도 내용을 이해할 수 없었다. 그래서 우리는 책을 읽으려다가 집어치우고 결국 바로 갔다. 바가 꼭대기층에 있어서 낮이었다면 쿠커스의 호수와 호수를 둘러싼 산들이 보이는 멋진 풍경이 펼쳐졌겠지만, 날이 저물어 흐릿한 불빛들이 켜진 풍경은 내게 아무런 위안도 되지 못했다.

그녀가 집으로 오고 있어.

그 남자와 같이.

부디 무사해야 할 텐데.

"앉아. 술이라도 마시든가 해." 톰이 말했다. 나는 톰을 곁눈질로 보았다. 담배라도 피울 줄 알았다면 더 나았을까 아쉬웠다. 기대와 긴장이 못 견디게 치솟았다. 위스키를 한 모금 마셨을 때는 더는 참을 수가 없었다.

"그만 가자."

"너무 이르잖아!"

"상관없어. 여기서 가만히 못 기다리겠어. 차라리 그녀의 부모님과 같이 기다리는 게 좋겠어."

ʚᶘɞ

우리는 7시 40분에 데마치 부부의 집으로 돌아갔다.

어른답게 행동할 때야.

톰은 다시 드리타와 차 안에서 기다리기로 했다. 나는 타나스와 함께 진입로를 걸어 올라갔다. "명심해요, 난 여기 온 적 없는 거야. 데마치 부인이 곤란해지면 안 되니까." 나는 타나스에게 말했다.

"곤란해진다구요?"

"남편한테."

"아. 알 만하네요." 타나스가 어이없어하며 말했다.

"알 만하다구요?"

"네. 티라나 사람들은 이렇지 않거든요. 여기가 훨씬 더 전통적인 거예요. 남자. 여자." 그가 인상을 썼다.

나는 땀이 나는 손바닥을 외투에 문질렀다. 이튼 입학 면접 이후 이렇게 초조하기는 처음이었다. 알레시아의 아버지에게 이미 선택한 그 개자식보다 잘 보이고 싶었다. 자기 딸에게 내가 더 나은 선택이라는 걸 알려줘야 했다.

그녀가 나를 원한다는 전제하에.

젠장.

나는 문을 두드리고 기다렸다.

데마치 부인이 문을 열었다. 그녀의 눈이 타나스에게서 내게로 날아왔다.

"데마치 부인?" 내가 물었다.

그녀가 고개를 끄덕였다.

"주인어른 계십니까?"

그녀는 다시 고개를 끄덕였다. 우리의 말이 들릴 경우에 대비해 나는 아까 낮에 했던 자기소개를 처음인 양 반복했다. "들어와요." 그녀가 말했다. "남편과 이야기해봐요." 우리가 신발을 벗었을 때 그녀는 우리의 외투를 받아 복도에 걸었다.

집 안쪽 더 큰 방으로 들어갔을 때 데마치 씨가 서 있었다. 그곳은 널찍하고 티끌 하나 없는 주방 겸 거실이었는데 아치문을 사이에 두고 두 공간이 나뉘었다. 데마치 씨의 머리 위에 펌프 연사식 산탄총이 위협적으로 걸려 있었다. 손을 뻗으면 쉽게 닿는 위치였다.

데마치 씨는 아내보다 나이가 많았고 세월의 풍파에 시달린 얼굴에 검은 머리보다 흰머리가 더 많았다. 칙칙한 짙은 색 정장은 마피아 두목 같은 인상을 주었다. 그의 눈은 아무런 표정도 담고 있지 않았다. 그의 키가 나보다 머리 하나는 작은 것이 그나마 다행이었다.

데마치 부인이 우리가 누구인지 조용히 설명하자 그의 얼굴에 불신의 표정이 점점 더 강해졌다.

젠장. 대체 뭐라고 하는 거지?

타나스가 계속 통역을 해주었다. "당신이 이 댁 따님 일로 할 말이 있어 찾아온 거라고 설명하고 있어요."

"그렇군."

데마치 씨는 우리 둘에게 미심쩍은 미소를 지으며 번갈아 악수를 나누고 나서 앉으라며 낡은 소나무 의자를 가리켰다. 그리고 알레시아 눈과 똑같은 빛깔의 예리한 눈으로 나를 뜯어보았다. 그러는 사이에 데마치 부인은 아치문을 통해 부엌으로 갔다.

데마치 씨는 내게서 타나스로 시선을 옮기고는 말하기 시작했다. 듣고 있으면 마음이 편해지는 풍부하고 깊은 음색의 목소리였다. 타나스는 즉시 우리 둘의 말을 통역하기 시작했다.

"아내 말이 딸애 문제로 왔다면서요."

"그렇습니다. 데마치 씨. 알레시아는 런던에서 저를 위해 일을 했었습니다."

"런던?" 그는 언뜻 호감을 보였다가 즉시 방어막을 쳤다. "딸애가 정확히 무슨 일을 했지요?"

"제 집을 청소했습니다."

그가 차마 듣기 거북한 소식을 들은 것처럼 잠시 눈을 감는 바람에 나는 깜짝 놀랐다. 아니면 딸이 너무 미천한 일을 했다고 생각하는 걸까. 아니면 딸을 그리워하는 것 같기도 했다. 알 수 없었다. 나는 곤두선 신경을 가라앉히려고 심호흡을 한 뒤 말을 계속했다. "제가 여기 온 이유는 따님에게 청혼하기 위해서입니다."

그가 놀라 눈을 번쩍 뜨더니 인상을 구겼다. 과장된 표정이었다. 하지만 그의 속내를 알 수 없었다.

"그 아인 이미 정해진 상대가 있소."

"따님은 그 남자와 결혼하고 싶어 하지 않습니다. 여기를 떠난 것도 그 남자 때문이었어요."

거침없이 핵심을 찌른 내 말에 데마치 씨의 눈이 커졌다. 부엌에서 놀라 숨을 들이켜는 소리가 들렸다.

"그 아이가 그렇게 말하던가?"

"네."

데마치 씨는 속을 알 수 없는 표정을 지었다.

대체 무슨 생각을 하는 거지?

아버지의 이마에 주름이 깊어졌다. "왜 딸애와 결혼하려는 건가?" 그가 의아한 표정을 지었다.

"따님을 사랑하니까요."


어둠 속에서도 쿠커스의 모습은 가슴 아프게, 익숙하게 다가왔다. 알레시아는 부모님을 만나는 것이 설레기도 하고 두렵기도 했다. 아버지는 그녀를 때릴 테고, 어머니는 그녀를 부둥켜안고 함께 울 것이다.

항상 그랬듯이.

아나톨리는 쿠커스 반도로 이어지는 다리를 건너 왼쪽으로 차를 꺾었다. 알레시아는 집이 보이자마자 놓치지 않으려고 똑바로 앉았다. 하지만 1분이 채 못 되어 부모님 집의 불빛을 발견하고 얼굴이 어두워졌다. 진입로 끝에 어떤 차가 주차돼 있었고 두 사람이 차에 기댄 채 강을 바라보며 담배를 피우고 있었다. 알레시아는 언뜻 이상하다는 생각이 들었지만 곧 부모님을 만난다는 생각에 사로잡혀 그 생각은 흘려버렸다. 아나톨리의 벤츠는 주차된 차를 피해 진입로를 올라갔다.

차가 완전히 멈추기도 전에 알레시아는 조수석 문을 열고 뛰어나가 현관문으로 들어섰다. 신발을 벗지도 않고 복도를 달려갔다.

"엄마!" 그녀는 어머니가 있을 것으로 기대하며 거실로 뛰어들어갔다.

맥심과 모르는 어떤 남자가 아버지와 같이 앉아 있다가 일어섰다. 아버지는 그녀를 올려다보았다.

알레시아는 세상이 멈춘 듯 그대로 얼어붙어서 어떻게 된 상황인지 생각했다.

몇 번 눈을 깜빡이는 사이, 그녀의 부서진 심장이 벌떡 되살아났다. 그녀의 눈엔 오직 한 남자만이 들어왔다.

그가 여기 있어.

# 31

내 심장이 광란의 스타카토로 질주하기 시작했다. 알레시아는 몹시 놀라 방 한가운데 서 있었다.

그녀가 왔다.

마침내 왔다. 짙고 짙은 큰 눈망울이 의구심을 담은 채 나를 향했다.

그래. 너를 데리러 내가 왔어.

너한테는 내가 있어. 언제나.

그녀는 아름다웠다. 가녀리고 사랑스러웠다. 머리카락은 헝클어져 있고 피부는 창백했다. 어느 때보다 더. 한쪽 뺨에는 긁힌 상처가 나 있고 반대쪽 뺨에도 멍 자국이 있었다. 짙게 드리운 눈 그늘 위로 눈물이 고인 눈이 반짝거렸다.

나는 목이 멨다.

무슨 일을 있었던 거야, 자기야?

"안녕." 내가 말했다. "작별 인사도 없이 갔더군."

맥심이 왔다. 그녀를 위해. 방 안의 모든 사람들이 사라졌다. 그녀의 눈엔 그만 보였다. 부스스한 머리, 창백한 피부. 그는 지쳤지만 안심한 듯 보였다. 그의 놀란 초록빛 눈이 그녀를 빨아들였고, 그의 말이 그녀의 영혼을 건드렸다. 브렌트퍼드로 그녀를 찾으러 왔을 때도 했던 말이었다. 하지만 그의 얼굴에 어린 의문이 그녀에게 호소했다. 왜 떠났냐고 그녀에게 묻고 있었다. 그는 그녀의 마음을 모른다. 그럼에도 찾아온 것이다.

그가 여기 있다.

캐럴라인과 같이 있지 않고.

어떻게 이런 그를 의심할 수 있겠나? 그는 그녀의 마음을 왜 모를까?

그녀는 짧고 크게 울음을 터뜨리며 자신을 기다리는 그의 품으로 뛰어들었다. 맥심은 그녀를 꽉 끌어안았다. 그녀는 그의 냄새를 들이마셨다. 깨끗하고 따뜻하고 익숙한 냄새였다.

맥심.

절대 나를 놓지 말아요.

시야 한쪽에서 뭔가가 움직여 그녀의 관심이 그쪽으로 흘렀다. 그녀의 아버지가 자리에서 일어나 놀란 얼굴로 두 사람을 보다가 무슨 말을 하려는 듯 입을 열었다.

"우리 왔습니다!" 아나톨리가 복도에서부터 외치며 그녀의 더플백을 들고 안으로 들어왔다. 영웅 대접을 기대하는 눈치였다.

"날 믿어요." 알레시아가 맥심에게 속삭였다.

그는 그녀의 눈을 들여다보았다. 얼굴에 사랑이 가득했다. 그가 그녀의 정수리에 입을 맞추었다. "항상 믿어."

아나톨리가 문간에서 멈춰 섰다. 황당해 말문이 막힌 것 같았다.


알레시아가 그녀의 아버지에게 돌아섰다. 그녀의 아버지는 우리를 보다가 그녀를 납치한 개자식을 쳐다보았다. 앤서니? 안토니오? 저 자식의 이름은 기억나지 않지만 잘생긴 개자식인 건 분명하다. 놈의 얼음장 같은 푸른 눈이 처음에는 당황해 커졌다가 곧 차갑게 좁아지며 나와 내 품 안의 여인을 가늠했다. 나는 알레시아를 품 안으로 더 바짝 끌어들여 놈과 그녀의 아버지로부터 그녀를 보호했다.

"Babë(아빠)." 알레시아가 아버지에게 말했다. "më duket se jam shtatzënë dhe ai është i ati."

단체로 충격을 받아 숨을 들이켜는 소리에 방이 흔들렸다.

대체 무슨 말을 했길래 이러지?

"뭐?" 그 개자식이 영어로 고함을 지르더니 분노로 일그러진 얼굴로 그녀의 가방을 떨구었다.

그녀의 아버지는 말문이 막혀 그녀와 나를 노려보았다.

안색이 갈수록 붉어졌다.

타나스가 내게 몸을 기울여 속삭였다. "방금 그녀가 자기 아버지에게 자기가 임신을 했고 당신이 아이 아버지라고 말했어요."

"뭐라고?"

나는 머리가 아찔했다. 하지만 그건… 그럴 리가 없다… 우리는… 우리는 그걸 썼는데…

거짓말이구나.

그녀의 아버지가 산탄총으로 손을 뻗었다.

젠장.


"생리 중이라며!" 아나톨리가 알레시아에게 소리를 질렀다. 분노로 이마의 핏줄이 툭 불거졌다.

그녀의 어머니가 울음을 터뜨렸다.

"거짓말이었어! 당신이 날 건드리는 게 싫어서!" 그녀는 아버지에게 고개를 돌렸다. "Babë(아빠), 제발요. 이 남자랑 결혼시키지 말아요. 이 남자는 성질이 나쁘고 난폭하단 말이에요. 저를 죽일 거예요."

그녀의 아버지는 어이도 없고 화도 나는 눈초리로 그녀를 쳐다보았고, 그동안 맥심 옆의 낯선 남자는 그녀가 하는 말을 조용히 영어로 통역했다. 지금은 낯선 사람을 신경 쓸 여유가 없었다. "이거 보세요." 그녀는 아버지에게 말하고 나서 외투를 펼치고 스웨터의 목 부위를 잡아당겨 목에 난 검푸른 멍을 드러냈다.

그녀의 어머니가 흑 하고 크게 흐느꼈다.

"이런 개 같은!" 맥심이 소리치며 아나톨리에게 덤벼들어 그의 멱살을 잡고 같이 바닥으로 쓰러졌다.


죽여버릴 거야.

아드레날린이 내 몸을 타고 질주했다. 나는 그 개자식을 덮쳤고, 놈은 바닥에 쓰러져 숨을 헐떡였다.

"이 개자식!" 나는 고함을 지르면서 놈의 얼굴을 후려쳤다. 놈의 머리가 한쪽으로 돌아갔을 때 나는 놈 위에 올라타 다시 가격했다. 놈은 계속 버둥거리며 내 얼굴을 겨냥해 주먹을 휘둘렀지만 나는 피했다. 만만치 않은 상대였다. 놈이 내 밑에서 몸을 비틀었고 나는 놈의 목을 움켜쥐고 쥐어짰다. 놈이 내 손을 움켜쥐고 나를 떨쳐내려 하면서 입술을 오므려 내 얼굴을 향해 침을 뱉었다. 내가 그것도 피하자 침이 주인의 뺨으로 도로 떨어지면서 얼굴이 침 범벅이 됐다. 이것이 그놈의 분노를 더욱 부채질했다. 놈이 펄떡펄떡 몸부림쳤다. 모국어로 내게 악을 썼다. 뭐라는 건지. 알 게 뭐냐.

나는 더 세게 찍어 눌렀다.

죽어라, 이 개자식.

그의 얼굴이 벌게졌다. 눈이 툭 불거졌다.

나는 두 손을 풀고 놈의 머리를 잡고 일으켰다가 부엌 타일 바닥에 박아버렸다. 쾅 부딪치는 소리에 속이 다 후련했다.

뒤쪽에서 비명이 터졌다.

알레시아.

"나. 좀. 놔줘!" 개자식이 뚝뚝 끊어지는 영어로 헐떡이며 말했다.

느닷없이 어떤 손이 내 몸을 붙잡아 뒤로 떼어냈다. 나는 저항하며 놈의 퀴퀴한 숨결이 닿는 데까지 돌진했다. "그녀에게 다시 손댔다간 진짜 죽여버릴 거야!" 내가 으르렁댔다.

"트리비딕! 트리비딕! 맥심! 맥스!" 톰이었다. 톰이 내 어깨를 붙잡아 나를 뒤로 끌어냈다. 나는 공기를 폐 안으로 끌어들이며 일어섰다. 온몸이 격렬한 분노와 복수심을 벌벌 떨렸다. 개자식이 나를 올려다보았다. 어느새 알레시아의 아버지가 산탄총을 들고 우리 사이에 서 있었다. 그가 엄한 표정으로 총구를 흔들어 내게 물러서라고 지시했다.

나는 망설이며 지시에 따랐다.

"진정해, 맥심. 국제적인 분란거리 만들지 마." 톰이 말하면서 타나스와 함께 나를 뒤로 끌어당겼다. 그 개자식이 휘청대며 일어섰다. 구겨진 낯짝이 증오심으로 활활 타올랐다.

"너도 다른 영국 놈이랑 다를 게 없구나." 개자식이 으르렁거렸다. "물러터지고 나약해. 너희 여자들은 뻣뻣하고."

"아무리 물러터져도 네놈을 두들겨 팰 힘은 있어, 이 쓰레기야." 내가 윽박질렀다.

뒤쪽에서 알레시아가 애를 태우는 소리가 들려오는 순간

분노의 먹구름이 물러갔다.

제장.


알레시아의 아버지는 두 남자 사이에 서서 경악한 눈으로
두 남자를 차례로 쳐다보았다.

"감히 내 집에서 주먹질을 해? 내 아내와 내 딸 앞에서?"
그는 맥심과 그의 친구 톰을 향해 말했다.

톰은 또 어디서 나타난 걸까? 알레시아는 의아했지만 브
렌트퍼드에서 만난 기억이 났다. 맥심의 집 부엌에 있었던
남자, 다리에 흉터가 있던 그 남자였다. 톰이 그녀의 아버지
를 바라보며 한 손으로 적갈색 머리카락을 쓸어 넘겼다.

통역사가 몸을 앞으로 숙여 그녀의 아버지가 한 말을 맥
심에게 영어로 속삭였다. 맥심이 두 손을 치켜들고 물러났
다. "사과드립니다, 데마치 씨. 저는 따님을 사랑하고 있고,
따님이 다치는 건 원치 않습니다. 특히 저 남자의 손에는
요." 맥심은 그녀의 아버지에게 매서운 표정을 지었다. 그녀
의 아버지는 인상을 쓰고 아나톨리에게 주의를 돌렸다.

"그리고 너. 감히 내 딸을 멍투성이로 만들어 데려와?"

"따님이 얼마나 드센지 아시잖아요, 재크. 기를 꺾어야 했
어요."

"기를 꺾어? 이렇게 말인가?" 아버지가 그녀의 목을 가리
켰다.

아나톨리가 어깨를 으쓱거렸다. "여자 아닙니까." 그녀가

어떻게 되든 상관없다는 투였다.

그 말이 맥심에게 통역되어 전해졌다. 맥심이 입을 앙다물고 주먹을 꽉 쥐었다. 긴장과 분노가 그의 몸을 휘감았다.

"그만.'" 알레시아가 맥심을 달래려고 손을 내밀어 그의 팔을 만졌다.

"넌 조용히 해!" 그녀의 아버지가 그녀 쪽으로 홱 돌아서서 윽박질렀다. "너 때문에 이게 무슨 창피냐. 도망을 치더니 매춘부가 돼서 돌아왔구나. 이 영국 남자에게 다리나 벌리고."

알레시아가 고개를 쳐들었다. 얼굴이 납빛이었다.

"Babë(아빠), 아나톨리가 날 죽일 거예요." 그녀가 말했다. "내가 죽길 바라시면 차라리 지금 그 총으로 날 쏘세요. 나를 사랑하는 사람의 품에서 죽을 수 있게."

그녀는 아버지를 쳐다보았고, 아버지는 그녀의 말에 해쓱해졌다. 그동안 타나스는 조용히 통역을 계속했다.

"그건 안 돼." 맥심이 확신에 차서 말하자 모든 사람의 시선이 그에게 쏠렸다. 그는 재빨리 움직여 알레시아를 자기 뒤로 숨겼다. "알레시아에게 손대지 마. 두 사람 다."

알레시아의 아버지가 맥심을 노려보았다. 알레시아는 아버지의 속을 알 수가 없었다. 화가 난 것 같기도 하고 감동한 것 같기도 했다.

"댁의 따님은 더럽혀진 상품이군요, 데마치." 아나톨리가 말했다. "왜 내가 다른 남자가 먹다 버린 여자랑 그녀의 사생아를 떠안아야 합니까? 내가 약속한 융자금에 작별 인사나 해요."

그녀의 아버지가 아나톨리에게 인상을 구겼다. "내게 이러긴가?"

"당신의 말은 무가치해." 아나톨리가 으르렁거렸다.

통역사가 영어로 조용히 그 말을 옮겼다. "융자금?" 맥심이 말했다. 그는 고개를 살짝 돌려 알레시아만 들을 수 있게 말했다. "이 개자식이 네 가족에게 돈을 준 거야?"

알레시아가 얼굴을 붉혔다.

맥심은 그녀의 아버지를 마주 보고 말했다. "그 돈은 내가 갚아드리죠."

"안 돼요!" 알레시아가 소리쳤다.

그녀의 아버지가 격분해 맥심을 노려보았다.

"그건 아버지를 모욕하는 말이라구요." 알레시아가 속삭였다.

"자기야." 아나톨리가 문간에서 말했다. "기회가 있을 때 널 자빠뜨려야 했어." 그는 맥심이 알아듣게 영어로 말했다.

맥심은 다시 분노에 휩싸여 그에게 달려들었다. 하지만 아나톨리는 준비가 되어 있었다. 그가 외투 주머니에서 리볼버 권총을 꺼내 맥심의 얼굴을 겨냥했다.

"안 돼!" 알레시아가 비명을 지르고 재빨리 맥심의 앞으로 뛰어들어 그를 막아섰다.

"널 쏴야 할지, 저놈을 쏴야 할지 모르겠군." 아나톨리가 모국어로 그녀에게 윽박질렀다. 그리고 그녀의 아버지를 쳐다보며 허락을 구했다.

그녀의 아버지는 아나톨리를 보다가 알레시아를 쳐다보았다.

모두가 침묵했다. 긴장감이 무거운 담요처럼 방 안을 내리덮었다. 알레시아가 몸을 앞으로 기울였다. "어떡할 거예요, 아나톨리?" 그녀가 집게손가락으로 맥심을 찔렀다. "이 남자예요, 아님 나예요?" 타나스가 통역했다.

맥심이 그녀의 팔을 움켜잡았지만 그녀는 그의 손을 뿌리쳤다.

"누가 여자 뒤에 숨었네?" 아나톨리가 영어로 비웃었다. "너희 둘 다 죽일 만큼 총알은 충분해." 그가 지은 승리의 표정에 그녀는 구역질이 났다.

"아니, 그렇지 않아." 알레시아가 받아쳤다.

아나톨리가 인상을 썼다. "뭐?" 그리고 손에 든 권총의 무게를 가늠했다.

"오늘 아침 자그레브에서 당신이 잠든 동안 내가 총알을 빼놨어."

아나톨리는 권총을 알레시아에게 겨누고 방아쇠를 감은 손가락에 힘을 주었다.

"안 돼!" 그녀의 아버지가 고함을 지르고는 산탄총 개머리판으로 아나톨리를 거세게 가격했고 아나톨리는 바닥에 쓰러졌다. 아나톨리는 격분해 다시 총을 겨냥했다. 이번에는 그녀의 아버지를 향해 방아쇠를 당겼다.

"안 돼!" 알레시아와 그녀의 어머니가 동시에 소리쳤지만 아무 일도 일어나지 않았다. 권총의 공잇치기가 찰깍거리는 소리가 썰렁한 방 안에 메아리쳤다.

"젠장!" 아나톨리가 외치더니 경탄과 혐오가 뒤섞인 묘한 표정으로 알레시아를 올려다보았다. "넌 진짜 사람 환장하게 만드는 여자야." 그가 중얼거리더니 비척대며 일어섰다.

"나가!" 그녀의 아버지가 호통쳤다. "당장 나가, 아나톨리, 쏴버리기 전에. 꼭 피를 봐야겠나?"

"댁의 매춘부 때문에?"

"앤 내 딸이야. 이 사람들은 내 집에 온 손님들이고. 나가. 당장. 자넨 이제 내 집에 발걸음하지 말게."

아나톨리는 그녀의 아버지를 노려보았다. 잔뜩 굳은 얼굴에 분노와 좌절감이 어려 있었다. "어디 두고 보자." 그는 그녀의 아버지와 맥심에게 으르렁거리고는 휙 돌아서서 톰을 밀치고 방을 나갔다. 잠시 후 그가 현관문을 쾅 하고 닫는 요란한 소리가 났다.


데마치 씨는 이글거리는 눈을 천천히 알레시아에게 돌렸다. 나를 무시하고 자기 딸에게 험악한 표정을 지었다. "넌 내 얼굴에 먹칠을 했어." 타나스가 통역했다. "집안의 수치다. 이 마을의 수치야. 겨우 이런 꼴로 돌아온 거냐?" 그녀의 아버지가 한 손을 흔들어 그녀의 몸을 위아래로 가리켰다.

"스스로 네 얼굴에도 먹칠을 했구나."

나는 수치감에 고개를 떨구는 알레시아를 바라보았다. 눈물이 그녀의 뺨을 타고 흘러내렸다. "고개 들어." 그가 호통을 쳤다. 그녀가 고개를 들었을 때 그가 그녀의 뺨을 때리려고 팔을 치켜올렸지만 나는 그녀를 붙잡아 아버지의 손이 닿지 않게 끌어당겼다. 그녀가 부들부들 떨었다.

"머리카락 하나 건드리지 말아요." 나는 그의 앞에 버티고 서서 으르렁거렸다. "지옥을 겪은 여자예요. 이게 다 아버님과 아버님이 쓰레기를 딸의 남편감으로 선택한 탓입니다. 따님은 성매매업자들에게 납치를 당했다가 탈출했어요. 달아나 며칠을 굶어가며 걸었습니다. 그런 일을 겪고도 기운을 내서 일자리를 얻고 몸과 마음을 추슬렀어요. 다른 사람에게 기대지 않고. 어째서 자기 딸을 이런 식으로 대합니까? 무슨 아버지가 이렇습니까? 지켜야 할 명예가 있기나 해요?"

"맥심! 이분은 내 아버지라구요." 내가 이른바 아버지라는 사람에게 비난을 퍼붓자 알레시아가 겁먹은 얼굴로 내 팔을 잡았다. 하지만 나는 멈추지 않았다. 타나스의 목소리도 덩달아 감정이 격해졌다.

"자기 딸을 이렇게 대하면서 어떻게 명예를 들먹입니까? 게다가 딸이 손주를 가졌을지도 모르는 상황에서. 딸을 폭력으로 위협하다니요?"

시야 가장자리로 알레시아의 어머니가 보였다. 알레시아

의 어머니는 잔뜩 겁에 질린 얼굴로 앞치마를 부여잡고 있었다. 꾸지람을 듣는 것처럼.

데마치 씨는 정신 나간 인간을 보듯 나를 쳐다보았다. 분노와 혐오가 또렷한 눈으로 알레시아를 쳐다보더니 다시 나를 쳐다보았다. "감히 내 집에 들어와 나한테 훈계질을 해? 너. 네 아랫도리 간수는 네가 잘 했어야지. 그런 주제에 내게 명예를 들먹이다니." 타나스가 해쓱해져서 그의 말을 통역했다. "넌 우리 모두의 명예를 더럽혔어. 내 딸까지. 하지만 네가 할 수 있는 게 하나 있지." 그가 이를 악물고 호통을 쳤다. 그의 손이 날렵하게 한 번 움직이자 철컥 하는 요란한 소리와 함께 총이 장전되었다.

젠장.

내가 너무 나갔어.

나를 죽이려나.

보이지는 않았지만 문간에서 잔뜩 긴장한 톰의 기운이 느껴졌다. 데마치 씨가 총구를 내게 겨누고 소리쳤다. "Do të martohesh me time bijë!"

알바니아인들이 깜짝 놀랐다. 톰은 뛰어들 태세였다. 모든 눈이 내게 고정됐다. 데마치 부인도. 알레시아도. 타나스도. 모두들 충격에 입을 딱 벌렸다. 타나스가 조용히 통역했다. "내 딸과 결혼하게."

# 32

오, 아빠, 안 돼요!

알레시아는 임신했다는 거짓말을 함부로 했다는 생각이 들었다. 그녀는 깜짝 놀라 맥심에게 사실을 해명하려고 산탄총을 휘두르는 아버지를 등지며 돌아섰다. 그에게 결혼을 강요할 순 없다!

하지만 맥심은 입이 귀에 걸리도록 활짝 웃고 있었다.

그의 눈은 기쁨으로 반짝거렸다. 누가 봐도.

그의 표정에 그녀는 말문이 막혔다.

그가 천천히 한쪽 무릎을 굽히더니 재킷 주머니에서 뭔가를 꺼냈… 반지였다. 알레시아는 놀라 입이 벌어졌다. 당황스러워서 두 손이 얼굴로 날아왔다.

"알레시아 데마치." 맥심이 말했다. "부디 나의 백작 부인이 되어주겠어? 사랑해. 평생을 너와 함께하고 싶어. 언제나 내 옆에 있어줘. 언제나. 나랑 결혼해줘."

알레시아의 눈에 눈물이 차올랐다.

그가 반지를 가져왔다.

그래서 여기 온 것이다.

그녀와 결혼하기 위해.

그녀는 놀라 말을 잇지 못했다.

그리고 깨달음이 거세게 밀려왔다. 화물 열차처럼. 희열이 뒤따랐다. 그는 진심으로 나를 사랑한다. 나와 함께하고 싶어 한다. 캐럴라인이 아니라. 나와 함께하고 싶어 한다. 언제나.

"좋아요." 그녀가 속삭였다. 기쁨의 눈물이 얼굴로 흘러내렸다. 모두가 알레시아만큼 놀라 할 말을 잃고 바라보는 동안 맥심이 그녀의 손가락에 반지를 끼우고 나서 그녀의 손에 입 맞추었다. 그러고는 행복감에 취해 벌떡 일어나 그녀를 번쩍 안아 들었다.


"사랑해, 알레시아 데마치." 나는 속삭인 뒤 그녀를 내려놓고 그녀에게 키스했다. 힘껏. 눈을 감았다. 사람들이 봐도 상관없었다. 그녀의 아버지가 산탄총을 내게 겨누고 있어도, 그녀의 어머니가 여전히 부엌에서 커다래진 눈으로 눈물을 흘리든 말든 상관없었다. 가장 친한 친구 녀석이 경악한 눈으로 나를 미친놈 보듯 쳐다보고 있어도 상관없었다.

지금 이 순간. 여기. 알바니아 쿠커스에서 나는 가장 행복한 남자였다.

그녀가 승낙했다.

그녀의 입이 부드럽게 나를 따랐다. 그녀의 혀가 내 혀를 어루만졌다. 불과 며칠 떨어져 지냈지만 그동안 그녀가 얼마나 그리웠는지.

그녀의 눈물이 내 얼굴에 떨어졌다. 축축하고 시원했다.

아. 난 이 여자를 사랑해.

데마치 씨가 요란하게 헛기침을 하자 알레시아와 나는 숨을 몰아쉬며 몽롱한 상태로 키스를 풀었다. 그녀의 아버지가 우리 사이로 총구를 휘둘렀고, 우리는 각자 물러섰지만 나는 그녀를 손을 꽉 잡았다. 그녀를 절대 놓지 않을 생각이었다. 알레시아는 환히 웃으며 얼굴을 붉혔고, 나는 사랑에 취해 살짝 어지러웠다.

"Konteshë?" 그녀의 아버지가 이맛살을 찌푸린 채 타나스에게 물었다. 타나스가 나를 쳐다보았지만 데마치가 무슨 말을 했는지 내가 알 리 없었다.

"백작 부인?" 타나스가 물었다.

"아. 맞아요. 백작 부인. 알레시아는 '레이디 트리비딕', 트리비딕 백작 부인이 될 겁니다."

"Konteshë?" 그녀의 아버지가 다시 물었다. 그 단어와 뜻을 곰곰이 생각하는 투였다.

나는 고개를 끄덕였다.

"Babë, zoti Maksim ështe Kont(아빠, 맥심 씨는 백작이에

요)."

알바니아인 셋이 고개를 돌리더니 순식간에 키가 한 뼘은 자라난 사람을 보듯 나와 알레시아를 바라보았다.

"바이런 경 같은 거 말인가요?" 타나스가 물었다.

바이런?

"바이런은 남작이었을 겁니다. 하지만 같은 부류인 셈이에요. 맞아요."

데마치 씨는 총구를 내렸지만 여전히 입을 딱 벌리고 나를 보았다. 방 안의 누구도 감히 움직이거나 입을 열지 않았다.

후, 분위기 한번 어색하군.

톰이 앞으로 나섰다. "축하해, 트리비딕. 현장에서 바로 청혼할 줄은 몰랐다." 그가 팔을 내게 두르고 등을 탁탁 다독였다.

"고마워, 톰." 내가 대답했다.

"나중에 손주들에게 말해주면 녀석들이 아주 좋아하겠어."

나는 웃음을 터뜨렸다.

"축하해요, 알레시아." 톰이 고개를 살짝 숙이며 말하자 그녀가 아름다운 미소로 응답했다.

데마치 씨는 아내에게 돌아서서 툴툴거리며 지시를 했다. 알레시아의 어머니가 부엌 안쪽으로 들어갔다가 투명한 술병과 유리잔 네 개를 가지고 돌아왔다. 나는 알레시아를 쳐다보았다. 그녀는 행복해 보였다. 아까 이 방에 걸어 들어왔던 그 피폐한 여인은 간데없었다.

그녀에게서 빛이 났다. 그녀의 미소. 그녀의 눈. 숨 막히게 아름다웠다.

난 행운아야.

데마치 부인이 잔을 채워 나눠주었다. 남자들에게만. 알레시아의 아버지가 잔을 들었다. "Gëzuar(건배)." 그가 말했다. 매서운 짙은색 눈동자에 안도감이 어려 있었다.

이번에는 그 뜻을 알고도 남았다. 나는 내 잔을 들었다.

"Gëzuar(건배)." 내가 따라 말했다. 타나스도 톰도 건배를 외쳤다. 모두들 잔을 비우고 나서 내려놓았다. 이제껏 내 목을 타고 넘어간 것들 중에 이렇게 화끈하고 치명적인 액체는 처음이었다.

나는 기침을 삼키려 했지만 실패했다.

"좋네." 내가 거짓말을 했다.

"라키예요." 알레시아가 소곤거리고는 터지는 미소를 숨기려 했다.

데마치 씨는 자기 잔을 내려놓더니 다시 채우고 나서 다른 잔들도 채웠다.

또? 돌겠구만. 나는 단단히 각오했다.

알레시아의 아버지가 다시 라키 잔을 들었다. "Bija ime tani është problem yt dhe do të martoheni, këtu, brenda javës." 그가 술을 삼키고 나서 기뻐하는 얼굴로 그의 총을 가

리켰다.

타나스가 조용히 통역했다. "내 딸이 속을 썩여도 이제 자네 책임이야. 그리고 1주일 안에 여기서 결혼하게."

뭐?

미치겠구만.

# 33

1주일!

나는 어이없는 눈빛으로 알레시아를 쳐다보았다. 그녀가
씩 웃으며 내 손을 놓았다.

"엄마!" 그녀가 소리치더니 어머니에게 달려갔다. 그녀의
어머니는 내내 부엌에서 인내하며 서 있었다. 두 사람은 서
로를 얼싸안더니 다시는 놓지 않을 기세로 서로에게 매달려
여자들이 흔히 그렇듯 조용히 눈물을 흘리기 시작했다.

가슴이… 뭉클해졌다.

그동안 얼마나 그리웠으면. 누구보다 보고 싶었을 것이
다.

그녀의 어머니는 딸의 눈물을 닦아주고 모국어로 빠르게
말했는데, 나는 무슨 말을 하는지 알 수 없었다. 알레시아는
깔깔 웃어댔고 두 사람은 다시 포옹을 했다.

그녀의 아버지가 그들을 지켜보다가 내게 고개를 돌렸다.

"여자들이란. 저렇게 감정이 헤프다니까." 타나스가 그 말을 통역했지만 데마치 씨는 안도한 표정이었다.

"그러게나 말입니다." 나는 남자답게 보이길 기대하며 퉁명스럽게 대꾸했다. "어머니가 많이 보고 싶었나봅니다."

당신은 아니야.

어머니가 놓아주자 알레시아는 아버지에게로 다가섰다. "아빠." 그녀가 다시 커다래진 눈으로 말했다.

나는 숨을 죽이고 아버지가 딸에게 다시 손을 대려 할 경우에 끼어들 태세를 갖췄다. 데마치 씨가 손을 올려 그녀의 턱을 살짝 쥐었다. "Mos u largo përsëri. Nuk është mirë për nënën tënde(다시는 떠나지 말아라. 네 엄마한테 좋지 않아)."

알레시아가 아버지에게 어색한 미소를 지었고 그가 고개를 숙이더니 눈을 감고 그녀의 이마에 입을 맞추고는 말했다. "Nuk është mirë as për mua(나한테도 좋지 않아)."

나는 타나스를 보며 그가 통역해주기를 기다렸지만 그는 고개를 돌리고 그들에게 이 순간을 내주었다. 나도 그래야 할 것 같았다.

늦은 시각이었다. 녹초가 되었지만 잠이 오질 않았다. 너무 많은 일들이 일어났고 여러 생각들이 교차했다. 나는 누워 천장에서 춤을 추는 물 그림자를 올려다보았다. 그림자의 형태가 너무나 익숙하고 편안해서 웃음이 났다. 그것이 환희에 젖은 내 기분을 대변하는 것 같았다. 나는 런던이 아니라 곧 처갓집이 될 곳에 있고 저 그림자는 깊고 검은 피에르자 호수 위로 떠오른 보름달이 만들어낸 것이다.

나는 이 방에서 묵을 수밖에 없었다. 데마치 씨가 여기서 자라고 고집을 부렸기 때문이다. 내가 묵는 방은 가구는 별로 없지만 아늑하고 따뜻한 데다 호수가 보여 전망이 뛰어났다.

문간에서 기척이 나더니 알레시아가 몰래 안으로 들어와 문을 닫았다. 나는 온 감각이 살아나고 심장은 뛰기 시작했다. 그녀가 까치발로 살금살금 침대로 왔다. 지극히 청초해 보이는 빅토리아풍의 잠옷을 걸치고 있었다. 나는 별안간 고딕 소설 속으로 들어간 기분이 들어 이 믿기지 않는 상황에 웃음이 났다. 하지만 그녀는 손가락을 자기 입술을 대더니 단번에 잠옷을 머리 위로 벗어 바닥에 떨구었다.

나는 숨이 막혔다.

희미한 달빛이 그녀의 아름다운 육체를 감쌌다.

그녀는 완벽했다.

모든 면에서.

나는 입안이 마르고 몸은 전율했다.

나는 이불을 걷어 젖혔고 그녀는 침대 속 내 옆으로 들어왔다. 황홀한 나체로.

"안녕, 알레시아." 내가 속삭였다. 내 입술이 그녀의 입술을 찾았다.

우리는 말없이 포옹하며 우리의 재결합을 확인했다. 나는 그녀의 뜨거운 열정에 놀랐다. 그녀는 한껏 달아올라 있었다. 그녀의 손가락, 손, 혀, 입술이 내 몸에 닿았다. 내 몸도 그녀에게 닿았다.

나는 길을 잃었다.

그리고 길을 찾았다.

오, 그녀의 감촉이란.

그녀가 절정에서 고개를 젖혔을 때 나는 손으로 그녀의 입을 막아 그녀의 자지러지는 신음을 틀어막으며 그녀의 보드랍고 풍성한 머리카락 속에 얼굴을 묻고 절정에 올랐다.


다시 흥분이 가라앉았을 때 그녀는 내 품에 자리를 잡았다. 그녀의 몸이 내 몸과 얽혔고 그녀는 깜빡 잠이 들었다. 피곤한 것 같았다.

만족감이 내 몸을 구석구석 파고들었다.

나는 그녀를 되찾았다. 살아갈 의욕이 생겼다. 그녀와 함께라면. 그녀와 이렇게 같이 있다가 그녀의 아버지에게 들켜 총에 맞아 죽더라도.

지난 몇 시간 동안 부모님과 같이 있는 그녀를 보고 그녀에 대해 많은 것을 알게 되었다. 어머니와 아버지를 다시 만나 감격하는 그녀를 보았을 땐 가슴이 뭉클했다. 그녀의 아버지도 그녀를 사랑하는 것 같다. 아주 많이.

하지만 지금 그녀는 나를 만나기 이전의 생활 방식에 맞서 싸우고 자기 자신으로 살아가기 위해 싸우고 있는 것 같다. 그녀의 싸움은 성공한 듯하다. 또한 그녀는 자신의 정체성을 찾는 험난한 여정을 마쳤다. 나와 함께. 나는 이 여자와 함께 평생을 살고 싶다. 그녀를 너무나 사랑하고 그녀에게 세상을 다 주고 싶다. 그녀는 그럴 자격이 있다.

그녀가 꿈틀대다가 눈을 떴다. 나를 향한 그 찬란한 미소에 방 안이 환해졌다.

"사랑해." 내가 속삭였다.

"사랑해요." 그녀가 대답하며 손을 올려 내 뺨을 어루만졌다. 그녀의 손가락이 내 수염을 간질였다. "나 포기하지 않은 거 고마워요." 그녀의 목소리가 여름철 산들바람처럼 보드라웠다.

"그럴 리가. 너한텐 내가 있어. 언제나."

"당신한텐 내가 있구요."

"네가 여기 있는 걸 네 아버지가 알면 날 쏴 죽일 거야."

"아뇨, 나를 쏘겠죠. 아버지가 당신을 좋아하는 거 같아요."

"내 작위를 좋아하는 거겠지."

"어쩌면."

"괜찮아?" 나는 진지하게 물었다. 그녀의 얼굴에서 지난 이틀간 겪은 고생의 흔적들이 보여 나는 목소리가 축 처졌다.

"지금은 당신이랑 같이 있잖아요."

"다시 너한테 접근하면 그놈 죽여버릴 거야."

그녀는 손가락을 내 입술에 댔다. "그 사람 이야기는 그만해요."

"그러자."

"미안해요. 거짓말한 거."

"거짓말? 임신 말이야?"

그녀가 고개를 끄덕였다.

"알레시아, 정말 기발한 생각이었어. 아이들이야 어차피 낳을 건데, 뭐."

후계자 하나, 후보자 하나.

그녀가 미소를 짓고는 얼굴을 올려 내게 키스했다. 그녀의 혀가 내 입술을 유혹하고 놀렸다. 나는 더 많은 것을 원했다.

나는 그녀를 똑바로 눕혔다. 그녀와 다시 사랑을 나누고 싶었다.

마음을 다하는. 아름다운. 충만한 사랑을.

마음이 시키는 대로.

이번 주에 우리는 결혼할 것이다.

어서 그날이 왔으면.

어머니에게는 알리면 그만이다…

# 감사의 말

　내 책의 발행인이자 편집자이며 친애하는 나의 친구 앤 메시트, 고마워요. 모두 다.

　크노프와 빈티지의 모든 직원들에게 큰 신세를 졌어요. 여러분의 꼼꼼함, 헌신, 지원은 상상 이상이었어요. 여러분이 멋진 일을 해낸 거예요. 특히 토니 치리코, 리디아 부실러, 폴 보가즈, 러셀 페로, 에이미 브로지, 제시카 도이처, 캐서린 후리건, 앤디 휴즈, 베스 램, 애니 록, 머린 서그든, 이레나 부코브 켄데스, 메건 윌슨, 크리스 주커에게 감사의 말을 전합니다.

　셀리나 워커, 수전 샌든 외 코너스톤의 모든 직원들, 여러분의 빛나는 성과와 열정, 훌륭한 유머, 고마웠어요. 정말 감사합니다.

　알바니아어를 번역해준 미누세크 바코, 고마웠어요.

초고를 손봐주고 수없이 차를 타준 나의 남편이자 든든한 버팀목 니알 레너드, 고마워요.

세상에 둘도 없는 나의 에이전트 발레리 호킨스, 당신의 세심한 조언과 재미난 농담들 고마워요.

ILA의 니키 케네디를 비롯한 직원들, 고마워요.

후방을 지원해준 줄리 맥퀸, 고마워요.

크라운 오피스의 그랜트 바비스터, 그리피스 에클스 LLP의 크리스 에클스, 그리고 크리스 스코필드, 앤 필킨스. 백작의 작위와 문장, 신탁 재산, 토지에 관한 조언 고맙습니다.

제임스 레너드, 당신이 가르쳐준 영국의 젊은 상류층 남성들의 언어가 큰 도움이 되었어요. 정말 고마워요.

클레이 사격에 대해 조언해준 대니얼 미첼과 잭 레너드, 고마워요.

최종 원고를 읽어준 캐서린 블란디노와 켈리 벡스트롬, 그리고 내 책을 가장 먼저 읽어준 독자 루스 클램펫, 리브 모리스, 젠 왓슨. 의견을 내주고 거기 있어준 거 고마웠어요.

그리고 벙커. 우리가 함께한 지 10년이 되었네요. 나와 이 여정을 함께해줘서 고마워요. 그리고 나의 동료 작가들. 누군지 일일이 말하지 않아도 알 거예요. 날마다 내게 영감을 줘서 고마워요. 그리고 벙커 3.0 주민들, 여러분의 끊임없는 지원 고맙습니다.

메이저 앤 메이너. 음악에 대한 도움 고마웠어요. 여러분

같은 탁월한 청년들, 반짝반짝 빛이 나는 아름다운 청년들이 있어서 얼마나 감사한지 모릅니다. 당신들이 있어 참 뿌듯합니다.

마지막으로 내 책을 읽고 내 영화를 보고 내 이야기를 즐기는 모든 분들에게 한없는 감사의 마음을 전합니다. 여러분 없이 이 놀라운 모험담은 가능하지 않았을 거예요.

E L 제임스

**옮긴이 황소연**

글 노동자. 연세대학교를 졸업하고 출판 기획자를 거쳐 전문번역가로 활동하고 있다. 옮긴 책으로 《인생의 베일》 《브루클린으로 가는 마지막 비상구》 《사랑은 지옥에서 온 개》 《망할 놈의 예술을 한답시고》 《심연》 《뷰티풀 보이》 등이 있다.

# 미스터 2

2019년 6월 19일 초판 1쇄 인쇄
2019년 6월 28일 초판 1쇄 발행

지은이 | E L 제임스
옮긴이 | 황소연
발행인 | 이원주
책임편집 | 박윤희
책임마케팅 | 정재영

발행처 | (주)시공사
출판등록 | 1989년 5월 10일 (제3-248호)

주소 | 서울특별시 서초구 사임당로 82 (우편번호 06641)
전화 | 편집 (02)2046-2852 · 영업 (02)2046-2883
팩스 | 편집 · 영업 (02)585-1755
홈페이지 | www.sigongsa.com

ISBN 978-89-527-9679-0 04840
ISBN 978-89-527-9677-6 (set)

이 도서의 국립중앙도서관 출판예정도서목록(CIP)은 서지정보유통지원시스템 홈페이지(http://seoji.nl.go.kr)와 국가자료종합목록 구축시스템(http://kolis-net.nl.go.kr)에서 이용하실 수 있습니다. (CIP제어번호: CIP2019022940)